Ein Einhorn für Gmünd

Ein Einhorn für Gmünd

Sabine Francis

einhorn

1. Auflage, November 2015

Herstellungsleitung
Johannes Paus, einhorn-Verlag

Umschlaggestaltung
Nathaniel Witt, einhorn-Verlag

Gesamtherstellung
einhorn-Verlag+Druck GmbH
Schwäbisch Gmünd
www.einhornverlag.de

Druck
Fischer Druck, Schwäbisch Gmünd

Printed in Germany

ISBN 978-3-95747-026-3

Inhalt

Für alle Gmünder

Gmünd,
meine Liebe,
mein Leben,
meine Welt.
Nie werde ich dich verlassen!

Ich bin in deinem Schoß geboren
und werde in deiner Erde begraben sein.
Du warst mir Wiege
und wirst mir immer Heimat sein.
Du mein Gmünd allein.

Sabine Francis

Im Stadtwappen von Schwäbisch Gmünd befindet sich ein silbernes Einhorn auf rotem Grund. Auf welchen Wegen es genau in die Stauferstadt kam, liegt im Dunkel der Geschichte.

Vor vielen hundert Jahren herrschten die Staufer über Gmünd und Umgebung. Sie verliehen der aufstrebenden Ansiedlung im Jahre des Herrn 1162 die Stadtrechte. Vermutlich kam in dieser Zeit das Einhorn in das Gmünder Wappen.

Doch es gibt noch eine andere Geschichte, und die soll hier erzählt werden …

Der Untergang

Alban rang keuchend nach Luft. Seine Seite schmerzte und seine Lunge drohte ihn im Stich zu lassen, doch er musste weiter. Krampfhaft hielt er sich an einem Baumstamm fest und versuchte, durch das dichte Geäst etwas zu erkennen. Seine Augen sahen die Herannahenden nicht, nur seine Ohren konnten sie deutlich hören.

Noch einmal schnappte er so tief nach Luft, als müsse er unter Wasser tauchen und hastete weiter. Zweige schlugen ihm ins Gesicht und er stürzte einige Male, rutschte haltlos Abhänge hinunter und verhedderte sich mit den Füßen im dichten Efeu. Ab und an blieb er stehen und lauschte in den Wald hinein.

Flachsblondes Haar klebte an seinem schweißnassen Gesicht. Alban hatte keine Ahnung, wie lange er schon auf der Flucht war. Das letzte Mal hatten seine Verfolger ihn derart verprügelt, dass er zwei Tage reglos und mehr tot als lebendig im Wald gelegen hatte.

Als er wieder nach Hause kam, bezog er erneut Prügel von seinem Vater, da er sich zwei Nächte nicht hatte blicken lassen. Den Grund für sein Fernbleiben interessierte den Vater nicht und Alban tat besser daran, es ihm auch nicht zu verraten, denn sonst hätte Xaver ihn vermutlich umgebracht.

Xaver war Albans älterer Bruder. Er tat mit seinen Freunden nichts lieber, als Alban aufzulauern, um ihm jede erdenkliche Gemeinheit, die ihm gerade in den Sinn kam, zuzufügen. Gerne warfen sie den wehrlosen Jungen in einen Brunnen, versengten ihm mit glühenden Eisen die Haare oder banden ihn mit dem Kopf nach unten an einen Baum. Meist machten sie sich diese Mühe jedoch nicht und schlugen nur, blind vor Wut und Verachtung, auf Alban ein. Es gab an seinem ganzen Körper kaum eine Stelle, die nicht blau und grün unterlaufen war.

Albans Mutter war bei seiner Geburt vor elf Jahren gestorben – sowohl der fünf Jahre ältere Bruder als auch sein Vater machten ihn allein dafür verantwortlich.

»Da vorne ist er«, hörte Alban Xaver rufen. »Los, lasst ihn nicht entkommen!«

Alban sah die Meute, doch er konnte nicht mehr. Nach Atem ringend schüttelte er resigniert den Kopf. Tränen rannen ihm über die Wangen, doch er durfte jetzt nicht weinen, sonst würden sie noch erbarmungsloser auf ihn einschlagen.

Für einen kurzen Moment schielte er zur Rems hinüber. Der Fluss führte zuviel Wasser, als dass er ihn hätte durchwaten können. Alban wusste, dass auf der anderen Seite der Rems ein Hof lag. Er wusste es deshalb, weil der Bauer ihm schon einmal geholfen hatte. Damals hatte sich Alban, geschunden und atemlos, gerade noch zu ihm retten können; damals war er ihnen entwischt, doch heute würde die Sache anders ausgehen, denn er konnte einfach nicht mehr weiter, auch wenn die Angst vor Xaver und seinen Freunden seine Kehle zuschnürte. Er betete zu Gott, dass sie ihn doch endlich totschlagen mögen, damit er diese Qualen nicht mehr ertragen musste. Doch der Herr hatte kein Einsehen. Im Gegenteil. Die Peinigungen nahmen von Mal zu Mal zu. Manchmal kam er davon, weil er gelernt hatte, den unerbittlichen Schlägen aus dem Weg zu gehen. Aber zumeist erwischten sie ihn, weil sie ihn so lange jagten, bis er aufgeben musste – wie heute.

»Da ist er! Los! Jetzt zeigen wir's ihm!« Xaver winkte seinen Kumpanen zu. »Schaut nur, wie er vor uns zittert, der kleine Feigling.« Xaver hatte vor zwei Jahren eine Lehre zum Schmied begonnen und war groß und kräftig. Sein Vater, der auch sein Meister war, blieb selten länger als den Vormittag in der Werkstatt. Er war Stammgast in der Schenke, derweil Xaver mit seinen Freunden herumhing, anstatt zu tun, was der Vater ihm aufgetragen hatte. Am Abend, wenn der Schmied das Haus wieder betrat, erklärte Xaver, dass Alban, der kleine Nichtsnutz, ihn nur von der Arbeit abgehalten hätte, weil er in den Brunnen gefallen wäre, sich an einer Rauferei beteiligt oder durch seine Schusseligkeit beinahe die ganze Werkstatt in Brand gesteckt hätte. »Mit diesem Schafseggl komm ich nie zum Arbeiten«, erklärte Xaver verärgert. Genüsslich schaute er dann zu, wie Alban von seinem betrunkenen Vater nochmals verprügelt wurde.

Alban wusste genau, was nun geschehen würde. Gottergeben schloss er die Augen und sank auf die Knie. Schützend schlug er die Arme um seinen Kopf – eine andere Taktik hatte er nicht.

Der Waldboden roch nach Moos und feuchter Erde. Ein Geruch, den Alban mit Schlägen und Tritten in Verbindung brachte. Es war nicht das erste Mal, dass er in dieser Stellung auf dem Waldboden kauerte und der Duft ihm schwer in die Nase stieg. Im Stillen zählte er die Schritte, die immer näher kamen. Eins, zwei, drei, vier ..., dachte er, fünf, sechs, sieben, acht ... Dabei drückte er seinen Kopf noch fester auf die kühle Erde. Bei dreizehn spürte er den ersten Schlag und begann erneut zu zählen – diesmal die Schläge, die ihn trafen.

Das Zählen hatte er von Agathe, der alten Weberin, gelernt, die in ihrer Küche seltsame Salben und Essenzen zusammenbraute. Diese hatte sie auch schon Albans geschundenem Körper angedeihen lassen, wenn er sich wie so oft verängstigt in ihr Haus gerettet hatte. Beim ersten Mal hatte die Alte ihn lange betrachtet, als er, pumpend wie ein Maikäfer, zur Tür hereingestürmt kam, sich unter ihrem Tisch verkrochen und ängstlich gefleht hatte: »Bitte, lasst Xaver nicht herein!«

Die Weberin hatte nichts dazu gesagt, hatte ihn unter dem Tisch hocken lassen und weiter in ihren Töpfen gerührt.

Nach zwei Stunden kroch er endlich wieder hervor, setzte sich verstohlen an den Tisch und schaute ihr stumm bei der Arbeit zu. Sie zählte jedes Blatt und jeden Zweig, den sie in ihre Töpfe warf. Dabei rechnete sie laut mit den Fingern, um die richtige Dosierung zu bestimmen.

»Was murmelt Ihr da, wenn Ihr die Blätter in den Kessel werft?«, fragte Alban eines Tages, als er wieder einmal bei ihr hockte und sich nicht nach Hause traute.

»Zahlen«, antwortete sie knapp.

»Was sind Zahlen?«, fragte er neugierig und trat näher, damit er besser sehen konnte.

»Hast du noch nie etwas vom Zählen gehört? Na, wie solltest du auch? Deine Mutter ist tot und dein Vater zählt seitdem nur noch die Krüge in der Schenke. Ich wette, Xaver bringt dir auch nicht mehr bei, als die Schläge zu zählen, die er auf dich niederprasseln lässt. Er ist so nutzlos wie ein Kropf …«

Alban zuckte bei ihren Worten zusammen und schaute sich verstohlen um. So hatte er noch niemanden über seinen Vater und seinen Bruder reden hören. Der Schmied war bei allen im Dorf ein angesehener Mann und genoss großen Respekt. Und mit ihm Xaver, denn er würde sein Erbe antreten. Die Leute stellten sich also besser gleich gut mit ihm. Ein Schmied war in jedem Dorf ein angesehener Handwerker und wurde bis hinauf zum Grafen von allen geachtet. Zwar hatte Graf Friedrich von Büren noch nie etwas von seinem Vater anfertigen lassen, doch denkbar war es. Alban wusste nicht viel von diesen Dingen, doch er wusste, dass sein Vater nicht jede Arbeit annahm und nur die belieferte, die im Voraus bezahlten. Auch wenn er jemanden nicht mochte, ließ er ihn ohne weiteren Kommentar stehen und ging zurück an seinen Amboss. Er hatte es nicht nötig, freundlich zu sein und war es auch nie. Alban fand heraus, dass dies nicht immer so gewesen war und erst mit dem Tod Amalies, Albans Mutter, begonnen hatte. Vorher soll sein Vater ein sanftmütiger und freundlicher Mann gewesen sein, was schwer zu glauben war, denn Alban kannte niemanden, der mit seinem wüsten Fluchen Gott mehr lästerte als er.

»Seht ihn euch an«, rief Xaver, während er fünf kräftige Schläge auf den Rücken seines Bruders niedersausen ließ. »Er kauert sich zusammen und heult wie ein Mädchen. Steh auf, Feigling! Warum rennst du immer davon? Hä? Hast du nicht gelernt, dass du deinem Bruder gehorchen musst?«

Die anderen klopften sich belustigt auf die Schenkel, doch anrühren würden sie Alban erst, wenn Xaver den Befehl dazu gab.

Dieser erfolgte umgehend: »Nehmt ihn hoch! Stellt diesen Nichtsnutz auf die Beine und haltet ihn gut fest!«

Alban zählte acht Hände, die ihn packten und zurück auf die Füße stellten. Seine Augen hielt er dabei fest geschlossen. Er versuchte erst gar nicht, sich zur Wehr zu setzen, es hätte sowieso nichts genutzt. Nur die zusammengekniffenen Augen waren eine Spur von Auflehnung.

»Sieh mich gefälligst an, wenn ich mit dir rede«, schnaubte Xaver und verpasste Alban eine schallende Ohrfeige.

Eins …, zählte Alban und dann zwei, als ihn gleich darauf die nächste Ohrfeige traf. Bei drei öffnete er resigniert die Augen. Beinahe hätte er gelächelt, denn seine Situation war so aussichtslos und so bitter, dass sie schon fast etwas Komisches an sich hatte. Vier …, zählte Alban weiter und schloss die Augen wieder. Es war völlig gleichgültig, ob er seinem Bruder gehorchte oder nicht, Xaver würde trotzdem zuschlagen. Fünf, sechs und sieben …, ging es weiter, bevor er einen schweren Atemzug nahm und die Luft geräuschvoll in seine Lunge strömen ließ. Einmal hatte er sogar bis vierundzwanzig zählen müssen, bevor Xaver von ihm abließ. Heute war jedoch überraschenderweise nach sieben Schlägen schon Schluss.

»Nehmt ihn und werft ihn in die Rems«, befahl Xaver.

Johlend nahmen die Freunde Alban bei den Armen und Beinen und trugen ihn zum Flussufer.

Der Fluss führte braunes aufgewühltes Wasser mit sich und war durch die Regenfälle der letzten Tage zum reißenden Strom geworden.

»In der Rems kann er seine Augen und seinen Mund zukneifen, damit er nicht jämmerlich ersäuft!« lachte Xaver. »Wir ziehen ihn sicher nicht heraus. Vielleicht tut es ja ein anderer? Aber wer nur? Es ist ja keiner da!« Xaver grölte vor Vergnügen. »Ja! Werft diesen Schafseggl in die Rems!«, brüllte er gegen das Tosen des Wassers an.

Die Jungen zogen so fest an Albans Gliedmaßen, als wollten sie ihn vierteilen. Sie schaukelten ihn dreimal kräftig hin und her, dann ließen sie ihn los.

Die Rems war kein besonders tiefer Fluss und floss die meiste Zeit des Jahres gemächlich dahin. Doch heute führte sie viel Wasser und die großen runden Steine, die im Flussbett lagen, bildeten immer wieder Stromschnellen, die Alban ohne Gnade mitrissen. Xaver war überrascht, wie schnell sein Bruder fortgespült wurde. Eine Zeitlang hatten die Jungen noch versucht, neben dem im Strom schlingernden Körper herzulaufen, doch sie hielten nicht lange Schritt und bevor sie richtig begriffen, was geschah, war Alban auch schon verschwunden.

»Wo ist er hin?«, fragte Anton, den alle nur Done nannten.

»Keine Ahnung. Er war so schnell weg, so schnell konnt ich gar nicht gucken«, grummelte Schdoffel, der eigentlich Christoph hieß. Fritz und Schorsch zuckten nur mit den Schultern.

Xaver wurde blass. Zwar hatte er dem Nichtsnutz eine Abreibung erteilen wollen, die er nicht so schnell vergisst, aber er hatte nicht gedacht, dass die Strömung so stark sein würde. Verstohlen schaute er sich nach allen Seiten um.

»Zu niemandem ein Wort, ist das klar! Wenn euch einer fragt, ihr habt nichts gesehen. Wenn der Idiot ertrinkt, knüpfen sie uns auf!«, erklärte Xaver seinen Kameraden in verschwörerischem Ton.

»Meinsch? Warum sollte er denn ertrinken?« fragte Schdoffel in seinem schwäbischen Singsang.

»Weil er nicht schwimmen kann!«, rief Xaver und klopfte Schdoffel mit den Fingerknöcheln gegen die Stirn.

Done machte ein ernstes Gesicht. »Vielleicht sollten wir den Fluss absuchen. Bestimmt isch er weiter unten wieder raus gekommen!«

»Und wenn nicht?«, fragte Xaver mit einem seltsamen Flackern in den Augen.

»Wir könnten behaupten, er sei ins Wasser gefallen«, meinte Schorsch, der eigentlich Georg hieß.

»Jeder weiß, dass wir hinter ihm her waren. Kein Mensch wird uns glauben«, erklärte Xaver und ging durch das Gebüsch zurück zum Weg. »Nein, wir warten ab und erzählen niemandem davon. Vielleicht taucht der kleine Trottel ja wieder auf. Ich könnte wetten, er kommt zurück!«, sagte er, mehr um sich selbst zu beruhigen. Missmutig blickte er noch eine Weile den Fluss hinunter, doch von Alban fehlte jede Spur.

Auf die Schliche

Die Jungen gingen schweigend den Weg zurück, hinauf durch den Wald, bis hinein nach Büren. Ein winziger Wohnturm mit einem Palisadenzaun aus Holz war der Sitz des Grafen und zeugte nicht gerade von großem Reichtum. Der Schmied in Büren war Siegfried, Xavers und Albans Vater. Der Geburt nach stammte er aus Lorch. Die Mutter Amalie kam aus Büren. Siegfried hatte Amalie bei einer Feier in Lorch kennengelernt. Sie war die Tochter eines Schmieds. Er hatte sich sofort in die blonde Schönheit verliebt und noch am gleichen Tag um ihre Hand angehalten. Da Amalie aber ihre kranke Mutter pflegen musste und Büren nicht verlassen wollte, war Siegfried umgesiedelt, hatte Amalie geheiratet und später die Schmiede des Schwiegervaters übernommen.

Es war Sonntag und die Leute saßen bei Brot und Wein zusammen in der Sonne. Xaver fühlte sich, als musterten sie ihn. Vielleicht war er diesmal zu weit gegangen? Es wäre ihm nicht schwer gefallen auf seinen Bruder zu verzichten, doch wenn die Dörfler darauf kamen, dass er Alban auf dem Gewissen hatte, würden sie ihn bestimmt anklagen. Dieser Gedanke versetzte Xaver in Angst und Schrecken.

Xaver saß missmutig am Tisch und grübelte, als der Vater am Abend nach Hause kam. »Wo ist der Nichtsnutz?«, fragte der Schmied und schenkte sich einen Becher Wein ein, obwohl er in der Schenke schon mehr als genug getrunken hatte.

»Keine Ahnung!«, sagte Xaver kleinlaut.

Der Schmied horchte auf. »Das klingt, als wüsstest du mehr, als du sagst!« Er betrachtete seinen Sohn argwöhnisch und setzte sich zu ihm an den Tisch. »Aber es ist gut, dass er nicht da ist. Ich muss sowieso unter vier Augen mit dir reden!«

Xaver schaute seinem Vater in das vom Wein gerötete Gesicht. Er glaubte nicht, dass sein alter Herr noch nüchtern genug war, um etwas Sinnvolles von sich zu geben, doch er spitzte trotzdem aufmerksam die Ohren.

»Wir werden umziehen! Ich habe gehört, dass es in Gmend viel Geld zu verdienen gibt. Die Händler machen gute Geschäfte, zumal die Ochsenkarren dort Halt machen. Der Schmied ist alt und krank und sucht einen Nachfolger. Morgen werde ich dorthin gehen und mir das Ganze ansehen.«

Xaver kratzte sich am Ohr. Für die Mengen Alkohol, die sein Vater intus hatte, sprach er noch klar und deutlich. »Wie du meinst, Vater. Ich werde hier bleiben und die Werkstatt führen.«

»Nichts anderes habe ich von dir erwartet. Du bist ein guter Sohn!« Der Schmied leerte seinen Becher und erhob sich. »Und wenn dir dieser nichtsnutzige Bengel Schwierigkeiten macht, binde ihn einfach am Amboss fest.«

»Mach ich, Vater!«, antwortete Xaver, erneut eine Spur zu kleinlaut, doch der Schmied achtete nicht mehr darauf. Er schwankte zum Bett und fiel der Länge nach hinein.

Xaver saß noch eine ganze Weile allein am Tisch, bevor auch er sich niederlegte. Schlaf fand er allerdings keinen. Immer wieder sah er vor seinem geistigen Auge, wie Alban in den Fluten verschwand. Die nackte Angst überfiel ihn. Er fühlte sich wie ein Mörder und er hatte seinen eigenen Bruder auf dem Gewissen; andererseits hatte der seine Mutter umgebracht. Ruhelos wälzte er sich auf seinem Lager hin und her, bis der Hahn krähte.

Sein erster Gang führte ihn zur Latrine, die zwanzig Meter vom Haus entfernt lag. Langsam ging er über den Hof und schaute sich verstohlen um. Er hoffte, Alban irgendwo zu entdecken, doch der Junge blieb verschwunden. Als sein Vater aus der Tür trat und sich ausgiebig streckte, hatte Xaver bereits das Feuer in der Schmiede entfacht und trat kräftig auf den Blasebalg.

»Warum machst du die Arbeit deines Bruders?«, wollte der Schmied wissen und zeigte missmutig auf die Feuerstelle.

»Er ist nicht da.« Xaver vermied es, seinem Vater ins Gesicht zu sehen und scharrte mit einem Eisen in der Glut.

»Mal wieder?«

»Gestern habe ich ihn noch gesehen. Er ist in den Wald gelaufen. Kann sein, dass er abgehauen ist.«

»Abgehauen?« Der Schmied zog die Augenbrauen kraus. »Na warte! Wenn ich den erwische, ziehe ich ihm den Hosenboden stramm.«

Xaver legte das Eisen ins Feuer und griff nach seinem Hammer. In ihm brannte der Drang, auf etwas einzuschlagen, und weil Alban nicht da war, kam nur der Amboss in Frage. Grimmig ließ er den Hammer auf den Amboss fallen und sagte: »Geht nur Vater, ich mach das hier schon!«

Xaver drosch hart auf das Eisen ein, welches rot glühend vor ihm lag. Die Schläge hallten in seinem Kopf wider. Er war wütend darüber, dass Alban verschwunden war. Wenn er ihn zu fassen bekäme, würde er ihn windelweich prügeln. Xaver konnte nicht glauben, dass Alban wirklich ertrunken war. Zwar hatte er ihn wie einen Stein in den Fluten versinken sehen, dennoch hoffte er, nicht zuletzt um seinetwillen, dass Alban noch lebte.

Missmutig legte er den Hammer weg, trat durch die Tür hinaus auf den Hof und ging über den Dorfplatz hinüber zu den alten Eichen, wo er sich immer mit seinen Freunden traf.

Es war niemand da.

Er blinzelte zum Haus des Bäckers hinüber. Die Söhne Schorsch, Schdoffel und Done mussten heute bestimmt helfen, die Brote aus dem Ofen zu holen. Nur montags und freitags wurde der Backofen angefeuert. Das war immer eine Menge Arbeit: Holz musste gespalten, das Feuer angezündet, der Teig geknetet und geformt werden. Bis heute Abend würde er keinen von seinen Freunden zu Gesicht bekommen.

Fritz hingegen war der Sohn des Webers. Vielleicht konnte er ihn ja von der Arbeit weglocken. Xaver musste dringend mit jemandem sprechen.

Schnell ging er zum Haus des Webers hinüber. Er wusste, dass es die alte Weberin gut mit seinem Bruder meinte. Vielleicht saß Alban ja bei ihr und wollte ihn nur zum Narren halten?

Als Xaver vor der Hütte stand, trat Agathe aus der Tür. Ihr Blick zeigte Misstrauen und sie musterte Xaver abschätzig von oben bis unten. »Wen haben wir denn da? Den Sohn des Schmieds«, krächzte sie und blieb stehen.

Xaver blickte zu Boden. »Ist Fritz da?«, fragte er knapp.

»Er hat zu tun. Was willst du denn von ihm, was nicht bis heute Abend warten kann?«

Xaver schien um eine Antwort verlegen. Die Alte war schlau. Besser er ging ihr aus dem Weg, bevor sie ihm noch mehr unangenehme Fragen stellen konnte.

Er schüttelte den Kopf und wandte sich ab.

»Hat es was mit deinem Bruder zu tun?«, hakte sie nach.

Nun blickte Xaver doch auf. Seine Augen verrieten Verwunderung, doch er antwortete nicht.

»Habe ich es mir doch gedacht! Wo steckt Alban? Ich habe ihn seit gestern Morgen nicht mehr gesehen. Ihr habt ihn in den Wald getrieben, doch zurück seid ihr alleine gekommen.«

Xaver zuckte die Schultern. »Er wird schon wieder auftauchen«, erklärte er halblaut und ging davon.

»Und wenn nicht?«, fragte die Alte.

»Dann haben wir ein Problem weniger!«, murmelte Xaver finster.

Er war überrascht, dass die alte Frau seine leisen Worte gehört hatte, als sie ihm unbeirrt nachrief: »Oder eines mehr! Ich denke, ich werde Fritz befragen müssen. Er ist schließlich mein Enkel und wird mich nicht anlügen!«

Agathe hatte sich schon gestern gewundert, dass Alban nicht mit den anderen aus dem Wald gekommen war. Die

Jungen kamen mit gesenkten Köpfen zurück, schlichen über den Platz, um sich gleich darauf in alle Winde zu verstreuen. Agathe blieb bis zum Abend vor ihrer Hütte sitzen, doch Alban kam nicht. Morgens noch hatte Agathe beobachtet, wie Xaver verstohlen in alle Richtungen spähte, so, als suche er etwas, doch von Alban fehlte weiterhin jede Spur.

Sie war ein wenig im Dorf herumgegangen, als vertrete sie sich nur die Beine, schaute in die dreckige Werkstatt, lauschte angestrengt, in der Hoffnung Albans Stimme zu vernehmen, aber es blieb still – zu still.

Fritz saß am Webstuhl und warf das Schiffchen hin und her, als seine Großmutter eintrat. Sogleich senkte auch er den Kopf, als er sie erblickte. Ihr Jutekopftuch verdeckte die grauen Haare. Sie war zwar alt, doch ihre blauen Augen leuchteten wachsam und ihrer Aufmerksamkeit entging selten etwas. Immer, wenn Fritz etwas ausgefressen hatte, sagte sie es ihm gerade auf den Kopf zu.

»Was will dieser Nichtsnutz Xaver von dir?«, meinte Agathe und stellte sich neben ihren Enkel an den Webstuhl. »Um diese Zeit trefft ihr euch doch sonst nie.«

Fritz zuckte die Schultern, blickte aber nicht auf. Er gab keinen Laut von sich, hielt nur konzentriert seine Augen auf den Webstuhl gerichtet, an dem seine Hände geübt die Arbeit verrichteten, nur seine Füße traten ein klein wenig mehr als nötig die Pedale nieder.

»Wo steckt Alban eigentlich?«

Die Frage traf Fritz wie ein Faustschlag. Nun blickte er betroffen auf. »Warum?«, fragte er heiser.

»Weil er seit gestern verschwunden ist. Ich nehme an, Xaver wollte dich deshalb sprechen.«

Fritz öffnete langsam den Mund. Seine Augen wurden groß und zeigten Angst. Ein leises Krächzen drang aus seinem Hals.

»Was habt ihr mit ihm gemacht?«, wollte seine Großmutter wissen.

»Was …, was sollen wir schon mit ihm gemacht haben? Er wird …, er wird sicher bald wieder auftauchen!«, stotterte er.

»So? Und wenn nicht?«

Fritz suchte verzweifelt nach einer Antwort, fand aber keine.

Fritz' Vater Joseph, den alle nur Sepp nannten, betrat in dem Moment den Raum. Er blickte seine Mutter an, die mit den Händen in die Seiten gestemmt dastand. Dann fiel sein Blick auf Fritz, der wie versteinert auf den Webstuhl starrte. »Was ist denn bei euch los?«, fragte er verwundert. »Ist etwas passiert?«

»Alban ist verschwunden und ich denke, dass Fritz etwas darüber weiß«, sagte Agathe.

»Verschwunden?«, fragte Sepp besorgt.

»Ja genau, verschwunden!«, betonte sie noch einmal etwas schärfer. »Seit gestern Vormittag. Ich habe beobachtet, wie Fritz und die anderen Alban in den Wald getrieben haben. Seitdem habe ich den Jungen nicht mehr gesehen.«

»Vielleicht ist er in der Schmiede?«, meinte Sepp.

»Das würde mich doch sehr wundern! Ich habe bis zum späten Abend gewartet und heute Morgen war er immer noch nicht da. Geh hinüber zur Schmiede und befrage Xaver, der übrigens gerade hier war und deinen Sohn sprechen wollte.«

»Ach, die Jungen stecken doch dauernd zusammen«, erklärte der Weber und schaute zu Fritz, der noch immer die Augen gesenkt hielt. »Aber so wie du schaust, Junge, will ich es doch genauer wissen. Und wehe du lügst mich an!«

Der scharfe Unterton seines Vaters war Fritz nicht entgangen. Schweißperlen traten auf seine Stirn. Er steckte in einer Zwickmühle. Erzählte er seinem Vater alles, was geschehen war, würde er bestimmt Prügel beziehen, erzählte er es ihm nicht und sein Vater kam dennoch dahinter, würde er noch schlimmere Prügel bekommen. Wenn Xaver jedoch erführe, dass Fritz geplaudert hatte, wollte er lieber gar nicht erst wissen, was dann geschah. Xaver war groß und stark und er war der Anführer von allen Jungen im Dorf. Jeder hatte Respekt vor ihm und was Xaver sagte, war Gesetz.

»Nun«, fragte Sepp und legte seinem Sohn die Hand auf die Schulter. Er musste das Zittern gefühlt haben, denn er kräuselte überrascht die Stirn. »Was ist geschehen, Fritz? Es kann doch nicht so schlimm sein, dass du es mir nicht sagen willst.«

Fritz brach in Tränen aus. Er wollte nicht weinen, doch er konnte nicht anders.

Sepp schaute seinen Sohn durchdringend an. Seine hellblauen Augen wirkten unnachgiebig.

Fritz schüttelte resigniert den Kopf. »Er ist ertrunken«, schluchzte er und schlug sich die Hände vors Gesicht.

»Jesus, Maria und Joseph«, rief Agathe erschrocken und bekreuzigte sich.

»Wir haben versucht ihm zu folgen, doch er war zu schnell ...«

»Was?«, fragte sein Vater und raufte sich die Haare. »Wie zu schnell? Wo?«, fragte er.

»Wir haben den kleinen Scheißer verfolgt. Alban, meine ich«, verbesserte sich Fritz, als er in die Augen seiner Großmutter sah. »Es sollte nur ein Spaß sein. Zumindest habe ich das geglaubt. Er war flink und ist uns entwischt. Er kam bis zur Rems.« Fritz stockte. Fieberhaft überlegte er, ob er wirklich alles berichten sollte. Schließlich zuckte er die Schultern.

»Was ist dann passiert?«, fragte sein Vater tonlos.

»Xaver hat befohlen, Alban in die Rems zu werfen. Wir wussten nicht, dass das Wasser so schnell fließt. Wir dachten, er würde gleich wieder auftauchen und tropfnass ans Ufer klettern, aber der Fluss hat ihn einfach mitgerissen. Wir sind noch eine Weile neben ihm hergelaufen, doch wir konnten nichts machen.« Fritz ließ die Schultern sinken.

»Ihr habt was?!«, fragte sein Vater fassungslos.

Der Junge nickte schwach.

»Bei Hochwasser?«

Wieder nickte er und senkte dann kläglich den Kopf.

»Wie konntest du bei dieser Sache mitmachen? Habe ich dir nicht schon hundertmal gesagt, du sollst dich von diesem Xaver fernhalten«, rief seine Großmutter und versetzte ihm eine schallende Ohrfeige.

»Aber ich habe es doch nicht gewusst«, verteidigte sich ihr Enkel heulend.

»Was hast du nicht gewusst? Dass Alban viel jünger ist als du und die anderen, dass er vielleicht nicht schwimmen kann und die Rems gefährlich ist? Hast du nicht gewusst, dass du ihn in Gefahr bringst, ihn vielleicht sogar umbringst?«

»Nein, nein ..., ich habe es nicht gewusst und die anderen auch nicht, sonst hätten wir ihn doch nicht hineingeworfen.« Fritz klang verzweifelt, doch er bekam gleich noch eine zweite Ohrfeige verpasst, diesmal von seinem Vater.

»Deine Großmutter hat es mir immer wieder prophezeit, doch ich habe die Ohren verschlossen. Ich hätte dir wirklich den Umgang mit diesem Xaver verbieten müssen, solange noch Zeit dafür war, doch jetzt ist es wohl schon zu spät. Alban ist ertrunken und du und deine sauberen Freunde tragen die Verantwortung dafür. Los, steh gefälligst auf, wenn ich mit dir rede.« Sepp zerrte seinen Sohn auf die Beine und schlug ihm noch einmal mit der flachen Hand ins Gesicht. »Wir holen jetzt die anderen und dann erzählt ihr noch einmal, was ihr getan habt und zwar vor dem ganzen Dorf!«

Sepp nahm den jammernden Fritz am Ohr und zog ihn zur Haustür hinaus, über den Hof, bis zum Haus des Bäckers hinüber. Dort hämmerte er mit der Faust gegen die Tür.

Regina, die Frau des Bäckers erschien. Sie blickte auf die Szene, die sich ihr darbot und fragte verwundert: »Sepp, was ist denn los? Warum schlägst du uns beinahe die Tür ein?«

Neben ihr tauchte Fritz' Mutter auf und rief: »Und warum hältst du unseren Sohn am Ohr fest?«

»Weil er es verdient hat!«, schrie Sepp ungehalten.

Nun kamen auch der Bäcker und seine drei Söhne gelaufen. Als die Jungen jedoch Fritz erblickten, der mit hochrotem Kopf an der Hand seines Vaters hing, wussten sie sofort Bescheid.

»Erklärst du uns bitte erst einmal, was unser Sohn schon wieder ausgefressen hat?«, meinte Christa, die Frau des Webers. Sie hatte die Arme vor der Brust verschränkt und schaute verärgert auf ihren Mann.

»Er und diese drei, die sich gerade so verstohlen ansehen, haben Alban auf dem Gewissen!«

»Was?« schrie der Bäcker und betrachtete seine Söhne streng. »Ist das wahr?«

Die drei blickten zu Boden.

»Sie haben, so hat es mir dieser Bengel hier erzählt«, Sepp schüttelte Fritz, den er immer noch am Ohr festhielt, »den wehrlosen Alban in die Rems geworfen, und er ist ertrunken!«

Der Bäcker drehte den Kopf. »Ist das wahr?«, fragte er noch einmal und dieses Mal war seine Stimme nur noch ein bedrohliches Brummen.

Schdoffel, Done und Schorsch schauten sich schuldbewusst an, dann nickten sie ängstlich.

»Oh Gott …«, hauchte Christa und taumelte leicht rückwärts, als sie begriff, was dies bedeutete.

»Bring den Jungen herein, ich hole Xaver!« Vincent, der Bäcker, setzte sich in Bewegung und lief zur Schmiede hinüber. Er pochte an die große Tür, doch es öffnete niemand. Einmal ging er um das gesamte Gebäude herum. Doch drinnen war alles still. Von Xaver fehlte jede Spur. Vorsichtig drückte er die Tür auf und rief nach dem Jungen, doch er bekam keine Antwort.

Wut stieg in ihm auf.

Mit breiter Brust ging er zu seiner Hütte zurück. Er konnte sich denken, wohin Xaver sich verdrückt hatte.

Laut pfiff er durch die Zähne und nahm seinen Hund

von der Kette. So einfach würde der kleine Teufel diesmal nicht davon kommen.

Alois freute sich und hüpfte an seinem Herrn hoch. Er war ein St. Hubertus und Vincent hatte ihn, als er noch ein Welpe war, von einem fahrenden Händler gekauft. Inzwischen war Alois ausgewachsen und verrückt nach der Jagd. Deshalb lag er auch fest an der Kette, sonst konnte es schnell passieren, dass er mit einem gerissenen Tier zurückkam.

Immer sonntags gingen Vincent und Alois zusammen in die Wälder. Der Graf erlaubte das Jagen mit einem Hund, nur mit Pfeil und Bogen durfte nicht gejagt werden. Auch auf das Großwild behielt der Graf das Recht für sich. Deshalb hatte Vincent seinen Hund auf kleine Tiere, wie Hasen und Fasane, abgerichtet. Heute sollte der Hund jedoch einen Menschen finden und Vincent war sich nicht ganz sicher, ob dies auch gelingen würde.

»Wir suchen jetzt einen sehr großen Hasen«, sagte er und ging mit Alois zur Werkstatt des Schmieds. Dort suchte er nach einem Wäschestück, das Xaver gehörte, und wurde auch gleich fündig. Er nahm ein Hemd und ließ den Hund eine Weile daran schnuppern.

»Regina, Xaver ist ausgebüchst. Bewirte unsere Gäste, ich mache mich auf die Suche nach diesem Teufel. Wartet, bis ich wieder zurück bin!«, rief Vincent seiner Frau zu.

Regina, die vor die Tür getreten war, um nachzusehen, wo ihr Gemahl blieb, nickte und ging zurück ins Haus.

Der Hund lief geradewegs in den Wald hinein.

»Guter Junge! Such!«, rief Vincent und ließ sich hinter Alois herziehen. Unbeirrt hetzte der Hund voran und Vincent hatte Mühe, ihm zu folgen, deshalb ließ er ihn irgendwann einfach von der Kette und Alois preschte davon. Kurz sah Vincent noch das braune Fell aufleuchten und dann war der Hund auch schon im Wald verschwunden. Nur sein Bellen drang stetig an Vincents Ohr und er folgte ihm, genau so, wie er es bei jeder Jagd tat.

Xaver duckte sich hinter einem Stamm nieder. Er hatte beobachtet, wie Fritz von seinem Vater über den Hof gezerrt wurde und hatte sofort kopflos die Flucht ergriffen. Im Wald kannte er sich gut aus. Wenn er nur weit genug lief, dann würden sie ihn bestimmt nicht finden.

Kurz verschnaufte er und hastete dann schnell weiter. Sein Herz trommelte in seiner Brust und er wusste, dass er nie wieder nach Hause zurückkehren konnte. Bestimmt knüpften sie bereits den Strick und Agathe freute sich schon darauf, ihn baumeln zu sehen. Doch so einfach würde er es ihnen sicher nicht machen. Er musste nur schnell genug sein, dann konnte er entkommen.

Seine langen Beine setzten über das Unterholz, immer weiter in den Wald hinein, solange, bis er sich einigermaßen sicher fühlte. Langsamer ging er weiter und verschnaufte sogar für einen Moment an einer Lichtung.

Plötzlich hörte Xaver ein Bellen aus dem Wald dringen. »Alois«, murmelte er entsetzt vor sich hin. Natürlich! Wie hatte er nur den Hund vergessen können? Schnell wollte er weiter springen, doch es war zu spät. Alois hatte Xaver entdeckt und stürzte freudig auf ihn zu.

»Pst«, machte Xaver, um den Hund zu beruhigen, doch er wusste genau: wo Alois war, war sein Herr nicht weit. Seine Flucht war zwecklos, denn Alois würde nicht mehr von seiner Seite weichen, bis Vincent ihn gefunden hatte.

Resigniert ließ Xaver die Arme sinken. Jetzt war alles aus.

Es dauerte nicht lange, bis Vincent auf die Lichtung trat. Sein Gesicht verriet Ärger und er stapfte ungehalten auf Xaver zu. Alois legte sich derweil ins Gras, seine lange Zunge hing ihm tropfend aus dem Maul. Für den Hund war es ein Spiel, das er gewonnen hatte – für Xaver war es bitterer Ernst.

Xaver spürte die raue Hand des Bäckers in seinem Genick, doch er gab keinen Mucks von sich, als dessen Finger sich wie ein Schraubstock schlossen.

»So, hab ich dich Bursche. Du kommst jetzt mit!«

Vincent band den Hund an seinem Gürtel fest. »Du brauchst gar nicht auf die Idee zu kommen, noch mal abzuhauen. Alois findet dich überall!« Er packte den Jungen wieder am Genick und schüttelte ihn. »Los, beweg dich, bevor ich dir in deinen nichtsnutzigen Hintern trete. Es ist ja nicht so, dass ich nicht schon längst darüber nachgedacht habe, meine Söhne von dir fern zu halten, aber ab heute schlage ich dich in Stücke, wenn du noch einmal versuchst sie für deine Machenschaften einzuspannen!«

Vincent war so wütend, dass er sich beherrschen musste Xaver keine Gewalt anzutun. Immer wenn er glaubte, der Junge ginge zu langsam, trat er ihm mit dem Schuh in den Hintern. »Auf geht's! Wir wollen heute noch ankommen!«

Nach knapp einer Stunde erreichten sie den Dorfplatz in Büren, in dessen Mitte sich das ganze Dorf versammelt hatte.

Die Jungen saßen nebeneinander auf einer Bank. Ihre Gesichter schauten schuldbewusst zu Vincent, der Xaver am Arm hinter sich herschleifte.

»Alois hat ihn gefunden.« Vincent tätschelte den Kopf des Hundes. »Xaver wollte sich aus dem Staub machen, um seiner gerechten Strafe zu entgehen.«

Regina trat auf ihn zu. »Wir haben bereits begonnen zu beraten, was wir mit den Jungen machen sollen«, sagte sie und zeigte auf die vier Jungen, die nervös auf der Bank herumrutschten.

»Und?«, fragte Vincent. »Was habt ihr beschlossen?«

»Wir wollten auf dich und Xaver warten. Siegfried ist noch in Gmend. Er weiß noch nichts von der Sache. Vielleicht wäre es besser, auch auf ihn zu warten.«

Vincent schüttelte den Kopf und trat in die Mitte. »Wer weiß, wann er zurückkommt. Siegfried kann Xaver jetzt auch nicht mehr helfen. Ich frage mich, ob er überhaupt dazu gewillt wäre, nachdem er gehört hat, was für eine Brut er da großzieht. Ich kann immer noch nicht glauben, dass auch meine eigenen Söhne an dieser Sache beteiligt waren. Diese Jungen haben ein furchtbares Verbrechen begangen«, sagte er anklagend und zeigte mit dem Finger auf die fünf. »Am schlimmsten von ihnen hat sich Xaver versündigt. Er hat seinen eigenen Bruder gequält und misshandelt. Doch auch wir Alten sind nicht unschuldig an dem, was geschehen ist.« Vincent zeigte in die Menge der Dorfbewohner, die ihn verwirrt anblickten. »Wir sind nicht rechtzeitig eingeschritten«, fuhr er vorwurfsvoll fort. »Auch ich habe meine Augen verschlossen. In der Hoffnung, dass nichts Schlimmes passiert, war ich blind für das, was sie Alban jeden Tag antaten. Nun ist etwas Furchtbares geschehen und ich kann nicht mehr wegsehen. Alban ist tot, ertrunken in der Rems. Xaver und auch meine Söhne sind schuld daran. Über sie sollte der Graf richten. Leider ist er im Elsass, um Hildegard von Schlettstadt zu ehelichen. Doch er wird zurückkommen und uns anhören. Bis dahin sperren wir die Jungen bei Wasser und Brot ein«, schloss er seine Rede und zog sich aus der Mitte zurück.

Rochus, der alte Bader im Dorf, verband gemeinsam mit Agathe Wunden, schiente Knochen und zog Zähne, wenn sie bereits faul und schwarz im Mund stanken. Agathe hatte viel von ihm gelernt, doch auch er schätzte ihre Salben und Tinkturen. Es gab Ringelblumensalben, Arnikatinkturen, Minzöle, Bittergeist und Hanfsäfte, die farbige Träume zauberten.

Zur Überraschung aller stellte sich Rochus in die Mitte der Anwesenden und sprach: »Die Jungen haben berichtet, dass sie Alban in den Fluss geworfen haben, nicht aber, dass sie ihn tot gesehen hätten. Vielleicht ist der Junge ja irgendwo aus dem Fluss geklettert oder jemand hat ihn aus dem Wasser gezogen?«

»Und warum kommt Alban dann nicht zurück?«, fragte Sepp zweifelnd.

»Vielleicht kann er nicht«, gab Rochus schulterzuckend zurück.

»Vielleicht ist er aber auch nur abgehauen!«, rief Xaver dazwischen.

»Du bist besser ganz still!«, herrschte Vincent ihn an und drohte ihm mit der flachen Hand.

Xaver duckte sich und verstummte.

»Aber der Junge hat recht. Der Fluss führt in die Nähe von Condistat. Er könnte überall an Land gespült worden sein, tot oder lebendig. Es ist erst bewiesen, dass Alban tot ist, wenn auch seine Leiche gefunden wird. Bis dahin bleibt alles ungewiss.«

»Ihr meint also, dass wir die Jungen nicht bestrafen dürfen?«, sagte Agathe unwillig.

»Das habe ich nicht gesagt! Was sie getan haben, ist ein schändliches Verbrechen, doch ich denke nicht, dass sie es in der Absicht getan haben, Alban zu töten. Sie sind jung und leichtsinnig. Sie wussten nicht, was geschieht. Das ist alles, was ich zu bedenken gebe.«

Agathe stürmte wie eine Furie los und stellte sich neben Rochus in die Mitte. Sie konnte nicht glauben, dass ausgerechnet Rochus Partei für die Jungen ergriff.

»Es mag schon stimmen, dass wir nicht mit Gewissheit sagen können, ob Alban noch am Leben ist. Doch eines können wir mit Sicherheit sagen: nämlich, dass diese fünf Jungen, zu denen leider auch mein Enkel Fritz gehört, Alban über lange Monate, vielleicht sogar Jahre gequält und geschlagen haben. Alban kam zu mir, um sich zu verstecken. Sein ganzer Körper war mit blauen Flecken übersät. Nicht nur einmal habe ich gesehen, wie Xaver hinter seinem Bruder her war. Wir können nicht billigen, dass sie ihn zu fünft in einen Fluss geworfen haben, der durch den vielen Regen zum reißenden Strom wurde. Ob Alban nun ertrunken ist oder nicht – sie haben in Kauf genommen, dass so etwas geschehen kann, und dafür gibt es keine Entschuldigung. Solange Alban nicht wieder lebendig vor mir steht, gehe ich davon aus, dass sie ihn umgebracht haben.

Dafür müssen sie bestraft werden und zwar alle! Auch mein Enkel, Fritz!«

Zustimmendes Gemurmel keimte auf.

»Ich schlage vor, die fünf in die Jauchegrube zu stecken und sie an den nächsten Baum zu binden. Die Schmeißfliegen sollen auf ihnen sitzen und zwanzig Peitschenhiebe sollen ihre Fußsohlen treffen. Sieben Tage bekommen sie nichts zu essen und nur zwei Becher Wasser am Tag. Jeder, der vorbei geht, darf sie anspucken und am Ende der sieben Tage tauchen wir sie in ein Wasserfass, bis ihnen die Luft wegbleibt, damit sie erkennen, wie qualvoll es ist zu ertrinken.

Erneut entstand Gemurmel, doch es klang zustimmend.

Vincent trat noch einmal in die Mitte und sagte: »Diese Strafe hört sich für mich gerecht an. Die Jungen müssen lernen, dass es immer auf sie zurückfällt, wenn sie auf anderen herumhacken!«

Kein gutes Geschäft

Gmend lag etwa zwölf Kilometer nordöstlich von Büren, direkt am Ufer der Rems. Siegfried würde also nur dem Fluss folgen müssen, dann könnte er die Siedlung bis zum Nachmittag erreicht haben.

In Gmend hatten schon immer Menschen gesiedelt, doch es war mehr ein Kommen und Gehen als eine richtige Ansiedlung. Es gab zwei Gasthäuser und ein paar Stallungen für die Ochsen, die täglich Waren von Condistat nach Nordilinga schafften. Gmend war eine Zwischenstation auf einer Ochsenkarrentour. Das wusste der Schmied von einem Händler, den er in der Schenke getroffen hatte. Der berichtete, dass in den letzten Jahren die Ochsenkarrentouren deutlich zugenommen hätten und es in Gmend für einen Schmied mehr als genug zu tun gäbe. Der Händler hatte von einem echten Notstand gesprochen und den Schmied beinahe bekniet dort hinzugehen. »Ich bin fast eine Woche in Gmend festgesessen, weil mir der Radkranz gebrochen war. Der Schmied ist so alt, dass er kaum noch seinen Hammer heben kann. Seine Söhne sind an der Schwindsucht gestorben, alle drei, genau wie sein Weib. Nun ist er allein, und mit ihm wird es wohl auch bald zu Ende gehen. Was macht Ihr noch hier in Büren, Schmied? Geht und helft den Händlern in Gmend. Sie werden Euch fürstlich entlohnen und sie könnten dann ohne langen Aufenthalt weiterziehen!«

Der Schmied überlegte nicht lange. Er hatte sowieso vor, aus Büren zu verschwinden, weil ihn hier alles an Amalie erinnerte. Seit elf Jahren trauerte er nun um seine verstorbene Frau. Doch damit war jetzt Schluss. In seinem Herzen sehnte er sich nach einem neuen Weib. Er hatte es satt, den Haushalt, die Kinder und die Schmiede gleichzeitig zu versorgen. Bis heute hatte er sich nicht vorstellen können, eine andere zu lieben, doch Amalie war tot, gestorben durch die Geburt dieses nutzlosen Sohnes. Seit diesem Tag war sein

Leben nicht mehr lebenswert. Der Junge hatte so sehr geschrien, dass nicht einmal die Amme ihn zu beruhigen wusste. Am liebsten hätte er ihn damals auf den Amboss gelegt und erschlagen, doch irgendetwas hielt ihn davon ab. Die Augen des Jungen erinnerten Siegfried so sehr an seine Frau, dass er ihn nicht einmal mehr ansehen konnte. Der Hass auf Alban schwoll täglich an, wie ein Sturm, der übers Feld jagt und den kein Baum oder Strauch aufhalten kann. Der Schmerz war so groß, so unerträglich, dass Siegfried ihn nur mit genügend Wein aushalten konnte. Aus Büren fortzugehen war vielleicht die einzige Möglichkeit zu vergessen. Zwar würde sich dadurch das Verhältnis zu seinem jüngsten Sohn nicht verbessern, doch bestimmt würde er in Gmend eine neue Frau finden, die sich um die Jungen kümmern konnte.

Mürrisch schüttelte er den Kopf, um die trüben Gedanken abzuschütteln, doch immer wieder kam ihm Alban in den Sinn. Der Junge war im Grunde unschuldig, auch wenn Siegfried es nicht zugeben wollte. Er dachte an die Zeit vor Albans Geburt, wie Amalie auf der Gartenbank saß und Xaver auf ihrem Schoß wiegte. Damals war alles so leicht gewesen. Xaver hatte seine Mutter abgöttisch geliebt und war verstört, als Amalie auf dem kleinen Friedhof hinter dem Turm beerdigt wurde.

Siegfrieds Weg schlängelte sich an der Rems entlang und führte an saftigen Wiesen vorbei. Auf manchen graste Vieh, auf anderen pflückten Frauen Sauerampfer. Obwohl er im Schatten ging, war die Luft warm, und als er um eine Biegung kam, wurde das Tal breiter und die Sonne fiel leuchtend hinein. Bestimmt hatten sich die Menschen deshalb hier niedergelassen, denn hier war die breiteste Stelle zwischen den Hügeln, wie ein großer Kessel mit topfebenem Boden. Die Felder, die bestellt vor Gmend lagen, bekamen genug Sonne, sodass der Weizen schnell wuchs und nun golden in der Sonne leuchtete.

Siegfried folgte einem Ochsenkarren, der kurz vor dem Ort anhielt. Der Führer ließ seinen Karren stehen und schwatzte mit einem Mann, der auf einem Pferdefuhrwerk saß.

Siegfried ging noch eine Weile einen Pfad entlang, bis er an einen großen Platz kam, in dessen Mitte sich ein Brunnen befand. Er trat heran, ließ den Lederschlauch in das Loch sinken und zog ihn prall gefüllt wieder heraus. Ein kräftiger Schluck Wein wäre ihm jetzt lieber gewesen, doch er wollte nüchtern bleiben, wenn er dem Schmied gegenüber trat.

Nachdem er sich etwas Wasser in die Kehle geschüttet und sich das Gesicht und den Nacken benetzt hatte, schaute er sich fragend um. Sechs Fuhrwerke standen rings um den Brunnen und zwei weitere kamen hinzu. Es stimmte also, was der Händler erzählt hatte. An diesem Ort herrschte ein reges Treiben.

»Wo finde ich den Schmied?«, fragte Siegfried einen Mann, der ebenfalls Wasser aus dem Brunnen schöpfte. Der zeigte nur wortlos in Richtung der Sonne.

Siegfried nickte und ging hinüber. Von weitem schon hörte er Schläge auf einem Amboss erklingen. »So schwach hört sich das gar nicht an«, murmelte er. Vor der Schmiede blieb er stehen und begutachtete das Dach aus Schindeln, welches frisch gedeckt war. Ein älterer Mann saß vor der Hütte und schärfte mit einem Stein eine Klinge.

»Seid gegrüßt. Mein Name ist Siegfried. Ich komme aus Büren und suche den Schmied.«

Der Alte blickte auf und nickte. »Ihr habt ihn gefunden!«, sagte er, ohne auch nur für einen Moment mit dem Schärfen aufzuhören.

»Und wer hämmert so heftig auf den Amboss?«

»Keine Ahnung wie der Knabe heißt. Er tauchte heute Morgen hier auf und behauptete, er könne mir helfen. Ich war überrascht, was er alles fertig brachte. Er schmiedet gerade ein paar Nägel.«

»Nägel sind das Erste, was ein Lehrling zu schmieden lernt«, erklärte Siegfried und setzte sich zu dem Alten auf die Bank. »Nun«, begann er und räusperte sich. »Ich habe von einem Händler erfahren, dass Ihr Hilfe benötigt. Ich bin auch Schmied und wäre bereit, Eure Werkstatt zu übernehmen – gegen einen anständigen Obolus, versteht sich.«

»Wie viel?«, fragte der Alte und spuckte aus.

»Nennt mir Euren Preis.«

»Fünfhundert, und keinen Pfennig weniger!«

»Fünfhundert?« rief Siegfried und spuckte auf den Boden.

Die Schläge in der Hütte verstummten.

»Die Fünfhundert habt Ihr schnell wieder drin und mir wird es bis an mein Lebensende reichen.«

»Wie lange überlegt Ihr Euch das schon?«

»Seit gerade eben!«, kicherte der Alte und fuhr fort das Schwert zu schärfen.

»So, so«, murmelte Siegfried und klopfte ihm auf die Schulter. »Könnten wir das nicht bei einem Humpen besprechen?«

»Ihr meint im Wirtshaus, denn ich habe nur Wasser und Milch.« Der Alte leckte sich die Lippen.

»Ich lade Euch ein«, erklärte Siegfried. »Am besten gehen wir dorthin, wo es auch noch etwas zwischen die Zähne gibt.«

»Dort drüben im Schwona kann man gut essen. Ich komme gleich mit!« Er legte das Schwert auf die Bank und den Stein daneben, stand auf und ging zur Tür. »Ich komme in einer Stunde zurück«, rief er laut hinein, dann schloss er die Tür und ging in Richtung Brunnen davon.

Siegfried freute sich auf einen Becher Wein und eine anständige Mahlzeit. Der Marsch hatte ihn hungrig und sehr durstig gemacht. Er schaute noch einmal über seine Schulter und begutachtete das geräumige Haus aus Stein. Es sah recht solide aus und fünfhundert Silberpfennige war auf keinen Fall zuviel. Doch vielleicht schaffte er es ja, den Alten noch ein wenig herunterzuhandeln. Wortlos folgte er dem grauhaarigen Mann, der von der schweren Arbeit gebeugt ging.

Er war nicht besonders groß, doch es war ihm anzusehen, dass einmal viel Kraft in ihm gesteckt hatte.

Siegfried hob den Becher und prostete dem alten Schmied zu. Sie saßen ein wenig abseits und ließen sich einen Teller Kraut mit Blutwurst schmecken.

In der Gaststätte war nicht viel Betrieb. Nur zwei Männer saßen am anderen Ende des dunklen Raumes und starrten in ihre Becher.

»Es soll hier viel Arbeit für einen Schmied geben«, begann Siegfried die Unterhaltung, nachdem er seinen letzten Bissen genommen hatte.

»So ist es wohl«, antwortete der Alte.

»Solltet Ihr dann nicht in Eurer Werkstatt sein?«

»Im Moment gönne ich mir eine Pause«, brummte der Alte und verschränkte die Arme vor der Brust.

»Nun gut ..., dann lasst uns gleich zur Sache kommen. Ich wäre gewillt, mich in Gmend niederzulassen.« Siegfried nahm einen Schluck Wein.

»Und warum wollt Ihr Büren verlassen?«, fragte der Alte argwöhnisch.

»Das ist meine Sache!«, antwortete Siegfried unfreundlich. »Aber ich denke schon länger darüber nach. Entweder ich kaufe Euch Eure Werkstatt ab oder ich errichte meine eigene. Deshalb kann ich Euch auch nur vierhundert für die Schmiede und das Haus bieten.«

Der Alte lächelte matt. »Ich habe Euch meinen Preis genannt. Es ist mir völlig gleichgültig, was Ihr jetzt macht! Ich habe genug Geld in meinem Leben verdient. Ich muss nicht verkaufen! Das Haus wird mich aushalten, solange ich noch lebe. Ich brauche Euer Angebot nicht und außerdem ...«, er hielt inne und schaute Siegfried in die dunklen Augen.

»Was?«, fragte der barsch und blickte gereizt in das schelmische Gesicht des Alten.

»Ich kann Euch nicht leiden«, sagte der Schmied laut. »Ihr habt ein hartes Herz«, fügte er noch hinzu und leerte seinen Becher. »Wie Ihr schon sagtet, es gibt viel zu tun. Danke für den Wein und das Essen, doch ich glaube, aus dem Geschäft wird nichts.«

Bevor er sich erheben konnte, legte Siegfried seine Hand auf den Arm des Alten. »Na schön! Ich bezahle Euch die Fünfhundert«, sagte er mürrisch.

Der Alte lachte auf. »Hab ich Euch nicht eben erklärt, dass es hier nicht ums Geld geht? Euer Herz ist hart, und das mag ich nicht. Vergesst das Geschäft! Ich habe es mir gerade anders überlegt!«

»Gut, dann komme ich mit meinen Söhnen trotzdem hierher und mache Euch Konkurrenz!«

»Tut, was ihr nicht lassen könnt! Meine Werkstatt brenn ich lieber nieder, als sie Euch zu geben.«

»Warum so feindselig? Was habe ich Euch getan?«

»Das will ich Euch gerne sagen! Zuerst habt Ihr mein Wort nicht ernst genommen und habt versucht zu feilschen, obwohl Ihr genau wisst, dass mein Haus allein fünfhundert wert ist, und dann habt Ihr mir auch noch mit Konkurrenz gedroht …«

»Aber so ist das, wenn man ein Geschäft machen will«, unterbrach ihn Siegfried. »Ich habe nur versucht, meine Interessen zu vertreten!«

»Und ich vertrete meine! Ihr seid in Eurem Herzen hart und nicht bereit, ein gutes Angebot mit Respekt zu würdigen. Also schert Euch zurück nach Büren, wo Ihr hergekommen seid, und lasst mich gefälligst los!«

Siegfried bemerkte, dass er den Arm des Schmieds immer noch festhielt. Langsam öffnete er seine Hand.

Ohne ein weiteres Wort warf der Alte eine Münze auf den Tisch, drehte sich um und ging davon.

Unerwartete Begegnung

Alban legte den Hammer auf den Amboss und schlich zum Fenster. Hatte er da eben seinen Vater sprechen gehört? Tatsächlich, da saß er neben dem alten Schmied und spuckte auf die Straße.

»Da hol mich doch der Deifel«, flüsterte er leise und machte auf dem Absatz kehrt. In der Schmiede gab es keinen Hinterausgang, also saß er in der Falle. Wie um alles in der Welt war sein Vater hierher gekommen? Suchte er etwa nach ihm? Aber dann müsste er doch in die andere Richtung gegangen sein, denn die Rems floss nach Westen und Gmend lag im Osten.

Nachdem er sich aus den Fluten der Rems gerettet hatte, war er tropfnass bis zu der Stelle zurückgegangen, wo die Jungen ihn ins Wasser geworfen hatten. Als er jedoch den Weg nach Büren erblickte, hatte er sich umentschieden und war weiter dem Pfad gegen den Flusslauf gefolgt. Die Richtung war mit Bedacht gewählt, denn zurück nach Hause wollte er auf keinen Fall.

Am späten Abend hatte Alban Gmend erreicht. Überall brannten Lagerfeuer und niemand fragte nach seiner Herkunft. Vermutlich dachten die Leute, er sei eines der Händlerkinder. Alban hatte sich an einem Feuer niedergelassen und einen der Bratäpfel ergattert, die neben der Glut lagen und die niemand mehr wollte. Irgendwann war er am Feuer eingeschlafen. Aufgewacht war er, weil ihm kalt wurde; da ging gerade die Sonne golden über dem Tal auf.

Beim ziellosen Herumschlendern traf er den Schmied der Stadt. Der alte Mann beschlug ein Pferd und der Gaul war unruhig hin und her getrippelt. Alban hatte ihn am Halfter gepackt und beruhigend auf das Tier eingeredet. Der Schmied dankte ihm und fragte, was er hier mache. Alban erklärte, dass er auf Wanderschaft sei. Er suche nach einer Anstellung, am besten in einer Schmiede. Natürlich klang das ziemlich unwahrscheinlich, denn Alban war nicht mehr als ein Dreikäsehoch, doch der Alte lachte und meinte: »Na, dann komm mal mit, Lehrling!« In der Werkstatt drückte er Alban einen Hammer in die Hand und sagte: »Los, mach Nägel!«

Nägel waren ja wohl das Einfachste, was es zu machen gab, und Alban führte vor, was er schon als kleiner Junge gelernt hatte. Für Nägel brauchte er auch nicht den großen Hammer zu nehmen, was das Ganze noch leichter machte. Schnell hatte Alban ein paar brauchbare Nägel angefertigt und zeigte stolz auf das Ergebnis.

»Das ist ja wunderbar«, sagte der Schmied und legte ihm ein Stück Brot auf den Amboss. »Das machst du nun den ganzen Tag und ich gebe Dir zu essen, ein Bett und im Monat einen halben Pfennig. Was sagst du?«

»Ja!«, sagte Alban und machte sich, nachdem er das Brot verspeist hatte, freudestrahlend an die Arbeit.

Jetzt fluchte er leise, denn dass sein Vater hier war, konnte nichts Gutes bedeuten.

Alban hörte nicht, worüber der Schmied mit seinem Vater redete, doch er hoffte, dass sein alter Herr draußen blieb und auf keinen Fall die Werkstatt betreten würde. Sicher hätte er Alban auf der Stelle erschlagen. Erleichtert hörte er den alten Schmied rufen, dass er in einer Stunde wieder zurück sei und sah die beiden davon gehen. So schnell er konnte, hastete er aus der Werkstatt und in die andere Richtung davon. Er durfte nicht riskieren, dass ihn sein Vater entdeckte.

»Mist!«, schimpfte er. »Dann war's das mit der Anstellung!«

Lange folgte Alban einem schmalen Weg bergan, der ihn zu einem großen Wald führte. Am Wegesrand setzte er sich auf einen Stein und überlegte, was er nun tun sollte. Er hatte sich schon darauf gefreut, für den alten Schmied zu arbeiten, doch daraus würde nun nichts mehr werden.

Müde erhob er sich und ging ein Stück in den Wald hinein. Was sollte er jetzt nur machen? Im Wald konnte er nicht überleben. Bestimmt gab es Wölfe oder andere wilde Tiere. Aber nach Hause wollte er trotzdem nicht mehr. Xaver war unberechenbar geworden. Alban hielt die ganzen Demütigungen und Quälereien nicht mehr aus. Lieber würde er im Wald sterben, als sich von Xaver totschlagen zu lassen.

An einer dicken Eiche hielt er an. Die Nachmittagssonne brannte gnadenlos. Er setzte sich in den Schatten des Baumes und schaute resigniert einem Eichhörnchen zu, das sich behände bis in die Kronen der Bäume flüchtete.

Irgendwann schlief er ein.

Ein lautes Knacken weckte Alban aus seinem tiefen Schlaf. Kurz wusste er nicht, wo er war.

»Es wird schon dunkel«, murmelte er verschlafen und rieb sich die müden Augen.

Wieder knackte es und er hörte Hufgetrappel.

Kamen da Reiter?

Neugierig schaute er sich in alle Richtungen um, doch da war nichts außer Bäume. Er ging zurück zum Weg und überlegte, in welche Richtung er nun gehen sollte. Wenn er zurück nach Gmend ginge, könnte er vielleicht wieder einen Bratapfel ergattern. Dort bestand aber auch die Gefahr, seinem Vater über den Weg zu laufen. Ging er jedoch in die andere Richtung, wusste er nicht, wann er wieder auf eine Siedlung treffen würde.

Erneut knackte es im Unterholz und Alban bekam es mit der Angst zu tun. Vor allem das Hufgetrappel machte ihn nervös. Der Teufel hat auch Hufe, dachte er, das hatte er vom Dorfgeistlichen erfahren, der jeden Sonntag mahnend den Zeigefinger hob und sagte, er solle sich vor des Teufels Hufe in Acht nehmen. Der Teufel lauere an jeder Ecke und warte nur darauf, ungehorsame Kinder mit sich in die Hölle zu reißen.

Albans Herz pochte laut in seiner Brust.

Da wieder, es waren eindeutig Hufe. Es hörte sich an, als ob ein Pferd durch den Wald galoppierte, aber es war nirgends zu sehen.

Alban wollte fliehen, doch dann fühlte er sich wie einer der Bäume, die hier Wurzeln geschlagen hatten. Es war wie in einem Traum, in dem man rennen will, aber keinen Fuß vor den anderen bekommt.

Ein Schatten huschte hinter einem Baum vorbei. Es knackte und raschelte, erst hinter Alban und dann vor ihm und keine zehn Sekunden später wieder etwas weiter weg.

»Oh Gott, der Teufel hat mich umzingelt«, jammerte er und sank auf die Knie, wie er es immer tat, wenn er Angst hatte. Dieses Mal waren es allerdings nicht Xaver und seine Kumpanen, vor denen er sich fürchtete, sondern etwas anderes – etwas, das er nicht kannte und das ihn mehr ängstigte, als alle Xavers dieser Welt.

Die Arme über dem Kopf kauerte er auf dem Weg. Er zählte zehn Hufschläge und vernahm dann voller Panik, dass es plötzlich ganz still geworden war.

Ohne seine Arme vom Kopf zu nehmen und aufzublicken, horchte Alban in die Dunkelheit hinein. Er hörte ein leises Schnauben, dann eine Art Wiehern und dann wieder Stille.

Noch stärker als sonst kniff er seine Augen zusammen, presste seinen Kopf an den weichen Waldboden und fing an zu beten. »Gott allmächtig, steh mir bei«, flehte er erstickt in die Erde. Als ihn jedoch etwas an der Schulter berührte, schnellte er unvermittelt hoch. Verstört blickte er in zwei runde blaue Augen.

Alban rutschte auf seinem Hintern rückwärts und wäre beinahe in einen Wassergraben gestürzt, so erschrocken war er im ersten Moment. Die Augen gehörten zu einem weißen Pferd, das ihn neugierig beschnupperte. Seine weichen Nüstern kitzelten ihn an der Wange und er musste lachen.

»Wer bist du denn?«, fragte Alban überrascht. Im gleichen Moment erblickte er das Horn auf der Stirn des Pferdes und erstarrte von Neuem. Hastig kroch er auf allen Vieren fort. »Tu mir nichts!«, rief er verängstigt. Am liebsten hätte er sich wieder die Arme über den Kopf geschlungen, doch es war besser, das seltsame Geschöpf im Auge zu behalten.

Im Wald war es inzwischen ganz dunkel geworden, dennoch hatte er keine Mühe das Tier zu erkennen. Es war, als leuchte es in der Dunkelheit. Besonders sein Horn leuchtete hell und strahlend mit silbernem Glanz.

Alban sperrte gleichzeitig Augen und Mund auf. Wie anmutig das eigentümliche Geschöpf dastand! Als es die Nüstern blähte und mit strahlenden Augen auf ihn nieder blickte, verwandelte sich seine Angst in Faszination. So etwas hatte er noch nie gesehen.

Die lange Mähne des Tiers säumte seinen ebenmäßigen Hals und die wachen Augen betrachteten den auf dem Boden kauernden Jungen freundlich.

Langsam kam Alban zurück auf die Füße. Vorsichtig machte er ein paar Schritte auf das Tier zu, das ganz ruhig stehenblieb. »Was bist du denn für ein Geschöpf?«, hörte er sich fragen. Gleich darauf lachte er über sich selbst. Das Pferd mit dem wunderlichen Horn auf der Stirn würde ihm sicher keine Antwort geben.

»Ich bin ein Einhorn«, erklang eine tiefe warme Stimme in Albans Kopf.

Alban zuckte zusammen. Sein verwunderter Blick schien das Tier zu amüsieren, denn es lachte leise.

»Und du kannst sprechen?«, fragte der Junge.

»Nicht so wie die Menschen sprechen. Ich rede durch meine Gedanken.«

»Was ist ein Einhorn?«, wollte Alban wissen, der nun neugierig geworden war.

»Uns gibt es seit Anbeginn der Zeit. Wir leben in den Wäldern und beschützen die Menschen. Böse Geister halten wir von ihren Siedlungen fern. Einst waren wir viele, doch wir sterben aus.«

»Warum?«

»Weil es kaum noch Menschen mit reinem Herzen gibt. Wir werden nicht mehr gebraucht. Die bösen Geister wachsen in den Siedlungen der Menschen heran, und wir können sie nicht aufhalten.«

Bei diesen Worten, musste Alban unwillkürlich an Xaver denken. »Und was willst du von mir?«, fragte er.

Das Einhorn lachte wieder. »Du hast mich gerufen, junger Freund, und ich bin gekommen, um dir zu helfen! Ich beobachte dich schon sehr lange, denn du wurdest mir anvertraut.«

Alban machte ein verdutztes Gesicht und schüttelte ungläubig den Kopf. »Aber warum hast du mich dann nie vor Xaver beschützt?«, fragte er anklagend und war fast ein wenig verärgert.

»Immerhin habe ich dich nicht ertrinken lassen«, sagte das Einhorn und trat von einem Huf auf den anderen.

»Das ist nicht ganz die Wahrheit. Ich habe mich selbst aus den Fluten befreit.«

»Und wer, glaubst du, hat den Stamm ins Wasser gerollt, an dem du hängengeblieben bist?«

Alban erinnerte sich, wie er den Fluss hinuntergetrieben war und sein Kopf immer wieder unter Wasser geriet. Plötzlich hatte er etwas Hartes an seinem Rücken gespürt, etwas, das ihn aufgehalten hatte. Dadurch bekam er den Kopf über Wasser. Es war wirklich ein Stamm gewesen, durch den er sich aus den Fluten der Rems hatte befreien können.

»Das warst du?«

»Nun, den Stamm hast du mir zu verdanken, herausgezogen hast du dich selbst!«

»Dann bist du also mein Freund?«, fragte Alban fast bestürzt. Er war es nicht gewohnt, dass ihm jemand freundlich begegnete. Nur Agathe, die alte Weberin, war nett zu ihm gewesen, doch einen Freund hatte er noch nie gehabt.

»Wenn du es so nennen möchtest«, antwortete das Einhorn und nickte zustimmend.

»Und was geschieht als Nächstes?«, fragte Alban.

»Du steigst auf meinen Rücken und ich bringe dich an einen sicheren Ort, wo es Futter gibt!«

»Futter«, wiederholte Alban. »Aber ich bin doch kein Pferd. Ich esse kein Heu!«

»Wir auch nicht. Komm, steig auf. Du wirst schon sehen!«

»Wie soll ich denn auf deinen Rücken kommen?« Alban hatte zwar schon oft gesehen, wie Edelleute auf Pferden saßen und er hatte es immer bewundert, aber im Stillen fragte er sich, wie sie dort hochgekommen waren.

»Es ist nicht so schwer, wie es aussieht. Stell dich hier auf den Stamm und hüpf hoch. Halte dich an meinem Hals fest. Ich werde dich schon nicht fallen lassen.«

»Hast du auch einen Namen?«, wollte Alban wissen.

»Ja«, sagte das Einhorn. »Ich heiße Reem.«

»Ich bin Alban, der Sohn des Schmieds.«

»Freut mich sehr«, meinte Reem und schaute aufmunternd zu seinem Rücken. »Nun, wie sieht's aus?«

»Na schön. Dann werde ich es mal versuchen. Mehr als herunterfallen kann ich ja nicht!«, erklärte Alban tapfer.

Das Fell des Einhorns fühlte sich glatt und rutschig an. Alban stellte sich auf einen Baumstamm und hüpfte ungeschickt auf Reems Rücken. Bäuchlings blieb er liegen und streckte alle Viere von sich. »Und jetzt?«, fragte er ein wenig verzweifelt.

Reem blickte nachdenklich auf den Jungen, der wie ein nasser Sack auf ihm lag. »Ich habe ja schon viel erlebt, aber ich habe noch keinen ungeschickter aufsteigen sehen.«

Alban stellte die Füße zurück auf den Stamm. »Wenn du mir helfen könntest, wäre ich dir sehr dankbar«, sagte er unsicher.

»Schwing ein Bein über meinen Rücken.«

»Leichter gesagt als getan!«, ächzte Alban, doch er versuchte es trotzdem. Allerdings brachte er nicht mehr als seinen Fußknöchel auf Reems Rücken. Er kam sich reichlich dumm vor. »Du bist so groß. Ich komm nicht hoch.« Seine Stimme klang resigniert und er ließ die Arme sinken.

»Kannst du klettern?«, fragte Reem plötzlich. Sein Blick fiel auf einen Baum, der seine Äste wie eine Leiter ausstreckte.

»Natürlich!«

»Dann klettere auf diesen Baum und lass dich von oben runter.«

Alban ergriff einen Ast des Baumes und stellte seinen Fuß auf einen anderen. Schnell stieg er hinauf und setzte sich oben auf einen dickeren Ast, der wie ein Arm in den Wald hinein ragte.

»Können wir nun endlich?«, fragte Reem ein wenig spöttisch, doch er lächelte sanft. Er stellte sich genau unter Alban und wartete. »Denkst du, das wird heute noch was?«

»Jetzt bin ich zu hoch!«, erklärte der Junge und blieb auf dem Ast sitzen. Seine Füße baumelten über Reems Rücken, doch er machte keine Anstalten zu springen.

Reem schnaubte. »Es kann doch nicht so schwer sein, auf meinen Rücken zu kommen. Du musst dich einfach nur fallen lassen. Ich fange dich auf und wir reiten davon. Zumindest habe ich schon mal gesehen, dass es so geht.«

»Ach, du hast es nur gesehen. Dann hast du noch nie einen Menschen getragen?«

»Natürlich nicht! Ich bin ein Einhorn und kein Pferd. Doch ich habe gesehen, wie andere Einhörner Menschen trugen und es sah immer ganz leicht aus.«

»Kann ich nicht einfach neben dir herlaufen? Ich bin wirklich schnell!«

Reem schnaufte. »Na schön. Dann lass uns gehen!«

Alban kletterte vom Baum und sprintete los.

»Halt, was machst du denn?«, rief Reem ihm nach. »Das ist die falsche Richtung!«

»Ach! Dann geh du doch voran. Ich versuche dir zu folgen! Was ganz schön ungerecht ist, denn du hast vier und ich nur zwei Beine.«

Reem nickte nachdenklich. »Ich werde langsam machen«, sagte er und verfiel in einen leichten Trab. »Mal sehen, ob du mir tatsächlich folgen kannst.«

Wenn Alban eines gut konnte, dann war es Laufen. Er war der Schnellste im Dorf und selbst sein Bruder und die anderen Jungen hatten Mühe ihm zu folgen. Das hatte ihm so manches Mal den Kopf gerettet und wenn ihm nicht regelmäßig die Luft ausgegangen wäre, dann hätte sein Bruder ihn nie erwischt.

Dank seines silbernen Leuchtens konnte Alban Reem gut sehen. Dicht blieb er ihm auf den Fersen. Er hätte sogar noch ein wenig schneller gekonnt, doch er wollte nicht angeben.

»Du bist ja richtig flott!«, lobte Reem nach ein paar Minuten.

»Ich habe viel geübt!«, schnaufte Alban.

»Bei dem Tempo brauchen wir nur sieben Stunden, bis wir am Ziel sind.«

»Sieben Stunden?«, rief der Junge und blieb stehen. Wohin laufen wir denn?«

»Das wirst du schon sehen. Auf, weiter, sieben Stunden sind eine lange Zeit.« Reem lachte laut und sein Horn leuchtete dabei blau. Alles an ihm leuchtete, doch das Horn hatte die intensivste Färbung.

Mit der Zeit wurde es doch zu anstrengend neben dem Einhorn her zu rennen. »Na gut!«, rief Alban, nachdem er eine Weile seine Hände auf die Knie gestützt hatte, um wieder zu Atem zu kommen. »Dann versuch ich eben noch einmal auf deinen Rücken zu klettern.« Er stellte sich auf den nächsten Stamm, hüpfte bäuchlings auf Reems Rücken und zog ein Bein herüber. Er zappelte lange herum, stützte sich mit beiden Händen ungeschickt ab und saß dann endlich still. Seine Beine baumelten links und rechts an Reem herab und seine Hände griffen tief in die lange Mähne.

»Na also! Geht doch!«, lachte Reem und preschte ohne Vorwarnung los.

Alban konnte sich nur mit Mühe festhalten. Er hüpfte unkontrolliert hin und her. Es ging über Stock und Stein dahin und immer wieder peitschten ihm Zweige ins Gesicht. Wie sollte er diesen Ritt nur sieben Stunden lang durchstehen? Er dachte noch über eine bessere Sitzposition nach, da wurde Reem abrupt langsamer und hielt an.

»Warum bleibst du stehen?«, fragte Alban und schaute sich um, doch er konnte nichts außer die dunklen Schatten der Bäume erkennen.

»Wir sind angekommen!«, erklärte Reem und ging noch ein paar Schritte einen Hügel hoch.

Alban rutschte von seinem Rücken. »Das waren aber keine sieben Stunden!«, sagte er tadelnd.

»Ohne diesen kleinen Schwindel hätte ich dich niemals auf meinen Rücken bekommen!« Reem lächelte und blickte in den Wald hinein.

Albans Augen weiteten sich. »Wow ...«, rief er. Vor Überraschung begann sein Herz wie wild zu schlagen. In einem kreisrunden Kessel zeigte sich eine kleine Lichtung, in deren Mitte sich mehrere Einhörner aufhielten. Auch sie leuchteten, jedes in einer anderen Farbe. Es gab grüne, gelbe und rote, manche schienen sogar mehrere Farben gleichzeitig zu haben. Neugierig hoben sie die Köpfe und blickten die Neuankömmlinge forschend an.

Reem führte Alban zu ihnen und sprach: »Brüder und Schwestern, ich bringe hier mein Menschenkind. Es wurde mir anvertraut und ich habe mich ihm gezeigt. Es hat ein reines Herz. Begrüßt es!«

Alban stand wie angewurzelt neben Reem. Sein Mund stand weit offen, während er das Leuchten um sich herum betrachtete. So etwas Schönes hatte er noch nie gesehen.

»So viele Einhörner gibt es?«, fragte er fasziniert, während eines nach dem anderen auf ihn zukam und ihn beschnupperte. Die weichen Nüstern kitzelten Alban an den Wangen, doch er schreckte nicht zurück.

»Sie beschnuppern mich, genau wie du es getan hast«, lachte er, dabei verzog er kichernd das Gesicht. »Und sie leuchten, genau wie du, nur in verschiedenen Farben!«

Reem lachte. »Mit diesem Schnuppern heißen wir dich willkommen«, erklärte er. »Aber wir leuchten doch nicht.«

»Natürlich tut ihr das! Schau dich doch um.«

»Ich kann nichts erkennen«, sagte Reem.

Alban zuckte die Schultern. »Für mich sieht es wie ein helles Leuchten aus. Es ist wunderschön!« Er zeigte auf die Stute, die ihm gerade in den Kragen schnaufte. »Sie leuchtet rot und das da drüben gelb.«

»Und in welcher Farbe leuchte ich?«, wollte Reem wissen.

»Du leuchtest silbern und manchmal ein wenig blau.«

»Was erzählst du denn da?« Reem schüttelte ungläubig den Kopf. »Leuchten, so was habe ich ja noch nie gehört!«

»Ist aber so!«, beharrte Alban. »Sind die anderen denn nicht böse, wenn du einfach einen Menschen mitbringst?«, wechselte er das Thema.

»Nein! Wenn du kein reines Herz hättest, könntest du sie sowieso nicht sehen.«

»Es sind so viele!« Alban zählte sie laut. »Einundzwanzig, mit dir!«, sagte er.

»Leider sind das überhaupt nicht mehr viele. Bis vor kurzem waren wir noch Tausende.«

»Und was ist passiert?«

»Wir wissen es selbst nicht genau. Die uns anvertrauten Kinder werden plötzlich böse und begehen Taten, die uns sterben lassen. Es breitet sich aus wie eine Seuche, und wir sind machtlos!«

»Sind das Kinder wie ich?«

»Ja. Sie werden mit einem reinen Herzen geboren, doch mit der Zeit ändern sie sich, schlagen, stellen sich gegen ihre

Eltern, lügen und stehlen. Wir schaffen es einfach nicht, sie davor zu bewahren. Deshalb gibt es nur noch einundzwanzig von uns.«

»Hat mein Bruder auch ein Einhorn?«

»Nicht mehr. Deine Mutter hatte eins bis zu ihrem Tod.«

»Meine Mutter?«, fragte Alban und blickte überrascht drein.

»Ihr Einhorn war meine Mutter«, erklärte Reem und Stolz schwang in seiner Stimme mit.

»Deine Mutter? Ist sie auch bei deiner Geburt gestorben?«

»Nein! Sie ist bei deiner Geburt gestorben«, sagte Reem.

Alban erschrak. »Und trotzdem hasst du mich nicht?«, fragte er verwundert.

»Dich hassen?« Reem schaute ihn fragend an.

»Ja, weil ich nicht nur meine, sondern auch deine Mutter umgebracht habe.«

»Aber, wie kommst du denn auf diese Gedanken?«

»Na, mit meiner Geburt. Xaver und mein Vater sagen, ich habe meine Mutter getötet.«

»Das stimmt aber nicht! Du hast niemanden getötet. Keiner kann etwas für seine Geburt.«

»Wie alt warst du, als ich dir anvertraut wurde?«, wollte Alban wissen.

»Fünfzehn.«

»So alt?«

»Das ist nicht alt! Für ein Einhorn ist es eher jung. Wir können weit über hundert Jahre alt werden.«

»Sterben die Einhörner, wenn ihre Menschen sterben?«

»Nicht immer. Manche überleben. Die meisten Einhörner sterben aber, weil der ihnen anvertraute Mensch seine Seele verliert. Es ist ein langsames und qualvolles Dahinsiechen.«

Alban nickte. »Und warum wurde ich dir anvertraut?«

»Weil dein Name Alban ist. Er stammt von dem lateinischen Wort albus ab. Es bedeutet weiß. Deine Seele ist so rein und weiß wie frisch gefallener Schnee. Obwohl dich dein

Bruder und dein Vater immer schlecht behandelt haben, bist du gut geblieben.«

»Mein Name bedeutet also weiß?«

»Ja. Du bist die reinste Seele, die auf dieser Erde wandelt.« Reem lächelte.

»Ach was!«, sagte Alban und lehnte sich mit dem Rücken an einen Baum. »Ich bin die hungrigste Seele, die auf dieser Erde wandelt. Du hast mir etwas zu essen versprochen!«

»Das stimmt! Dann komm mit.«

»Wohin?«

»Zu unserem Sucusbaum.«

»Ein was?«

»Komm, ich zeig ihn dir.«

Nach einigen Schritten kamen sie an einen alten verdorrten Baum, aus dessen Rinde eine leuchtende Flüssigkeit quoll.

»Was ist denn das?«, fragte der Junge.

Reem antwortete nicht, legte nur seine Lippen an den Quell und trank.

»Ist das Wasser? Ich habe Hunger und keinen Durst.«

»Na, ein bisschen Durst wirst du schon haben. Versuch es mal, dann wirst du schon sehen.«

Alban ging zu dem Baum hinüber und senkte seinen Mund zu dem Quell hinab, der ihm plätschernd entgegen sprudelte. Die Flüssigkeit schmeckte süß und gar nicht nach Wasser, eher nach Honig. Er trank gierig und schluckte so viel, wie er erwischen konnte. »Das ist wunderbar!«, rief er Reem zu. »Dies ist das beste Wasser, das ich je getrunken habe.«

»Es ist kein Wasser.«

»Nicht? Was ist es dann?«, fragte Alban und nahm noch einen Schluck. »Es schmeckt wunderbar!«

»Es ist der Saft des Lebens. Wir nennen ihn Sucus.«

»Sucus«, wiederholte Alban erfreut. »Und mein Hunger ist auch weg«, stellte er verblüfft fest. »Dieses Sucus gefällt mir!«, sagte er schläfrig. »Gibt es hier auch so was wie ein Bett für mich?«

Reem schüttelte den Kopf. »Ich kann dir nur anbieten, dich an meine Flanke zu lehnen. Ein anderes Kopfkissen haben wir leider nicht für dich.«

Alban lächelte breit. »Es gibt bestimmt auch kein besseres Kopfkissen als dich!«, erklärte er und lehnte sich an Reem, der sich auf dem Waldboden niedergelassen hatte.

»Was machen wir morgen?«, fragte Alban und gähnte.

»Frühstücken!«, antwortete Reem schläfrig.

Eine gerechte Strafe

Xaver heulte auf, als ihn die Weiden an den Fußsohlen trafen. Es war ein glühender Schmerz, der ihm bis in die Oberschenkel schoss. Er stank erbärmlich nach Exkrementen und die Fliegen stürzten sich nur so auf ihn. Auf seiner Haut schwirrte und krabbelte es ohne Unterlass. Die Dörfler hatten ihm die Hände fest zusammengebunden, sodass er nicht nach dem Ungeziefer schlagen konnte. Er schüttelte ein paar Mal den Kopf, um die lästigen Plagegeister zu vertreiben, doch das schreckte die Fliegen nur für einen kurzen Moment auf, bevor sie sich erneut auf ihm niederließen. Xaver vermied es, seinen Mund zu öffnen und presste ihn mit Gewalt zu. Seine Miene war vor Wut verzerrt, doch er konnte nichts tun.

Die Dorfbewohner brachten Fritz herbei, den sie ebenfalls in die Jauchegrube getunkt hatten. Sie banden ihn an den nächsten Baum und verpassten auch ihm zwanzig Schläge auf die Fußsohlen.

»Ich mach diesen kleinen Dreckskerl fertig!«, raunte Xaver voller Hass in seiner Stimme.

»Aber er ist doch schon tot!«, flüsterte Fritz.

»Niemals! Der ist abgehauen und lacht sich krank über uns. Aber mich kann er nicht zum Narren halten. Wenn ich ihn erwische, dann ist er wirklich tot, glaub mir!«

»Man kann doch niemanden umbringen, der schon gestorben ist«, meinte Schorsch bitter.

»Dieser Mistkerl ist so lebendig wie du und ich. Er hat sich irgendwo versteckt. Ich weiß es ganz genau!«, zischte Xaver. »Wenn mein Vater zurück ist, wird er mich losbinden. Er wird mir glauben, wenn ich ihm sage, dass Alban noch am Leben ist.«

»Wenn du meinst«, schnaufte Fritz und zuckte die Schultern. »Ich sitz hier lieber meine Strafe ab. Dann hab ich es ein für alle Mal hinter mir.«

»Vergiss den Grafen nicht!«, brummte Xaver.

»Der Graf ist viel zu beschäftigt, um ein paar unbedeutende Untertanen anzuhören. Wenn er richtet, dann nur einmal im Jahr. Ich glaube nicht, dass er meine Großmutter überhaupt anhören wird.«

»Ja, deine Großmutter ... Um die kümmere ich mich auch noch, aber zuerst muss ich Alban finden.«

»Was meinst du denn damit?«, fragte Fritz.

»Das wirst du schon noch sehen«, knurrte Xaver.

Kurz bevor es dunkel wurde, kam Siegfried zurück von seinem Marsch nach Gmend. Er ging ins Haus und rief nach seinen Söhnen, aber keiner antwortete. Müde schenkte er sich einen Becher Wein ein und setzte sich an den Tisch. Die geplanten Geschäfte in Gmend waren nicht gut gelaufen, aber das machte nichts. Er würde auf jeden Fall aus Büren fort gehen. Ein bisschen Konkurrenz konnte diesem hochnäsigen Schmied nicht schaden. Dann musste er sich eben ein neues Haus und eine eigene Schmiede bauen. Er besaß genug Geld. Hauptsache, er kam schnell von hier weg! Trotz des vergeblichen Marsches war er zufrieden und träumte von seinem neuen Leben, vielleicht sogar mit einer neuen Frau. Er prostete sich selbst zu und leerte seinen Becher in einem Zug.

Leise klopfte es an die Eingangstür.

»Tretet ein!«, rief Siegfried beschwingt vom Wein und der Gewissheit, dass sich nun alles ändern würde.

Die blasse Gestalt, die ihren Kopf zur Tür hereinstreckte, erkannte er sofort. Es war Agathe, die Weberin.

»Was führt dich denn hierher? Kannst du nicht schlafen, oder haben sich die Ratten in deiner Kräuterküche ausgebreitet?«

»Ja«, sagte sie und trat ein. »Die Ratten haben sich ausgebreitet, aber anders als du denkst, Schmied!«

»So? Wie denn?«, fragte Siegfried gelassen und griff zum Weinschlauch, um sich noch einen Becher einzuschenken.

»Die Ratten haben Namen und heißen, Fritz, Schorsch, Done, Schdoffel und Xaver. Und sie sitzen zusammen in der gleichen Falle.«

Der Schmied verzog das Gesicht. Er verstand nicht.

»Dein Ältester und die anderen vier haben Alban umgebracht!«, erklärte Agathe schroff.

»Was redest du da, Weib? Bist du von allen guten Geistern verlassen?«, schrie der Schmied und schlug mit der flachen Hand auf den Tisch.

»Leider nicht«, gab sie zurück und senkte den Kopf.

Siegfried starrte sie entsetzt an. »So rede doch! Was ist geschehen?«

»Die Jungen haben Alban in die Rems geworfen. Er ist …«, sie stockte einen Moment, dann sagte sie leise: »ertrunken!«

Siegfried fuhr sich mit der flachen Hand über sein bärtiges Gesicht. Er begriff nicht gleich, was die Alte ihm versuchte beizubringen. »Wo …, wo ist Xaver?«, fragte er, als er sich ein wenig gefangen hatte.

»Er hängt an einem Baum.«

»Ihr habt ihn aufgehängt?«, rief der Schmied und schoss von seiner Bank hoch.

»Nein! Natürlich nicht. Wir haben Xaver und die anderen vier in die Jauchegrube getunkt und sie dann an einen Baum gebunden, nichts weiter.«

Siegfried seufzte erleichtert auf. »Ich will Xaver sehen.«

»Dann geh nur. Er ist bei der alten Eiche und wartet sicher schon sehnsüchtig auf dich.«

»Das glaube ich nicht, denn ich werde ihn windelweich schlagen«, raunte der Schmied und trat hinaus in die milde Abendluft.

Von weitem schon hörte Siegfried das Stöhnen der Jungen. Als er sie erreicht hatte, baute er sich in voller Größe vor ihnen auf. »Was habt ihr mit Alban gemacht?«, rief er so laut, dass die Jungen zusammenzuckten und erschrocken zu ihm aufblickten.

»Vater, da bist du ja endlich!«, rief Xaver erleichtert. Er hatte keine Angst vor Siegfrieds Zorn. Wenn er es nur richtig anstellte, würde sein alter Herr ihm alles glauben.

»Ja, da bin ich, und ich will sofort wissen, was ihr mit Alban gemacht habt.«

Xaver seufzte. »Ja, es stimmt Vater, wir haben ihn in die Rems geworfen, aber er ist nicht ertrunken!«

»Was soll das heißen?«

»Ich weiß, dass er noch am Leben ist. Er ist abgehauen und lässt uns hier schmoren.«

»Habt ihr denn seinen Leichnam nicht gefunden?«, wollte Siegfried wissen und wandte sich an Agathe, die mitgekommen war.

»Nein! Es gibt ja auch keinen. Der kleine Taugenichts ist bestimmt nicht tot.« Xavers Stimme klang schrill.

»Stimmt das?«, fuhr Siegfried die Alte an.

Agathe zuckte die Schultern. »Er könnte weit weg an Land getrieben worden sein. Wir wissen es nicht genau. Wir wissen nur, dass sie ihn in den Fluss geworfen haben und Alban bis jetzt nicht wieder aufgetaucht ist. Das Wasser war schnell und wild. Ich hoffe natürlich, dass er wieder zurückkommt, aber ich glaube es nicht.«

Der Schmied sah verärgert aus, doch nun keimte ein wenig Hoffnung in seinen trüben Augen auf. »Habt ihr denn nicht nach Alban gesucht?«

»Die Jungen haben uns nicht einmal gesagt, dass sie Alban in den Fluss geworfen haben. Erst am nächsten Nachmittag haben wir davon erfahren. Wo sollten wir denn da suchen? Der Fluss fließt fast bis Condistat.« Agathe sah hilflos aus.

Es kamen ein paar Leute vorbei und blickten Siegfried mitleidig an. Einer davon war Vincent, der Bäcker. Er legte dem Schmied die Hand auf die Schulter. »Es tut mir sehr leid«, sagte er und fügte noch hinzu: »Meine Söhne waren an der Missetat auch beteiligt, deshalb sind sie auch hier festgebunden.«

»Ach!«, rief der Schmied und schlug Vincents Hand fort. »Bevor ich keinen Leichnam gesehen habe, glaube ich nicht an Albans Tod. Besser ihr macht die Jungen wieder los!«

»Kommt überhaupt nicht in Frage!«, rief Agathe aufgebracht. »Für diese Tat müssen sie bezahlen! Es wurde vom ganzen Dorf eine Strafe beschlossen, die du nicht einfach aufheben kannst.«

»So, kann ich nicht? Es geht hier immerhin um meinen Sohn und bevor mir nicht jemand den Leichnam zeigt, ist er für mich noch am Leben. Hast du das verstanden, Agathe? Er ist noch am Leben!«

»Beruhige dich, Siegfried!«, sagte Vincent. »Die Strafe trifft auch meine Söhne, aber ich finde sie dennoch angemessen. Wir alle finden sie angemessen! Es kann nicht angehen, dass die Jungen einen Menschen in einen reißenden Fluss werfen. Sie müssen lernen, was Recht und Unrecht ist! Denkst du nicht?«

Der Schmied schaute verärgert in die Gesichter der Dorfbewohner. Voller Verachtung spuckte er aus. »Und ihr könnt nicht einfach richten, wie es euch gefällt! Wenn, dann muss der Graf über sie entscheiden.«

»Das wird er, aber erst, wenn er wieder da ist. Das kann Monate dauern. Doch wir sorgen hier solange für Gerechtigkeit!«

»Gerechtigkeit? Ihr wisst doch gar nicht, was das ist«, knurrte der Schmied und ging mit großen Schritten davon.

Siegfried wäre am liebsten auf Vincent und Agathe losgegangen, doch er ging zu seiner Hütte und schloss sich dort ein. Überhaupt hatte er die Nase gestrichen voll von allen hier. Wer glaubten sie zu sein? Richter? Xaver war alles, was ihm noch geblieben war, und solange niemand Albans Leichnam finden würde, musste er sich auch keine Gedanken machen. Alban war seit seinem ersten Schrei ein Unglück gewesen. Siegfried würde es nicht zulassen, dass er nun auch Xaver in den Abgrund riss. Der Junge war nutzlos, faul und eine Last für die ganze Familie. Wie konnte es überhaupt sein, dass eine so liebevolle und gescheite Frau wie Amalie einen solchen Dämon gebären konnte? Er hatte sie ihres Lebens beraubt. Siegfried würde nicht zulassen, dass Alban noch ein weiteres Leben vernichten würde. Er musste Xaver vor dieser Höllenbrut beschützen. Sollten die Dörfler doch denken, was sie wollten, es ging um seinen Sohn!

Missmutig nahm Siegfried einen Krug, füllte ihn bis zum Rand mit Wein und ging zu den Jungen hinüber, die still am Stamm der Eiche hockten und die Köpfe hängen ließen. »Hier trink! Dann ist es leichter zu ertragen!«, sagte er, nahm den vollen Krug und setzte ihn seinem Sohn an den ausgetrockneten Mund.

Xaver trank hastig und verschluckte sich mehrmals.

»Nicht so schnell, es ist genug da. Wenn du alles austrinkst, hole ich eben neuen Wein!«

Die anderen Jungen sahen sehnsüchtig zu und leckten sich erwartungsvoll die Lippen. Doch dann zogen sie schnell ihre Zungen wieder zurück und spuckten aus.

»Der Mist klebt an euch wie Pech und er schmeckt genauso bitter, nicht wahr? Spätestens morgen werde ich dafür sorgen, dass ihr losgebunden werdet. Dann nehmt ihr erst einmal ein Bad!« Siegfried rümpfte die Nase. »Ich bereite das Abschreckbecken vor und werde mit Seife und Handtuch auf euch warten.«

Die Jungen tranken gierig und bedankten sich überschwänglich bei ihrem Retter, der gleich noch einmal los ging und einen weiteren Krug roten Rebensaft holte.

Der Wein verfehlte seine Wirkung nicht und bald hörte man sie laut lachen und schwatzen.

»Ich wollte ihn nicht umbringen, Vater, doch er ist untergegangen wie ein Stein«, lallte Xaver. »Aber der kleine Scheißer ist nicht tot, das weiß ich ganz genau!«

»Er ist abgehauen!«, rief Schorsch, was seinen Kumpanen ein zustimmendes Gemurmel entlockte.

»Alban hat nur Verderben über die Familie gebracht. Es wäre die gerechte Strafe für ihn, wenn er tot wäre!«, sagte der Schmied. Er saß neben seinem Sohn im Gras und trank ordentlich vom Wein. Immer wieder hielt er den Jungen den Krug an die Lippen, die ebenfalls gierig tranken.

»Schon wieder leer? Da hol mich doch der Teufel. Was habt ihr nur für einen guten Zug? Und das in eurem Alter. Lass ich mir gefallen, gefallen lass ich mir das! Respekt!« Der Schmied stand torkelnd auf. »Könnt ihr noch mehr? Soll ich noch Nachschub holen?«

»Natürlich, Vater! Wir sind doch keine kleinen Kinder. Wir sind Männer! Nicht wahr, Jungs?«

»Na gut, dann werde ich gleich noch einen Krug besorgen! Schön sitzen bleiben, nicht weglaufen!« Siegfried lachte über seinen Scherz, zog die Nase hoch und schwankte zurück zu seinem Haus.

»Denkst du wirklich, dass es richtig ist, was du tust?« hörte er eine Stimme neben sich fragen.

»Ach lass mich doch in Ruhe, alte Kräuterhexe. Dich sollte man an einen Baum binden und nicht die fünf da! Es sind gute Männer!«

»Es sind keine Männer, es sind dumme Jungen, die du auch noch in ihrem Tun bestärkst. Alban war auch dein Sohn! Vergiss das nicht!«, beschwor ihn Agathe.

»Alban war schon immer ein Nichtsnutz. Es ist gut, dass er fort ist!«

Agathe riss die Augen auf. »Jesus, Maria und Joseph! Wenn das deine Frau – Gott hab sie selig – hören könnte, sie würde sich im Grabe umdrehen!«

»Wenn dieser Bengel nicht geboren wäre, dann läge sie in keinem Grab, dann wäre sie noch hier bei mir.«

»Alban ist nicht schuld an Amalies Tod. Es sterben immer wieder Frauen im Kindsbett. Es ist Gottes Wille!«

»Oder der Wille des Teufels, mit dem der Junge im Bunde steht. Geh mir aus dem Weg, ich muss zu meinem Sohn!«

»Alban ist auch dein Sohn«, wiederholte Agathe scharf. In ihrer Stimme klang eine Warnung mit.

»Nicht mehr, Weberin. Er ist ertrunken! Vielleicht war es ja Gottes Wille, damit wir endlich Ruhe vor dem kleinen Dämon haben. Damit ich endlich wieder schlafen kann. Und weißt du was? Ich bin Xaver und seinen Freunden sogar dankbar, dass sie den Plagegeist in die Rems geworfen haben, und ich hoffe für ihn, er taucht nie wieder auf!«

Agathe machte ein erschrockenes Gesicht. Diese Worte machten sie wütend, doch was sollte sie tun? Ein Vater, der keine Liebe für seinen Sohn in sich trägt, lässt sich durch nichts überzeugen oder belehren. »Du bist so verbohrt wie ein altes Waschweib! Ach, scher dich doch zum Teufel, Schmied!«

»Das werde ich auch tun! Ich besorge mir gleich morgen einen Karren und einen Ochsen. Das Gespann belade ich mit allem, was ich habe, und spätestens in einer Woche bin ich ganz aus Büren verschwunden. Ich brauche euch nicht! Ich brauche niemanden hier. Ihr seid ein Haufen selbstgerechter Idioten, die denken, sie hätten das Recht, anderer Leute Kinder zu erziehen. Alban ist die Aufregung nicht wert, und ich habe seit heute nur noch einen Sohn! Verstehst du, Agathe? Nur noch einen Sohn und der heißt Xaver!«

Ohne die Weberin weiter zu beachten, drehte er sich um, ging ins Haus und kam mit einem vollen Krug Wein wieder heraus. »Xaver und seine Freunde haben Durst. Also steh mir nicht im Weg!«

»Du versündigst dich, Siegfried!«, zischte Agathe.

Nach einer kurzen, halb durchzechten Nacht lugte die Sonne schwach hinter ein paar Nebelschwaden hervor. Siegfried lag nah bei den Jungen im Gras. Stöhnend schlug er die Augen auf. Sein Blick fiel auf den leeren Krug. Er stöhnte erneut und versuchte sich aufzusetzen. Ungeschickt stemmte er sich auf Knie und Ellenbogen, doch der Schwindel ließ ihn wieder niedersinken. Die Jungen schliefen noch tief und fest. »Verdammt und zugenäht«, fluchte Siegfried und versuchte noch einmal auf die Beine zu kommen. Schwankend stand er auf und erbrach sich würgend hinter der Eiche. Er war schon häufig betrunken gewesen, aber noch nie so wie in dieser Nacht. Unfähig zurück zum Haus zu gehen, war er einfach neben den schlafenden Jungen liegen geblieben. Vom letzten Krug hatte keiner mehr einen Schluck genommen. Deshalb hatte der Schmied ihn alleine geleert, doch jetzt, wo er das Erbrochene sah, überkam ihn der Ekel.

Rochus trat aus seiner Hütte und beobachtete Siegfried, der orientierungslos wirkte. Langsam ging er auf ihn zu und streckte die Hände nach ihm aus. »Schmied, was ist mit dir? Kann ich dir behilflich sein?«

»Nein! Es geht schon. Ich muss mich nur zusammenreißen.«

»Du siehst aus, als könntest du eine Mütze Schlaf vertragen. Ich bringe dich zu deiner Hütte! Lass dir helfen.« Rochus legte einen Arm um die Hüfte des Schmieds, der seinerseits den Arm um Rochus Schulter schlang.

»Irgendetwas war in dem Wein. Ich habe mich noch nie so schlecht gefühlt wie heute.«

»Hm, Alkohol war ganz sicher drin! Leg dich noch ein paar Stündchen hin und dann sehen wir weiter. Ich werde ein Auge auf deinen Jungen haben!«

»Das ist gut!«, stöhnte Siegfried und ließ sich vom Dorfbader in seine Hütte führen. Dort legte er sich ins Bett und schlief sofort ein.

Rochus blickte sich verstohlen um. Schnell legte er etwas unter das Kopfkissen des Schmieds und ging hinaus.

Agathe, die vor ihrer Hütte stand und ein Stück gewebten Stoff zusammenlegte, betrachtete den Bader nachdenklich, als der aus Siegfrieds Hütte trat.

Rochus fing ihren misstrauischen Blick auf. Schnell ging er auf sie zu. »Guten Morgen, Agathe!«, sagte er freundlich und verbeugte sich leicht.

»Guten Morgen Rochus. Was machst du denn schon so früh beim Schmied?«

»Ich habe ihn zurück in die Hütte geführt. Er hatte viel zu viel getrunken und konnte sich selbst kaum noch auf den Beinen halten.«

»Er hat den Jungen von seinem Wein eingeflößt und dabei wohl das Meiste selber getrunken!«, sagte Agathe abschätzig.

»So sah er auch aus!« Rochus schmunzelte.

»Am liebsten hätte er die Jungen gleich wieder losgebunden«, stieß Agathe sorgenvoll hervor.

»Aber das wusstest du sicher zu verhindern.« Rochus Stimme klang spöttisch, obwohl er sich seinen Spott nicht anmerken lassen wollte.

»Ich weiß, dass du in dieser Sache nicht auf unserer Seite stehst. Doch ich sage dir, die Jungen haben ihre Strafe verdient!«

»Das mag wohl sein, aber das bringt Alban auch nicht wieder zurück.«

»Siegfried will ja gar nicht, dass er zurückkommt. Gestern Abend hat er mir erklärt, dass er froh ist, Alban los zu sein. Er hofft, dass der Junge nie wieder zurückkommt.«

Rochus zog die buschigen Augenbrauen hoch. »Wer soll es ihm verdenken? Der Junge hat Amalie sozusagen das Leben gekostet. Jeder weiß, wie sehr Siegfried seine Frau vergöttert hat.«

»Ihr Männer seid doch alle gleich. Denkt ein unschuldiges Kind hätte seine Mutter auf dem Gewissen. So kann wirklich nur ein Mann reden. Viele Frauen überleben die Geburt nicht, und warum sind sie schwanger? Wegen euch Männern, die ihr an nichts anderes denkt als an die Lust. Und dann macht ihr ein kleines Kind dafür verantwortlich, dass es überhaupt gezeugt wurde. Pfui!« Sie spuckte aus, nahm ihren Korb und ging ins Haus zurück.

Rochus zuckte die Achseln. Er lachte in sich hinein und ging hinüber zu den Bäumen, an denen die Jungen festgebunden saßen.

Leicht stupste Rochus Xaver an, doch der reagierte nicht. Triumphierend lächelte er. »Ihr werdet wohl noch den ganzen Vormittag schlafen, aber wenn ihr wieder aufwacht, werdet ihr frei kommen.« Er nickte zuversichtlich und verzog die Lippen zu einem finsteren Grinsen.

Kein Ausweg

Als Alban aus einem tiefen traumlosen Schlaf erwachte, warf die Sonne ihre ersten Strahlen golden in den Wald hinein. Benommen blickte er sich um. Seine Augen suchten nach Reem, doch er war verschwunden.

So schnell Alban konnte, lief er zu dem seltsamen Sucusbaum, der am Vorabend noch an diesem Platz gestanden hatte, doch auch dieser war nicht mehr da.

»Reem«, rief Alban. »Wo steckst du?«

Nichts rührte sich.

»Reem«, rief Alban noch einmal, doch seine Stimme hallte ungehört von den Bäumen wider.

»Verdammt! Es kann doch nicht sein, dass ich das Ganze nur geträumt habe«, murmelte er ratlos in die Stille hinein.

Der Waldboden war von Blättern bedeckt. Keine einzige Spur schien auf die Anwesenheit eines Huftiers hinzudeuten.

»Reem!«

Alban lauschte angestrengt, doch er bekam keine Antwort.

Missmutig folgte er einem schmalen Trampelpfad, auf dessen weichem Boden er nach Hufabdrücken suchte. Es konnte doch nicht möglich sein, dass sie alle verschwunden waren.

Alban schlug den Weg in Richtung Osten ein, als er plötzlich hinter sich ein Wiehern vernahm. Suchend sah er sich um. Einige Meter entfernt, angebunden an einen Baum, stand ein Einhorn.

»Reem!«, rief Alban. »Da bist du ja!«

Schnell lief er auf seinen Freund zu, der aufgeregt seinen Kopf schüttelte. »Bleib weg! Der Zauberer Teafor darf dich nicht sehen!«, rief er warnend.

»Der Zauberer wer?«

»Teafor! Er ist hier irgendwo«, zischte Reem aufgeregt. Nervös blickte er sich nach allen Seiten um und blähte die Nüstern.

»Was macht denn dieser Zauberer?«, fragte Alban.

»Das ist ein böser Mann. Er hat mich und die anderen heute Nacht eingefangen und hierher gebracht.« Reem riss an dem Seil, das um seinen Hals geschlungen war.

»Ich könnte dich losbinden«, sagte Alban und griff nach dem Strick.

»Nicht«, schrie Reem entsetzt, doch seine Warnung kam zu spät. Das Seil verwandelte sich vor Albans Augen in eine Schlange.

»Ahhh!« kreischte der Junge und ließ die Schlange los.

Die schlängelte sich gleich wieder auf Reems Vorderläufe zu. Mit einem Ruck zog sie sich an seinen Beinen zusammen. Er verlor das Gleichgewicht und stürzte zu Boden.

Alban rannte auf Reem zu, der warnend den Kopf hob. »Komm nicht näher! Die Schlange wird dich töten. Lauf weg und verstecke dich! Hörst du?«

Als wolle das unheimliche Tier Reems Worte noch unterstreichen, riss es sein Maul weit auf. Scharfe, lange Zähne traten gefährlich hervor und es ließ ein langes warnendes Zischen erklingen.

»Aber ich kann dich doch hier nicht zurücklassen!«, jammerte Alban starr vor Schreck.

Aus dem Wald näherten sich schnelle Schritte.

»Teafor kommt zurück. Lauf Alban, sonst sind wir beide verloren!«

Wie der Wind verschwand Alban zwischen den Bäumen. Er war es gewohnt zu flüchten, ob nun vor seinem Bruder oder vor diesem Zauberer. Reems Warnung und das Zischen der Schlange verliehen ihm geradezu Flügel. Als er sich sicher war, dass ihm niemand folgte, hielt er an und schnappte gierig nach Luft. Er hatte Seitenstechen und das Blut rauschte laut in seinen Ohren. Verwirrt hockte er sich hinter einen Baumstamm und überdachte, was gerade geschehen war. Er grübelte über den angebundenen Reem und das Seil, welches sich in seiner Hand in eine Schlange verwandelt hatte.

Wie war so etwas möglich? Was sollte er jetzt tun?

»Verdammt!«, entfuhr es ihm. »Wieso habe ich heute Nacht nicht bemerkt, wie der Zauberer die Einhörner entführt hat?« Albans Magen knurrte. »Und warum ist der Sucusbaum verschwunden?«

Nachdenklich streifte Alban durch den Wald. Er glaubte sich in der Nähe von Gmend zu befinden, doch ganz sicher war er sich nicht. Er dachte angestrengt darüber nach, wie er den Einhörnern helfen könnte und wie Teafor es geschafft hatte, die ganze Herde zu entführen. Wenn Alban nur gewusst hätte, was genau ein Zauberer macht, dann wäre ihm bestimmt eine Lösung eingefallen.

Am Wegesrand pflückte er eine Hand voll Beeren, fand ein paar Pilze, von denen er sich sicher war, dass sie genießbar waren, und machte sich auf den Weg zurück nach Gmend. Die Gefahr, dass er dort seinem Vater begegnen könnte, musste er wohl oder übel in Kauf nehmen. Er würde noch einmal bei dem alten Schmied vorsprechen und vielleicht könnte er so lange bei ihm bleiben, bis er sich ein Messer besorgt hatte. Damit würde er diese Schlange, die Reem gefangen hielt, schon erledigen.

Alban sah Gmend vor sich auftauchen. Er lief einen Hügel hinunter und erkannte den Weg, auf dem er in den Wald geflohen war. Der Weg ging steil bergab und führte direkt zum Haus des Schmieds. Alban hatte versucht, sich die Strecke gut einzuprägen, damit er Reem und seine Herde wieder finden würde, sobald er sich eine Waffe besorgt hatte.

Lautlos schlich er um die Werkstatt herum und spähte durch eines der trüben Fenster. Der Schmied stand an seinem Amboss und bearbeitete schwitzend ein dickes Eisen. Schwer sauste der Hammer auf das rot glühende Metall nieder und die Funken stoben nur so davon.

Das vertraute Hämmern beruhigte Alban. Er beschloss ,ungefragt ins Innere zu treten. Von seinem Vater fehlte,

Gott sei Dank, jede Spur. Langsam schob er die schwere Tür auf und streckte seinen Kopf hindurch.

Als der Schmied Alban erblickte, ließ er den Hammer sinken. »Wen haben wir denn da?«, krächzte er. »Den Nagelmacher! Wo kommst du denn so plötzlich wieder her?«

»Es tut mir leid, dass ich abgehauen bin, aber ...« Alban stellte sich schuldbewusst in die Mitte des Raumes. Es war warm, fast schon heiß in der Schmiede, doch daran war er mittlerweile gewöhnt. Er konnte nicht zählen, wie oft er sich an den glühenden Eisenstangen und der zischenden Kohle die Finger verbrannt hatte.

Verlegen trat Alban von einem Fuß auf den anderen und hoffte, dass der Schmied weiter sprechen würde. Doch der Alte sagte nichts, hob nur seinen Hammer und schlug weiter auf das Eisen ein. Dann nahm er die Stange, die er gerade mit mächtigen Schlägen bearbeitet hatte und legte sie zurück in die Glut.

»Kann ich Euch helfen?«, fragte der Junge und trat näher heran.

»Tritt den Blasebalg!«, sagte der Schmied einsilbig.

Alban tat, was ihn der Meister geheißen hatte.

»Wie heißt du eigentlich, Junge?«

»Ich bin Alban, Herr!«

»Papperlapapp! Ich bin kein Herr. Ich heiße Johann! Ich kam vor vielen Jahren aus Condistat hierher und ich war einmal ein Junge, genau wie du. Sprich mich also nicht mit Herr an, sondern nenn mich bei meinem Namen! Hast du verstanden?«

»Ja, Herr ..., ich meine Johann, Herr!«

»Du sollst nicht meinen, du sollst treten. Immer schön gleichmäßig, sodass die Kohle richtig glüht!«

»Was wird das, was Ihr da schmiedet?«

»Ein Spatha!«

Alban machte große Augen. Er wusste, was ein Spatha war. Das Wort kam aus dem Lateinischen und Agathe hatte es ihm übersetzt. Es bedeutete »Breite Klinge«. Wie alle

Jungen interessierte auch er sich brennend für Schwerter. Manches Mal waren Waffen in die Schmiede seines Vaters gebracht worden, um sie zu schärfen oder auch nur zu polieren, weil die Klingen mit der Zeit rostig und stumpf geworden waren. Für Alban war das immer ein großer Augenblick gewesen. Er hätte sich nicht träumen lassen, einmal bei der Herstellung eines Spathas zusehen zu dürfen.

»Ein echtes Spatha?«, fragte Alban ungläubig. Seine Begeisterung spiegelte sich in seinen hellen Augen wider und er trat gleich noch einmal so fest auf den Blasebalg. »Wie kommt es, dass Ihr Waffen schmiedet?«

»Ganz einfach. Weil ich es einst gelernt habe. Durch Gmend kommen immer wieder die Truppen König Heinrichs. Der Ort ist ein guter Platz für die Nacht. Es gibt fahrende Händler und die Soldaten können etwas einkaufen. Einige kampieren ganz in der Nähe. Sie stolzieren durch die Siedlung und sehen sich um. Einer hat mir ein Spatha für zwanzig Silberpfennige abgeschwatzt und jetzt mach ich eben ein neues. Reicht dir die Antwort?«

Alban nickte.

Zwanzig Silberpfennige waren viel Geld. Wie viel mochte da wohl ein Messer kosten? »Kann ich es auch lernen?«, fragte Alban fasziniert.

»Natürlich! Du bist doch kein Dummkopf. Du bist ein helles Bürschchen, oder?«

Alban biss sich auf die Lippen. »Wie lange dauert es, bis ich einen Dolch oder ein Messer geschmiedet habe?«, fragte er unsicher.

»Du willst wohl alles ganz genau wissen«, feixte der Schmied und lachte dabei verschmitzt. »Es ist immer gut, wenn man viele Fragen stellt. Nur so lernt man! Nun, das kann ich nicht so pauschal sagen. Jede Waffe ist einzigartig, erfüllt ihren eigenen Zweck. Auf die Klinge kommt es an. Das Eisen muss viele Male gefaltet werden und es bedarf sehr sorgfältiger Hammerschläge. Wenn die Klinge fertig ist, braucht es noch die saubere Bearbeitung des Schafts. Jede

Hand ist anders und der Schaft entscheidet, wie gut sich die Waffe führen lässt.«

Der Schmied schaute in Albans blaue Augen, die vor Wissensdurst funkelten. »Aber jetzt muss ich dir auch mal eine Frage stellen, junger Mann. Woher kommst du und warum bist du weggelaufen? Dein Vater muss wohl auch ein Schmied sein, sonst würdest du kaum wissen, wie man Nägel macht. Also, heraus mit der Sprache und lüg mich ja nicht an.«

Alban senkte die Augen und schaute schuldbewusst in die Glut, die rot und heiß in einer Steinwanne glomm. Er zuckte die Schultern. »Ich sage es nur, wenn Ihr mich nicht zurückschickt!«

Der Schmied lachte. »Wieso sollte ich? Du bist eine nützliche und dazu noch billige Hilfe. Ich wäre dumm, dich wieder gehen zu lassen.«

Der Junge hob den Blick.

Der Schmied hatte sanfte dunkle Augen, einen kurzen grauen Bart und zottelige graue Haare. Seine Schultern waren breit und in seinen Armen steckte noch immer die Kraft eines Bären. Sein Lächeln flößte Vertrauen ein.

»Ich komme aus einem Ort ganz in der Nähe von Gmend«, begann Alban leise und verstummte gleich wieder.

»Wie heißt der Ort?«

Es war Alban sichtlich unangenehm darüber zu reden. Er zog immer wieder die Schultern hoch, kratzte sich am Kragen und kniff die Lippen zusammen. »Büren«, presste er schwerfällig zwischen seinen Zähnen hervor.

»Hab ich es mir doch gleich gedacht. Du bist mit deinem Vater, dem Schmied, aus Büren hierher gekommen und dann bist du ihm ausgebüchst.«

»Nein! Ich bin ohne meinen Vater hierher gekommen und habe ihn erst vor Eurer Werkstatt wieder gesehen.«

»Dann bist du eben danach ausgebüchst und ich hab mich schon gefragt, wo du abgeblieben bist. Verstehe!«, sagte der Alte und kratze sich am Kinn.

»Ich hatte Angst, er könnte mich entdecken!«

»So, und warum bist du von zu Hause ausgerissen?«

»Mein Bruder schlägt mich und mein Vater auch«, sagte Alban resigniert.

Der Schmied zog das Metall aus der Glut, ging zu seinem Amboss und begann es mit gezielten Schlägen weiter zu bearbeiten, dass es nur so Funken hagelte.

»Erzähl mir die ganze Geschichte«, sagte er, nachdem er das Eisen wieder in die Wanne gesteckt hatte.

Alban fasste sich ein Herz und begann zu berichten. Er erzählte, wie er vor Xaver und seinen Freunden geflohen war, wie sie ihn in die Rems geworfen hatten und er, nur durch Glück, wieder aus den Fluten freikam. Er habe beschlossen, nicht mehr nach Büren zurückzukehren. »Ich habe nicht gewusst, dass mein Vater auch hier sein würde«, schloss er seine Erzählung.

»Dein alter Herr will meine Werkstatt kaufen! Wusstest du davon?«

»Was?« Alban machte ein entsetztes Gesicht.

»Keine Angst, ich verkaufe nicht! Und schon gar nicht an ihn!«

Alban atmete erleichtert auf. Das hätte ihm gerade noch gefehlt, Xaver und sein Vater in Gmend.

»Ich mag deinen Vater nicht und nun verstehe ich auch, warum du abgehauen bist. Das hast du gut gemacht! Mein Angebot, als mein Gehilfe zu arbeiten, steht immer noch! Was ist? Nimmst du an?«

»Ja«, rief Alban erfreut, ohne noch einmal darüber nachzudenken. Er sprang auf, spuckte in seine rechte Hand und reichte sie feierlich dem Schmied, seinem neuen Herrn und Meister.

Johann spuckte in die seine und schlug ein. »Na dann fang gleich mal an, noch ein paar Nägel zu machen. Das waren nämlich wirklich gute Nägel!«, sagte Johann zufrieden und steckte das Eisen, welches einmal ein stolzes Spatha werden würde, zurück in die Glut.

Teafor hastete auf Reem zu. Das Einhorn lag, mit der Schlange um die Läufe, auf dem Waldboden und bewegte sich nicht.

»Was ist hier los?«, fragte Teafor steif, nahm die Schlange hoch und blickte ihr in das schuppige Gesicht. »Lucy, was ist passiert?«

»Es war ein Junge«, hauchte die Schlange und züngelte.

»Ein Junge?«, rief Teafor und trat Reem in die Flanke. »Was war das für ein Junge?«

»Ich weiß es nicht!«, log Reem.

»Das ist nicht wahr! Er kannte ihn! Er hat sogar mit ihm geredet«, zischte Lucy. »Der Junge ist sein Mündel. Sein Mensssssssssssch.«

»Sein Mensch?«, wiederholte Teafor und schaute in den Wald hinein. »Eine reine Seele also, aber wo ist er hin?«

Reem antwortete nicht, versuchte nicht einmal aufzuspringen und zu fliehen, denn er wusste, er würde nicht weit kommen. Teafor war mächtiger als ein Einhorn, mächtiger als alles, was Reem je kennengelernt hatte. Er hatte schon viel über den Zauberer gehört – Geschichten, die ihm das Fell zu Berge stehen ließen. Er war der Feind aller Einhörner. Seine Zauberkraft wurde im ganzen Wald gefürchtet.

Teafor war ein großer, schlanker Mann mit einer breiten Brust. Seine Kleider waren schwarz, doch gar nicht so wie man sie sich bei einem Zauberer vorstellt. Er trug Reiterstiefel, eine Reiterhose und ein kurzärmeliges Kettenhemd über einem langärmeligen Leinenhemd. Das Haar war kurz, fast so, als hätte man ihn geschoren. Die Nase saß gerade, seine Ohren waren von kleinen Knochen durchbohrt, was sie größer erscheinen ließ. Sein Alter war nur schwer bestimmbar – es mochte irgendwo zwischen vierzig und fünfzig liegen. Doch das Ungewöhnlichste an ihm waren seine blauen Augen, die so hell wie der wolkenlose Himmel zur Mittagszeit funkelten. Man sah ihnen nicht auf den ersten Blick an, wie viel Böses in ihnen schlummerte.

Gnadenlos und ohne Vorwarnung trat Teafor noch einmal in Reems Flanke. »Rede, Bestie!«, schrie er das wehrlose Einhorn an.

Reem gab keinen Mucks von sich. Er hob den Kopf, senkte sein Horn und funkelte den Zauberer nur abschätzig an.

»Nun gut!«, schnaubte Teafor. »Ich werde den Bengel schon finden. Überlass das nur mir! Lucy, du bleibst hier und passt auf dieses verdammte Einhorn auf.«

»Ja, Meisssssster!«, züngelte die Schlange und verwandelte sich zurück in ein Seil, das sich wieder fest um Reems Hals legte.

Eine Armee

Die Mittagssonne brannte heiß und gleißend auf Büren nieder. Der Wald hob sich grün und satt vom blauen Himmel ab. Nach dem ganzen Regen der letzten Wochen stand er voll im Saft und reckte sich im leichten Wind wiegend der Sonne entgegen. Es war heiß. So heiß, dass selbst die Vögel verstummten und die Fliegen nur noch im Schatten ihren nicht enden wollenden Tanz vollführten.

Xaver erwachte, weil er unendlichen Durst verspürte. Sein Hemd war nass geschwitzt und der Gestank, der wie die Pest an ihm haftete, stieg ihm beißend in die Nase. Was hätte er nicht alles für einen Schluck Wasser gegeben!

Rochus tauchte wie aus dem Nichts neben ihm auf und hielt ihm einen Krug unter die Nase, gefüllt mit klarem Wasser. »Ich gebe dir jetzt zu trinken, dann schneide ich dich los! Aber halte deine Hände schön zusammen, so, als wärst du noch angebunden. Wenn keiner herschaut, machst du die anderen los und ihr kommt zur Quelle im Wald. Dort erfahrt ihr alles Weitere.« Rochus Stimme war nur ein Flüstern.

Xaver nickte. Er hatte verstanden.

Als er die kühle Klinge spürte, die mit einem Ratsch das Seil durchtrennte, welches seine Handgelenke festgehalten hatte, konnte er kaum dem Drang widerstehen, die Arme nach vorne zu reißen und die schmerzenden Stellen zu reiben, aber er verharrte still in seiner Position.

»So ist es gut!«, hauchte Rochus und lächelte dem Jungen aufmunternd zu, während er ihm den Krug vor die Nase schob. Sein Blick hatte etwas Unergründliches, Gönnerhaftes aber auch Gefährliches an sich.

Xaver legte die Lippen an das Gefäß und versuchte zu schlucken. Seine Kehle war so trocken, dass der erste Schluck gar nicht hinunterfließen wollte. Er drohte ihm hart im Halse stecken zu bleiben. Beinahe hätte er gehustet, doch dann spürte er, wie die Flüssigkeit langsam durch seine Kehle rann.

Mit jedem Schluck fühlte er sich ein wenig besser. Es war, als trinke er ein Lebenselixier und es schmeckte nach Honig. Dass es leuchtete, erkannte Xaver nicht, denn er hatte die Augen geschlossen, labte sich blind an jedem Schluck. Noch nie hatte er etwas Köstlicheres getrunken. Sogar sein knurrender Magen beruhigte sich und er fühlte, wie neues Leben in ihm erwachte.

Bei der Hitze blieben die Dorfbewohner in ihren Hütten. Sie hielten die Türen und Fenster geschlossen, damit die heiße Luft nicht eindringen konnte. Xaver beobachtete stumm jede der wenigen Regungen. Nach und nach wachten die anderen neben ihm auf, stöhnten und verlangten nach Wasser. »Seid still, ihr Memmen!« zischte Xaver. »Es gibt gleich was zu trinken, aber erst schneide ich euch los! Er nahm das Messer, welches Rochus ihm dagelassen hatte, und schnitt Fritz die Fesseln durch. »Haltet eure Hände zusammen und erst wenn ich es sage, schleichen wir davon! Verstanden?«

Die vier nickten und das Messer wanderte geschickt von Hand zu Hand.

»Zuerst trinkst du aus diesem Krug«, Xaver zeigte gebieterisch mit der Nase auf Fritz. »Und dann die anderen. Jeder nur vier Schlucke, kapiert! Nachher gibt es noch mehr, aber erst einmal muss das reichen!«

Sie taten, wie Xaver ihnen geheißen hatte. Keiner wagte es, mehr als die angegebene Menge zu trinken, auch wenn die Versuchung groß war.

»Jetzt!« zischte Xaver im Befehlston, als alle getrunken hatten.

Einer nach dem anderen schlich davon.

Xaver steckte das Messer in seinen Gürtel, spuckte aus und zeigte mit dem Finger auf Agathes Haus. »Wir sehen uns wieder, alte Hexe!«

Der Wald lag still da, als sie an der Quelle ankamen. Das Wasser plätscherte stetig aus einem Stück Fels. Es sammelte sich in einer Rinne und ergoss sich in einen kleinen Tümpel, in dem die Kaulquappen bereits zu Fröschen wurden.

Rochus wartete ungeduldig auf die Jungen. Ein breites Grinsen lag auf seinem Gesicht und seine grünen Augen leuchteten zufrieden. Er hob die Hand zum Gruß und wandte sich gleich an Xaver. »Du wirst dich sicher schon gefragt haben, warum ich dir helfe, wo doch das ganze Dorf gegen dich ist?« Seine Augen blieben starr auf den Jungen gerichtet. »Nun, ich brauche dich!«, sagte er, dann sah er in die schmutzigen Gesichter der anderen. »Ich brauche euch alle! Aber vorher werdet ihr euch waschen. Ich habe frische Kleider und neue Holzschuhe mitgebracht. Zieht euch aus und macht euch gründlich sauber. Ihr stinkt, dass man euch bis ins Dorf riechen kann.«

»Alois könnte uns selbst in Lorch noch riechen!«, erklärte Schorsch und sah seine Brüder feixend an. »Er findet uns sicher, so wie er auch Xaver gefunden hat.«

»Macht euch um den Hund keine Sorgen. Er schläft die nächsten zwei Tage durch.«

Done schaute auf. In seinen braunen Augen loderte Angst. »Was habt Ihr mit ihm gemacht?«

»Keine Sorge! Ich habe ihm nur einen kleinen Schlaftrunk verabreicht. Das ist alles«, erklärte Rochus selbstgefällig. Er legte seine Hand um den langen Stab, den er immer mit sich führte, und stützte sich darauf ab. Zufrieden beobachtete er, wie die Jungen sich wuschen und danach in frische Kleider schlüpften.

»Mal sehen«, murmelte Rochus und tippte jedem Jungen einmal mit dem Daumen auf die Stirn. Er nannte sie beim Namen und verlangte, dass sie ihm in den Wald folgen sollten.

Keiner widersprach oder fragte gar, wohin sie gehen würden.

Siegfrieds Kopf brummte, als er am späten Nachmittag erwachte. Er wäre nicht von selbst zu sich gekommen, hätte er nicht das Geschrei vor seinem Fenster wahrgenommen. Das elende Gefühl in seinem Magen erwachte mit ihm.

Er sprang aus dem Bett, stieß das Fenster auf und erbrach sich genau vor die Füße der aufgeregten Leute, die den Lärm verursacht hatten.

Sie sprangen auseinander und schrien entsetzt auf. Dann glotzten sie Siegfried so perplex an, dass er entschuldigend die mächtigen Schultern hob. »Was steht ihr da auch herum und macht Krach? Wie soll ich da schlafen?«

»Die Jungen sind weg«, stieß Vincent hervor. »Wir dachten, du wüsstest etwas darüber.«

»Wie weg?«, fragte der Schmied und wurde so bleich, dass die Leute vorsichtshalber in Deckung gingen, bevor sie womöglich ein weiterer Schwall aus seiner Kehle traf.

»Jemand hat die Seile durchtrennt. Wir dachten, du warst das in deinem Rausch letzte Nacht!«, rief Christa, die Frau des Webers.

»Ich?«, donnerte der Schmied. »Ich hätte es tun sollen, denn von eurem Gericht ist nichts zu halten. Aber ich war es nicht! Da war wohl ein anderer so freundlich!«

Siegfried sah zufrieden aus. Er verschränkte die Arme vor der Brust und lachte höhnisch.

Die Dörfler schauten ihn verwirrt an.

»Xaver ist fort, und das macht dir nichts aus?«, fragte Vincent verwirrt.

»Er wird schon wieder kommen. Wenn er schlau ist, kommt er aber erst zurück, wenn Gras über die Sache gewachsen ist.«

»So einfach ist das nicht!«, rief Agathe.

Die Umstehenden nickten zustimmend.

Der Schmied trat vom Fenster zurück. Er lachte lauter, schüttelte sich vor Freude, es klang fast ein wenig verrückt, bevor er hervorstieß: »Wenn ihr die Jungen finden wollt, dann solltet ihr euch beeilen! Bestimmt sind sie schon über dem Hohenstaufen oder gar über dem Rechberg. Und nun schert euch fort von meinem Fenster, mir ist es heute nicht nach Gesellschaft. Ich fühle mich nicht gut und muss mich jetzt ausruhen. Also verschwindet!«, rief er.

Die Leute blickten sich verwundert an. War der Schmied verrückt geworden? Es konnte doch nicht sein, dass ihn die Vorfälle der letzten Tage kalt ließen. Schließlich ging es doch vor allem um seine Söhne.

»Irgendetwas stimmt da nicht«, murmelte Agathe. Sie schaute in die Menge und suchte nach Rochus, doch der war nirgends zu sehen. Sie schüttelte missbilligend den Kopf. Bestimmt war der alte Griesgram im Wald, um Kräuter und Blätter zu sammeln, so wie er es jeden Morgen machte. Er hielt sich meist aus allem heraus. Was im Dorf geschah, schien ihn nicht zu interessieren. Er hatte nur Augen für die Heilkunst. Wenn er behandelte, redete er nicht viel, sondern erklärte Agathe nur knapp, wie die Zange an einem fauligen Zahn anzusetzen war oder das Messer bei einem Eitergeschwür. Er zeigte ihr ausführlich, wie sie Wunden zu verbinden hatte, hielt sich aber sonst weitestgehend von ihr fern. Er hatte sich in letzter Zeit verändert, war fast feindselig ihr gegenüber und sie verstand nicht warum.

Die Menge zerstreute sich, nur Agathe, Regina, Vincent, Christa und Sepp blieben zurück.

Regina fing an zu schluchzen. »Meine drei Buben«, sagte sie leise und setzte sich auf eine Bank im Schatten der Schmiede.

»Wir werden sie schon finden!«, brummte Vincent. Er legte ihr eine Hand auf die Schulter, doch er war nicht sehr geschickt im Trösten.

Christa setzte sich neben ihre beste Freundin und nahm sie in die Arme. »Weine nicht. Alois kann sie bestimmt finden!«

»Genau!«, rief Vincent. »Es hat schon einmal geklappt! Lasst uns den Hund holen.«

Gemeinsam gingen sie zur Hundehütte hinüber.

Alois Kopf schaute aus der Öffnung, doch er rührte sich nicht. Er lag auf der Seite und seine Zunge hing ihm schlaff aus dem Mund.

»Alois mein Junge«, rief Vincent und pfiff sanft durch seine Zähne. Spätestens bei diesem Ton war der Hund sonst immer freudig aufgesprungen, doch nun blieb er regungslos liegen.

Besorgt ließ sich Vincent zu seinem Hund nieder. Die anderen bildeten einen Halbkreis um ihn herum.

»Was hat er? Ist er krank?«, fragte Regina besorgt.

»Ich weiß nicht!« Vincent hob den Kopf des Hundes an, fühlte die leblose Schwere und sagte: »Er ist ... tot!«

Agathe betrachtete das Tier lange. Nachdenklich hob sie eine Pfote an, drückte ihm auf den Bauch, tastete seinen Körper ab und schaute ihm angestrengt ins Maul. Zum Schluss öffnete sie eines seiner Augen und nickte bedächtig. »Er hat etwas Giftiges gefressen. Ich vermute Taxus baccata, landläufig bekannt als Eibe. Es sind die Nadeln, die giftig sind. Ich erkenne es an dem Schaum vor seinem Mund und den verquollenen Augen. Er muss starke Krämpfe gehabt haben.«

»Aber wo sollte er denn Eibennadeln gefressen haben?« Vincent schüttelte ungläubig den Kopf.

»Ihr wart zusammen im Wald. Vielleicht hat er da etwas gefressen. Die Essenz ist bei Gicht und Rheuma anzuwenden. Ich kenne es als Heilmittel, weiß aber, wie giftig es sein kann, wenn jemand zuviel davon bekommt. Pferde sterben oft daran, wenn sie im Wald grasen. Wenn Alois ein Stück Fleisch gefunden hat, welches unter einer Eibe lag, kann es sein, dass er die Nadeln aus lauter Gier mitgefressen hat, was ihm anscheinend zum Verhängnis wurde.«

»Das glaube ich nicht. Alois hat nie etwas im Wald gefressen. Er wusste, dass er das nicht darf!«

»Vielleicht hat er nicht widerstehen können.« Agathe zuckte die Schultern. Ihr kam das Ganze auch merkwürdig vor, doch sie behielt ihre Bedenken für sich und überlegte, ob sie irgendetwas übersehen hatte.

»Und was machen wir jetzt?«, fragte Sepp, der die ganze Zeit geschwiegen hatte. »Es ist wie ein Fluch, erst die Sache mit Alban, und ausgerechnet meine drei Söhne sind daran beteiligt. Dann verschwinden die fünf spurlos und jetzt auch noch der arme Alois«, er blickte traurig auf das Tier hinunter, welches reglos zu seinen Füßen lag.

Vincent streichelte das braun glänzende Fell des Hundes. »Alois, mein Junge …« Seine Stimme klang brüchig und er schüttelte den Kopf.

Sepp konnte sehen, wie der starke Vincent mit den Tränen kämpfte.

Die Jungen folgten Rochus durch den dichten Wald. Xaver ging hinter dem Dorfbader her, der langsam aber unbeirrt einem Pfad nach Osten folgte. Keiner sagte ein Wort, jeder hing schweigend seinen Gedanken nach.

Fritz, der direkt hinter Xaver ging, hätte gerne ein paar Fragen gestellt, aber eine seltsame Beklommenheit hielt ihn davon ab. Er fühlte sich, als hinge eine große dunkle Glocke über seinem Kopf, die immer wieder betäubend läutete. Seine Gedanken schweiften zu seiner Großmutter, doch als er ihr Bild vor sich sah, zerfiel es Sekunden später in tausend Stücke. Er vergaß sogar ihren Namen, als hätte er sie nie kennengelernt. In seinen Ohren dröhnte ein tiefes Rauschen, als flösse ein ganzer Sturzbach durch ihn hindurch. Dieses Geräusch war dumpf und schwer, doch Fritz war unfähig sich dagegen zu wehren.

Irgendwann blieb Rochus stehen und hob die Hand. Die Jungen blickten sich um. Es war Mittag und die Sonne stand in ihrem Zenit. Gut, dass immer wieder ein paar Wolken den Himmel verdunkelten, sonst hätte Fritz die Hitze nicht ertragen. Ihm war so heiß, dass der Schweiß die frischen Kleider an seinem Körper kleben ließ.

»Setzt euch! Ich habe Brot und Wasser«, sagte Rochus.

Fritz ließ sich ins Gras fallen. Er stöhnte laut, als er sich auf den Rücken legte, doch gleich darauf hatte er schon wieder vergessen, was ihn so angestrengt hatte.

Rochus zog einen Sack aus einem nahen Gebüsch.

Fritz überlegte eine Weile, wie der braune Jutesack dort wohl hingekommen war, vergaß aber seine Frage, noch bevor er eine Antwort finden konnte.

In dem Sack steckten zwei Laibe Brot und ein großer Schinken mit Schwarte. Im anderen Sack steckten zwei Weinschläuche, die aber nur mit Wasser gefüllt waren.

Esst reichlich, hatte Rochus gesagt, und jeder der Jungen nahm einen kräftigen Schluck Wasser aus dem Schlauch, bevor sie zu den Broten und dem Speck griffen. Rochus verteilte großzügig das duftende Fleisch an die Jungen, sich selbst schnitt er aber nur ein kleines Stückchen ab. »Ruht euch eine Weile aus, bevor es weitergeht.«

Die Jungen streckten sich der Länge nach aus. Es war heiß, doch sie blieben in der Sonne liegen, als spürten sie die Hitze nicht. Sie wirkten apathisch und gar nicht so aufgedreht wie sonst. Sogar Xaver, der immer etwas zu sagen hatte, blieb ganz still.

Fritz war unfähig sich zu bewegen. Er fühlte sich betrunken, wie vom Wein aus Siegfrieds Krug, doch in dem Schlauch war nur Wasser gewesen. Er blickte zu Xaver, der reglos neben ihm im Gras lag. Gerne hätte Fritz ihn gefragt, was hier eigentlich gespielt wird, doch als er Xaver an der Schulter stupste, hatte er seine Frage bereits wieder vergessen.

Nach einer Weile, Fritz kam es vor wie zehn Stunden, es konnten aber auch nur zwanzig oder dreißig Minuten gewesen sein, kam ein fremder Mann auf einem Pferd angeritten. Er trug ein Kettenhemd und schwarze Reitstiefel. Er sprang vom Pferd, leicht wie eine Feder, fast als schwebe er, und stellte sich neben die Jungen. Rochus ging zu dem Fremden und begrüßte ihn mit einem Bruderkuss. Sie redeten in einer fremdartigen Sprache, die Fritz nicht verstand. Der Blick des Fremden fiel auf die Jungen, die immer noch nahezu bewegungslos im Gras lagen. Schorsch und Done waren eingeschlafen, Xaver träumte mit offenen Augen, Schdoffel zeigte belustigt in die Wolken und kicherte.

»Sie sind noch ein wenig müde«, hörte Fritz Rochus sagen. »Sobald ich ihnen aber an die Stirn tippe, werden sie wieder hellwach und hören nur noch auf das, was du ihnen sagst.«

Fritz hob seinen Kopf. Er überlegte, konnte aber keinen Zusammenhang zwischen seinem Zustand und Rochus' Worten herstellen. Schon kurz darauf konnte er sich an kein einziges Wort mehr erinnern, das die beiden Männer miteinander gesprochen hatten. Ein ungutes Gefühl blieb in seinem Inneren zurück.

Rochus lächelte zufrieden, beugte sich zu jedem Jungen hinunter und tippte ihm mit seinem Daumen an die Stirn. »Erhebt euch vor Teafor, eurem Meister«, erklärte er und zeigte auf den Mann, dessen Augen so blau waren wie der Himmel. »Teafor wird euch weiter führen. Ihr werdet ihm gehorchen und alles tun, was er euch befiehlt. Haltet euch an Teafor, dann wird euch nichts geschehen! Ich gehe besser zurück zum Dorf«, schloss Rochus seine Rede.

Fritz schaute dem alten Bader noch lange hinterher. Von der Ansprache jedoch, die Rochus gehalten hatte, hatte Fritz schon wieder alles vergessen.

Im Wald war es kühler als auf der Lichtung. Die Jungen folgten Teafor, der sich auf sein Pferd gesetzt hatte. Langsam ritt er voran und machte keinerlei Anstalten, die Jungen anzutreiben. Alles ging ganz gemächlich zu. Dennoch erreichten sie nach nur einer halben Stunde Fußmarsch ihr Ziel. Eine Hütte stand einsam im tiefen Wald. Drum herum gab es nichts als Bäume.

Teafor stieg von seinem Pferd und zeigte auf schmutzige Schaffelle rings um eine erloschene Feuerstelle. »Hier wird euer Lager sein. Ihr könnt euch Feuer machen, wenn ihr wollt. Heute Abend bringe ich ein halbes Schwein vorbei. Das können wir braten und essen. Verhaltet euch bis dahin ruhig. Wenn ich etwas brauche, werde ich rufen. Solange bleibt ihr hier!«

Die Jungen nickten und setzten sich, ohne ein Wort miteinander zu wechseln, auf die Felle, die mit Blättern und Erde des Waldbodens bedeckt waren.

Keiner außer Fritz kam auf die Idee, sein Fell auszuschütteln. Er war es auch, der irgendwann fragte: »Wisst ihr eigentlich, was wir hier machen? Ich meine, warum sind wir hier und nicht in Büren?«

»Ist das wichtig?«, fragte Xaver. »Ich bin froh, weg von Büren zu sein! Dort waren die Leute nur darauf aus, uns zu quälen. Ganz besonders deine Großmutter.«

»Wie kommst du denn darauf? Immerhin haben wir Alban auf dem Gewissen.«

»Pah, Alban, der Feigling, ist nicht tot! Wem glaubst du? Dem Geschwätz der Leute oder mir? Muss ich dich daran erinnern, wer hier das Sagen hat?«, fragte Xaver mit drohender Stimme.

Fritz wusste nur zu gut, dass Xaver sehr ungemütlich werden konnte, wenn jemand seine Autorität in Frage stellte. Schnell schüttelte er den Kopf, denn es war sinnlos, Xaver zu widersprechen. Er würde notfalls mit Gewalt darauf bestehen, Recht zu haben. Ihm tat es nicht einmal leid, dass sein Bruder tot war und er würde auch niemals einsehen, dass er ihm Unrecht angetan hatte. Fritz hingegen fühlte sich elend und er wünschte, er hätte sich nie dazu anstiften lassen. Doch nun war es zu spät. Nicht nur, dass er vor seiner gerechten Strafe davon gelaufen war, nein, zu allem Übel befand er sich auch noch in einem fremden Wald, bei einem fremden Mann, der keinen vertrauenserweckenden Eindruck machte. Warum hatte Rochus sie überhaupt zu ihm gebracht? Am liebsten wäre Fritz gleich wieder aufgebrochen und hätte die anderen einfach hier sitzen lassen, doch irgendetwas hielt ihn davon ab.

Schorsch streckte sich der Länge nach aus und schlief sofort ein. Schdoffel murmelte etwas Unverständliches, rollte sich dann aber auch zusammen. Nur Done, Xaver und Fritz blieben wach. Sie schauten starr auf einen Kreis aus Steinen, in dessen Mitte graue Asche lag. Dass sie nicht miteinander redeten, war genauso ungewöhnlich wie ihr starrer Blick in ein Feuer, das gar nicht existierte. Normalerweise hätten sie über Schwerter, Pferde, Grafen und vor allem Gräfinnen gesprochen, die sie irgendwann auf einem Markt zu Gesicht bekommen hatten. Auch die Diskussion darüber, wie viel Kraft es benötigte, ein Kettenhemd mit einem Schwert zu durchstoßen, wurde immer gerne und hitzig geführt. Heute jedoch saßen die Jungen nur da und sagten kein Wort.

Irgendwann kam Teafor zurück und brachte, wie er es versprochen hatte, ein halbes Schwein daher. Er legte es neben der Feuerstelle ab, warf ein paar Scheite in den Kreis aus Steinen und schnippte einmal kurz mit den Fingern. Die Scheite fingen sofort an zu brennen.

Keiner der Jungen schien dies ungewöhnlich zu finden.

Teafor hatte noch drei Eisenstangen dabei. Zwei mit kleinen Haken daran rammte er mit seinen bloßen Händen so tief in den Boden, dass sie fest stecken blieben. Die andere Stange stach er der Länge nach durch das Fleisch des Schweins. Auch dafür brauchte er keine Hilfe. Es schien, als hätte er übermenschliche Kräfte. Gönnerhaft hängte er die Sau übers Feuer. »Du, wie heißt du?«, fragte Teafor.

»Fritz«, sagte der Junge und sprang auf die Füße.

»Du drehst den Spieß so, dass das Fleisch an allen Stellen gleichmäßig Feuer bekommt, verstanden?«

»Ja, Meister!« Fritz verbeugte sich. Irgendetwas in seinem Inneren machte ihn unterwürfig.

Teafor blickte zufrieden in die Runde. »Ich sehe schon, wir werden uns gut verstehen! Ich komme bald zurück und ihr haltet hier die Stellung. Wenn sich jemand nähert, fangt ihn ein und haltet ihn solange fest, bis ich zurück bin. Es ist sehr wichtig, dass ihr Augen und Ohren offen haltet. Niemand darf in die Nähe der Hütte kommen! Habt ihr das verstanden?«

»Ja, Meister«, riefen die Jungen wie aus einem Mund.

»Gut«, lächelte Teafor zufrieden und schwang sich auf sein Pferd. »Ich komme bald zurück!«, rief er und war mit schnellem Galopp im Wald verschwunden.

»Was bewachen wir hier eigentlich?«, fragte Fritz.

»Die Hütte, nehme ich an«, überlegte Xaver.

»Diesen kleinen Schuppen? Was soll da drin sein?«

Xaver hob die Schultern.

»Gold vielleicht!«, meinte Done.

»Quatsch! Da ist gar nichts drin! Ich wette, unsere Aufgabe kommt noch. Ihr werdet schon sehen.« Xaver verschränkte die Arme. »Das wird ein Spaß! Wisst ihr, was das hier bedeutet? Wir sind jetzt so etwas wie eine Armee. Wir kampieren im Freien, dienen unserem Feldherrn und kämpfen für ihn. Das wird großartig!«

»Ich wäre lieber zu Hause«, erklärte Fritz, doch seine Stimme klang halbherzig.

»Zu Hause? Wo soll das sein? Meinst du Büren? Dort, wo sie dich in die Jauchegrube tauchen, dich an einen Baum binden und dich verdursten und verhungern lassen? Pah, Büren. Keine Träne weine ich diesem Scheißnest hinterher!« Xaver spuckte aus, um seinen Worten noch mehr Kraft zu verleihen. »Das hier wird das bessere Leben! Vielleicht bekommen wir ja sogar Waffen und ein Kettenhemd, wie der Meister es trägt. Ich bin auf jeden Fall schon sehr gespannt, wie das hier weitergeht!«

Die anderen Jungen nickten zustimmend, nur Fritz schüttelte unmerklich mit dem Kopf. Er wusste, dass hier etwas ganz und gar nicht stimmte, doch er wusste nicht was.

Schmiedekunst

Das Wasser zischte und brodelte, als der Schmied das Eisen in das große Holzfass tauchte. Dieses Zischen kannte Alban nur zu gut von zu Hause, doch dort war es kein Schwert gewesen, sondern Nägel, auch Pfannen, Schüsseln, Schaufeln, Spaten, Sensen und was es sonst noch Langweiliges gab. Hier hingegen zischte ein echtes Spatha, und es zischte großartig in Albans Ohren.

Natürlich hatte er nicht einen Nagel gefertigt, sondern war die ganze Zeit an Johanns Seite geblieben. Aufmerksam beobachtete er jeden Handgriff und versuchte, sich alles, was er sah, genau einzuprägen. Er zählte sorgfältig die Hammerschläge, die Johann machte, bis er das Eisen wieder zurück ins Feuer legte. Dann zählte Alban, wie lange es im Feuer lag und wie oft dieser Vorgang wiederholt wurde. Es dauerte Stunden, bis das Eisen so geschmiedet war, dass er erkennen konnte, was es einmal werden sollte.

»Könnte ich morgen gleich anfangen, einen Dolch zu schmieden?«, fragte Alban ungeduldig.

»Wozu brauchst du denn so dringend einen Dolch?«, wollte Johann wissen.

»Ich wollte schon immer einen haben!«

»Waffen sind teuer und nichts für Kinder. Ich halte nichts davon, dass die Bengel mit Waffen hantieren. Kämpfen ist Männersache und auch die sollten es besser lassen!«

»Aber wenn man jemanden retten muss, dann darf man doch eine Waffe benutzen, oder?«

»So, wen musst du denn retten?« Johann sah dem Jungen direkt in seine aufgeweckten Augen.

Alban wich seinem Blick aus und schaute verlegen zu Boden. Er konnte dem Meister unmöglich von Reem und dem Zauberer erzählen. Johann würde ihn für verrückt erklären. Einhörner und Zauberer passten einfach nicht in diese Welt. Das war Aberglaube. Und Aberglaube war Sünde und streng verboten. Zauberer und Einhörner gab es nur im Märchen, nicht in den Wäldern von Gmend. Was also sollte er seinem Meister erzählen, damit der ihn einen Dolch schmieden ließ?

»Du willst es mir also nicht sagen?«, meinte Johann, als der Junge weiter schwieg. »Na schön. Jeder braucht ein Geheimnis! Solange du mich nicht anlügst, werden wir gut miteinander auskommen. Deshalb sag mir nur, ob du vorhast, einen Menschen mit dem Dolch zu verletzen?«

Alban schüttelte entschieden den Kopf. »Ich muss ein Seil durchschneiden, das ist alles.« Er dachte an die Schlange, die kein Mensch war und die er deshalb vermutlich verletzen durfte.

»Nun gut!«, sagte Johann und war zufrieden mit der Antwort. Er zog aus einer Schublade eine Schiefertafel und ein Stück Kreide hervor. »Manchmal ist es nützlich sich aufzuzeichnen, wie das zu schmiedende Stück aussehen soll. Hast du schon mal gezeichnet?«

»Nein!«, antwortete Alban und betrachtete abschätzig die dunkelgraue Tafel. Zeichnen? Was war das nun schon wieder? Er brauchte doch einfach nur einen Dolch, um Reem zu retten, nichts weiter. Resigniert hob er die Schultern und setzte sich mit einem tiefen Seufzer an die Werkbank.

Johann hielt den Griffel zwischen den Fingern und begann ein paar Linien zu ziehen. Nach wenigen Strichen erkannte Alban bereits einen Dolch, der spitz und scharf von der Tafel abstach. Seine Augen leuchteten erfreut.

Johann nahm ein feuchtes Tuch und wischte den Dolch wieder fort, was Alban mit Entsetzen zur Kenntnis nahm. Dann reichte ihm der Meister den Griffel und sagte: »Nun du!«

Es war nicht einfach, einen Dolch zu zeichnen. Nach ein paar kläglichen Versuchen legte Alban entmutigt den Griffel weg. »Ich kann das nicht! Das wird nie ein Dolch.«

Johann trat heran und begutachtete das Werk. »Es wird nichts, weil du dich nicht richtig konzentrierst! Du musst dir alles genau vorstellen. Die Spitze, den Schwung der Klinge, den Schaft. Alles muss vor deinem Auge erscheinen, jedes Detail, jede Kante. Das ist sehr wichtig, denn sonst kannst du das Eisen später nicht formen. Zeichne das Spatha und du wirst sehen, was ich meine.«

Mit ein paar schnellen Strichen skizzierte Alban ein Spatha auf die Tafel; es gelang ihm auf Anhieb.

»Siehst du? Das Spatha kannst du dir vorstellen, den Dolch aber nicht. Egal ob du zeichnest oder schmiedest, es muss immer zuerst in deiner Vorstellung vorhanden sein. Du musst dir ein Bild davon machen. Du brauchst einen Plan.«

»Einen Plan«, wiederholte Alban leise und blickte auf die Tafel in seiner Hand. Reem fiel ihm ein und er dachte missmutig an die Schlange, die seinen Freund bewachte. Johann hatte recht! Dringend brauchte Alban einen Plan, um Reem zu befreien, und genau wie der Dolch, musste auch dieser Plan zuerst geschmiedet werden. Es würde nicht einfach sein, doch mit einem ordentlichen Plan würde es gewiss auch funktionieren. Zufrieden nickte Alban seinem Meister zu, denn er hatte das Gefühl, eben etwas sehr Wichtiges gelernt zu haben.

Was hat der Junge nur für seltsame Augen, dachte Johann, während er ihn betrachtete. Dieses Blau war so ungewöhnlich leuchtend, genau wie der Himmel in der Mittagszeit. So ein Blau hatte er schon einmal zuvor gesehen, doch daran wollte er sich lieber nicht mehr erinnern. Ein sorgenvolles Lächeln huschte über Johanns Gesicht, bevor er wieder den Hammer nahm und zu seinem Amboss ging. Er holte mit dem Hammer aus, schlug einmal kräftig auf das Metall und sagte: »Ich schätze mal, die Nägel kann ich nun vergessen!«

Gleichmäßige Hammerschläge drangen durch die Werkstatt. Alban war an den Klang gewöhnt. Er saß an der Werkbank, hielt den Griffel in der Hand und malte auf dem Schiefer herum. Es gelang ihm einfach nicht, einen Dolch zu zeichnen, obwohl er sich große Mühe gab. Ein Dolch ist kurz, vielleicht zwei Finger lang. Er hat eine etwas dickere Mitte und zwei scharfe Seiten. Der Schaft ist meist mit einem Holzgriff versehen, welcher gut in der Hand liegt. Er sieht einem Messer ähnlich, doch anders als beim Messer sind beide Seiten der Klinge scharf. Das alles wusste Alban, doch er schaffte es nicht, sich ein Bild davon zu machen. Resigniert legte er den Griffel weg und ging zum Blasebalg hinüber. Ein paar Mal trat er ihn kräftig nieder, bis die Glut wieder hell zu leuchten begann.

Johann kam zurück. Er legte das Eisen in die Wanne aus Stein. Dabei betrachtete er Alban, der ihm aufmerksam bei der Arbeit zusah.

»Wann wird das Spatha fertig?«, fragte der Junge.

»Ich muss erst den ganzen anderen Kram anfertigen. Wir sind im Rückstand.«

Alban erkannte das »Wir« im Satz des Meisters. Er lächelte. Ein warmes Gefühl der Zugehörigkeit breitete sich in seinem Herzen aus. Noch nie hatte er irgendwo dazugehört. Nicht zu seinem Vater und schon gar nicht zu seinem Bruder. Vielleicht ein bisschen zu Agathe, die ihm immer Unterschlupf gewährt hatte, und zu Reem, der ihn einen Freund nannte. Die Sorge um diesen Freund schnürte Alban immer wieder die Kehle zu. Wenn er bloß wüsste, wie er ihm helfen könnte!

»Du siehst aus, als ob du über etwas nachdenkst. Was ist es? Los, rück schon raus mit der Sprache.«

Alban atmete tief durch. »Ich denke an einen Freund, meinen einzigen Freund. Er wurde gefangen genommen. Ich suche nach einem Plan, um ihn zu befreien.« Das war zwar nicht die ganze Wahrheit, doch diese Erklärung kam der Wahrheit schon recht nah.

»Verstehe …«, sagte der Schmied. »Weswegen hat man ihn denn gefangen, deinen Freund?«

Der Junge zuckte die Schultern. Den Grund dafür wusste er selber nicht. Er kannte Reem nicht besonders gut, eigentlich erst ein paar Stunden. Wenn er nur wüsste, was Teafor mit den Einhörnern vorhatte.

»Er war vielleicht jemandem im Weg«, hörte sich Alban sagen.

»Und du denkst, du könntest ihn befreien? Mit einem Dolch? Von wem wurde dein Freund denn gefangen genommen?«

»Von einem bösen Mann im Wald.«

»Wie alt ist denn dein Freund? Ist er ein Junge, so wie du?«

Alban rechnete. Fünfzehn und elf macht … »Er ist sechsundzwanzig, glaube ich.«

»Ein Mann also?«

Der Junge senkte den Kopf. Was sollte er darauf antworten? Reem war kein Mann, auch wenn er sechsundzwanzig war. Er war ein Einhorn, sein Einhorn, und er musste alles daran setzen, ihm zu helfen, obwohl er keine Ahnung hatte wie.

»Mein Freund ist ein Pferd«, sagte Alban schließlich nach langem Zögern. Es tat ihm leid, dass er seinen Meister belügen musste, doch es ging nicht anders. Erwachsene verstanden Kinder nicht, diese Erfahrung hatte er schon oft in seinem Leben machen müssen. Es würde nur Gelächter geben, wenn er ihm die Wahrheit anvertraute.

»Ach so, du hast also ein altes Pferd von sechsundzwanzig Jahren im Wald gefunden. Vielleicht war der Mann ja sein Besitzer?«

»Nein! Er hat es an einen Baum angebunden!«

»Aber ein Pferd muss angebunden sein, sonst reißt es aus – wie du ja selbst feststellen konntest.«

Alban gab auf. Mit Lügen kam er hier nicht weiter. Entweder er erzählte Johann die ganze unglaubliche Geschichte oder er schwieg für immer.

Missmutig nahm er den Griffel und setzte sich zurück an die Werkbank. »Aber ich brauche den Dolch«, murmelte er trotzig.

»Ein Dolch ist kein Spielzeug. Ich habe Angst, dass du dich verletzt. Es ist doch nur ein sehr altes Pferd. Sein richtiger Herr wird ihn sicher schon suchen und bestimmt auch finden. Ihn einfach so zu befreien, halte ich für keine gute Idee.«

»Er ist nicht nur ein Pferd«, rief Alban und sprang auf. Er war selbst überrascht über die Lautstärke seiner Worte. »Er ist mein Freund! Ich hatte noch nie einen Freund und ich muss ihm helfen!«, fügte er hinzu und begann zu weinen. Verzweifelt fiel er auf die Knie und schlang die Arme um den Kopf.

Die heftige Reaktion des Jungen überraschte Johann. Er wusste von seinen Söhnen, dass Jungen in Albans Alter jähzornig werden konnten, doch dass sie auf die Knie fielen und schluchzend die Arme über den Kopf warfen, hatte er noch nie gesehen.

Behutsam beugte er sich hinunter und zog Alban zurück auf die Füße. Er legte den Arm um seine Schultern, die unaufhörlich im Rhythmus seiner Atemzüge zuckten. Dicke Tränen liefen über sein schmutziges Gesicht und lösten den Kohlestaub von seinen Wangen.

»Wenn ich Reem nicht helfe, wird ihn der Zauberer umbringen.« Albans Schluchzen wurde lauter.

»Ach komm, der Mann ist doch kein Zauberer. Das redest du dir ein. Er wird das Pferd zurückbringen. Ganz bestimmt!«

»Reem ist kein Pferd, er ist ein Einhorn und er wird von einer Schlange bewacht. Der Zauberer Teafor hat ihn gefangen. Er und die anderen Einhörner waren auf einmal verschwunden, doch ich weiß, wo er sie hingebracht hat!«

Johann ließ abrupt den Jungen los, als wäre er plötzlich glühend heiß geworden. Perplex starrte er ihn an. »Hast du eben Teafor gesagt?«

Alban nickte.

Nun war es an Johann überrascht zu sein. Aus seinem furchigen Gesicht war jede Farbe gewichen.

»Wo hast du diesen Zauberer getroffen?«, fragte Johann nach einer schier endlosen Weile.

»Ich habe ihn nicht getroffen. Reem hat mich gewarnt und gesagt, ich solle flüchten! Es war irgendwo in den Wäldern«, erklärte Alban. »Aber glaubt Ihr mir denn, Herr?«, fragte er verwirrt.

»Wie oft soll ich dir noch sagen, dass ich kein Herr bin. Ich bin Johann, verstanden? So ein verdammter Mist! Dann ist Teafor also hier!«

Alban nickte. »Was will dieser Zauberer?«, fragte er ängstlich. Es gab ihn also wirklich! Einen echten Zauberer, nicht nur eingebildet wie im Märchen, sondern ganz in der Nähe.

»Das Amulett. Er will das Amulett«, sagte Johann und sprang von seinem Stuhl auf.

»Was ist ein Amulett?«

Johann machte zwei große Schritte auf einen Schrank zu, öffnete diesen und holte ein Kästchen heraus. Es war schmiedeeisern und hatte ein Schloss an der Front. Johann stellte es auf der Werkbank ab, zog einen kleinen Schlüssel aus seiner Tasche und steckte ihn ins Schloss. Mit einem leisen Knacken sprang das Kästchen auf und gab den Blick auf ein kunstvoll geschwungenes Etwas frei.

»Das ist das Amulett des Einhorns. Es ist aus reinem Silber. Im Horn des Einhorns ist ein Haar eingearbeitet. Der Legende nach soll das Haar von der Mähne des ersten Einhorns stammen. Die Einhörner sind Freunde der Menschen. Sie können unsere Seelen heilen und uns vor dem Bösen bewahren. Dieses Amulett ist verbunden mit dem Quell des Lebens. Solange sein Zauber besteht, wird es immer Einhörner geben!«

Alban riss die Augen auf. »Der Sucusbaum – er ist verschwunden. Ich habe selbst vom Quell des Lebens probiert. Er schmeckt nach Honig!«

»Du hast vom Quell des Lebens getrunken?«

»Ja.«

Johann wurde kreidebleich.

»Was ist?«, fragte Alban, dem mulmig zumute wurde.

»Dann bist du jetzt untrennbar mit Reem verbunden. Stirbt er, dann stirbst auch du.«

Albans Augen weiteten sich. »Aber ...« Er konnte den Satz nicht vollenden, ließ das Wort allein im Raum stehen und begriff erst nach und nach, was dies bedeutete.

»Hör zu, mein Junge! Wir werden Reem retten! Zeig mir die Stelle, an der er gefangen gehalten wird. Ich muss mir ein Bild von der Gegend machen.«

Johann klang entschlossen, was Alban wieder Mut machte. »Wir müssen auch die anderen Einhörner befreien. Es sind nur noch einundzwanzig!«, sagte Alban beschwörend. »Ich habe sie gesehen. Sie leuchten!«

»Oh, nein«, hauchte Johann matt und ließ die Arme sinken.

»Was ist denn?«, fragte Alban nun wieder besorgt.

»Teafor hat sie mit seinem Zauber belegt. Wenn die Einhörner leuchten, dann dauert es nicht mehr lange ...«, er stockte.

»Was dauert dann nicht mehr lange?«

»Sie werden sich auflösen, es sei denn, er tötet sie vorher, und das wird er.«

»Aber ist das Amulett nicht der Quell des Lebens? Können wir sie nicht damit retten?«

Alban zeigte auf den glänzenden Silberring in Johanns Hand, in dessen Mitte ein Einhorn auf den Hinterbeinen stand. Es hatte eine wilde Mähne wie aus langem Haar. Sein spitzes Horn und sein buschiger Schweif berührten den Kreis aus Silber. Die Vorderläufe waren angewinkelt, so als ob es tanzt. Sein Blick war auf den Ring gerichtet und es sah Reem irgendwie ähnlich.

»Nur ein einziges Einhorn wird überleben! Alle anderen verschwinden«, erklärte Johann schwach.

»Sie verschwinden? Alle außer eines? Reem leuchtet auch«, flüsterte Alban. »Also wird auch er verschwinden?«

»Das ist nicht gewiss. Vielleicht ist er ja stärker als die anderen.«

»Reem ist das stärkste Einhorn auf der ganzen Welt!«, erklärte Alban feierlich. Er verschränkte die Arme vor der Brust und schaute entschlossen drein.

»Ja, das ist er bestimmt!« Johann musste, beeindruckt von soviel Zuversicht, lächeln. Er war ein alter Mann, nicht mehr fähig zu solchen absoluten Überzeugungen wie sie die Jugend hervorbringt, doch er bewunderte sie.

»Und die bösen Geister, die die Seelen der Kinder rauben? Wo kommen die her?«

»Das ist vermutlich auch ein Zauber. Die Einhörner haben für lange Zeit die bösen Geister aus den Dörfern ferngehalten, nun aber wachsen diese Geister direkt in den Dörfern heran. Die Einhörner können die Kinder nicht mehr beschützen. Das Böse nimmt sich der Kinder an und die Einhörner sterben.«

»Und woher wisst Ihr das?«, fragte Alban neugierig.

»Nun, ich habe Teafor schon vor langer Zeit kennengelernt. Wir sind zusammen aufgewachsen. Er, seine Schwester Sofie und ich. Sie lebten in einem großen Haus nahe unserer Schmiede. Ihr Vater war der Dorfbader. Er wurde jedoch blind und Teafor musste ihm aus den Kodizes vorlesen.«

»Was sind Kodizes?«, fragte Alban.

»Das sind Ansammlungen von Pergamentblättern, die mit zwei Holztäfelchen zusammengehalten werden. Es stehen viele nützliche Dinge darin.«

»Ich denke, so ein Ding hab ich schon bei Agathe gesehen«, bemerkte Alban und nickte zustimmend.

»Teafor hatte früh zu lesen gelernt. Sein Vater wollte immer, dass er in seine Fußstapfen tritt, doch Teafor hatte andere Pläne. Mit Hilfe der Kodizes erfuhr er von Dingen, die er besser nie erfahren hätte. Mit der Zeit verlor er sich in dunkler Magie. Sie hat ihn immer mehr eingenommen. Eines Nachts hörte ich seltsame Geräusche. Ich lief bis zum Wald und sah, wie er sein eigenes Einhorn tötete. Er hat es einfach abgestochen, wie ein Schwein.«

Alban schaute Johann so entsetzt an, als hätte der Blitz

gerade in den Amboss eingeschlagen. »Warum hat er das getan?«, fragte er tonlos.

»Genau das habe ich ihn auch gefragt. Bis dahin wusste ich noch nicht einmal, dass es Einhörner gibt. Wir waren vierzehn Jahre alt und ich tat den ganzen Tag nichts anderes, als in der Schmiede zu helfen. Mir wäre nie in den Sinn gekommen, dass die Märchen der Alten überhaupt ein Körnchen Wahrheit enthielten. Teafor stand vor mir, einen Dolch in der Hand und triefte vom Blut des Einhorns. Seine Stimme war nur ein Krächzen und er sagte, er brauche das Blut, um unsterblich zu werden. Je mehr er davon trinke, umso länger würde er leben. Er habe es gelesen und er wisse nun, wie man die Einhörner durch einen mächtigen Zauber sichtbar mache. So könne er sie finden, um sie dann zu töten. Auch mein Einhorn wollte er töten. Ärgerlich sei nur, dass sie nach ein paar Tagen einfach verschwänden – sich auflösten. Er habe das Einhorn seines Vaters und das seines Onkels bereits getötet. Sie seien leicht zu finden gewesen. Das seiner Tante habe er jedoch nicht erwischt und es habe sich vor seinen Augen aufgelöst. Teafor schwor, er sei dabei, der mächtigste Zauberer aller Zeiten zu werden. Wenn mir also mein Leben lieb sei, dann solle ich schnellstens verschwinden, sonst würde er auch mich töten.« Johann hielt inne, als überlege er, ob er weiter erzählen solle. Seine Gesichtszüge froren ein und er schluckte schwer. Es dauerte eine ganze Weile, bis er weiter sprach.

»Ich lief davon, erzählte niemandem etwas – redete mir sogar ein, es sei alles nur ein böser Traum gewesen. Ein Jahr später ging ich weg aus Condistat. Ich habe es nicht mehr ausgehalten, Teafor jeden Tag zu begegnen. Meinem Vater erklärte ich auf Wanderschaft zu gehen, doch in Wirklichkeit flüchtete ich vor Teafor. Ich verbrachte zwei Jahre im Benediktinerkloster Elehenuuang. Weil ich von meinem Vater das Lesen gelernt hatte, konnte ich die alten Schriften studieren und lernte dabei alles über Einhörner und ihre Magie. Das Amulett gab mir ein Sterbender. Er war auf der Durchreise von Wegelagerern überfallen worden. Knapp war er mit dem Leben davon gekommen, wurde bei dem Kampf jedoch so schwer verwundet, dass er starb. Ich hielt seine Hand und er gab mir das Amulett. Er sagte, ich solle es hüten wie einen Schatz, damit das Gute in der Welt nicht verloren gehe. Vor zwei Jahren habe ich Teafor dann wieder getroffen. Seine Augen leuchteten wie der Himmel. Ich bin furchtbar erschrocken, denn er sah noch immer aus wie ein junger Mann, während ich alt und grau geworden bin. Ich hielt mich von ihm fern, versteckte mich regelrecht. Dieser Blick – ich werde ihn nie vergessen«, endete Johann seine Erzählung.

»Und dein Einhorn?«, fragte Alban.

»Ich weiß es nicht, sagte Johann und senkte den Kopf. »Ich denke, er hat es umgebracht.«

Alban konnte die Angst in den Augen seines Meisters erkennen. Ihm wurde übel. Wenn Johann so viel Angst vor Teafor hatte, dann war der Zauberer wirklich gefährlich. Wie sollte er da den armen Reem befreien? Gab es überhaupt eine Möglichkeit?

»Hat das Amulett denn noch andere Kräfte? Kann es die Einhörner retten?« fragte Alban erwartungsvoll.

»Das weiß ich nicht, mein Junge. Ich habe versucht, mehr über das Amulett herauszufinden, jedoch vergebens. Alles was wir tun können, ist es auszuprobieren. Vielleicht kann es etwas bewirken, von dem wir noch nichts wissen? Möglich wäre es!«

»Aber wie sollen wir es ausprobieren?«

»Indem du mir zeigst, wo Reem ist, und wir ihn befreien!«

»Nur Reem?« Die Frage klang wie ein Protest, denn Alban hätte gerne alle Einhörner befreit.

»Glaub mir, Junge, das allein wird schwer genug!«

Einsames Einhorn

Die Vögel verstummten, als die Dunkelheit den Wald eingenommen hatte. Reem stand immer noch abseits von den anderen Einhörnern, in der Nähe einer kleinen Lichtung und zweier Bäume, die sich wie ein X kreuzten. Die Schlange war fest um seinen Hals geschlungen. Er konnte spüren, wie sie sich immer wieder von einem Seil in eine Schlange und wieder zurück verwandelte. Es schien ihr Spaß zu machen, diese Verwandlung zu vollführen.

»Kannst du dich nicht endlich für eine Form entscheiden?«, fragte Reem, als es ihm zu viel wurde.

»Ich übe Verwandlung. Hast du etwas dagegen einzuwenden?«, fragte Lucy zischelnd.

»Solange du an meinem Hals übst, ja! Das nervt nämlich!«

»Wer wird denn so sensibel sein? Entspann dich, einsamesssss Horn. Du wirst dir bald schon wünschen, dass du nochmal mit mir hier stehen könntest und nur ich mich an deinen Halsssss schmiege.«

»Was soll das heißen?«

»Das soll heißen, dass es bald schon eine Klinge sein wird. Dann wirst du schon sssssehen, was mehr nervt!«

»Dann will Teafor mich also umbringen?«

»Nicht nur dich, eingebildetes Horn. Er wird euch alle töten. Vielleicht wird er auch eins verschonen, aber das wirst sicher nicht du sein!«

»Eins verschonen?«, fragte Reem und zog an der Schlange. Die röchelte kläglich und rang nach Luft, worauf sie sich schnell wieder in ein Seil verwandelte. Reem war aufgefallen, das er an dem Seil ziehen konnte, wie er wollte, es gab nicht nach, doch die Schlange schien nicht ganz so stabil zu sein.

»He, lass dasssssss«, zischte sie empört. »Du sollst nicht an mir ziehen, du verrücktes Horn. Halt gefälligst still, wenn ich übe!«

»Warum denn? Wer wird denn so sensibel sein?«, frotzelte Reem und lachte kurz auf.

»Das Lachen wird dir schon noch vergehen, Horn!«, sagte Lucy und verwandelte sich zurück in ein Seil. Sie zog sich so eng um Reems Hals, dass er röcheln musste. Wild schüttelte er den Kopf. Er riss am Seil, stärker als er es je versucht hatte, trat mit den Hufen auf den Baumstamm ein, an dem er festgebunden war. Seine Mähne flog hoch und seine Füße landeten wieder auf dem Boden. Er wusste, solange Lucy sich nicht in eine Schlange verwandeln würde, hatte er keine Chance sich zu befreien. Wenn sie aber nur eine Sekunde zur Schlange würde, könnte er ihr entkommen.

»Du bist so feige, kleine Schlange. Kannst nur zischen, mehr ist nicht dahinter. Ich lach mich tot über dich!«, wieherte Reem, bäumte sich erneut auf und zog noch kräftiger an dem Seil. »Na, was ist? Bist du jetzt zu feige, dich in deine wahre Gestalt zurückzuverwandeln? Traust du dich nicht?«

»Ich und mich nicht trauen?«, rief Lucy in einem ihrer schwachen Momente. Sie hob den Kopf vom Hals des Einhorns und züngelte arrogant. »Ich traue mich allessssss!«

»Ach ja?«, rief Reem und zog so kräftig an Lucy, dass sie benommen im Gras landete. Er bäumte sich auf und ließ seine Hufe auf die Schlange niederfahren.

Er verfehlte sie nur knapp.

Mit einer raschen Bewegung drehte er sich um und stob davon. Seine Hufe peitschten den Waldboden im wilden Galopp. »Tatam, Tatam«, hallte es durch den Wald.

Er wusste nicht, ob die Schlange ihm folgte, er wusste nur, dass er so rasch wie möglich fort von diesem Ort musste, auch wenn die anderen Einhörner zurückbleiben würden.

Reems Mähne verfing sich im dichten Geäst der Bäume, was ihn einige Haarbüschel kostete, doch er achtete nicht darauf und rannte weiter. Im gestreckten Galopp sprang er über Felsbrocken und umgefallene Bäume. Ohne es zu merken, war er zu dem Ort zurückgetrabt, an dem der Zauberer ihn und die anderen Einhörner gefangen hatte.

In dieser Nacht war alles sehr schnell gegangen. Er hatte geschlafen, den Jungen an seinem Rücken, als er ein lautes Zischen hörte. Vorsichtig, um den Jungen nicht zu wecken, war er aufgestanden und hatte sich suchend umgesehen. Die anderen Einhörner waren alle verschwunden. Er erkannte an der Stelle, an der sonst nur der Sucusbaums stand, eine große leuchtende Kugel, die langsam hin und her pendelte. Die verschiedenen Farben, welche in der Kugel schimmerten, zogen Reem an. Ohne Vorsicht trat er auf das runde Gebilde zu. Er schnupperte, doch das Ding roch nach nichts, zog ihn nur magisch an. Er versuchte mit seinen Hufen dagegen anzukämpfen, doch ohne Erfolg. Langsam rutschte er über den Waldboden auf das pendelnde Licht zu. Seine Hinterläufe wurden zuerst eingesogen, denn er hatte sich umgedreht. Es folgte sein Körper, sein Hals, sein Kopf, bis er schließlich ganz in der Kugel verschwand.

Als er nach einem lauten Knall wieder im Wald auftauchte, befand er sich an einem fremden Ort. Ein Seil, welches sich gleich darauf in eine Schlange verwandelte, legte sich um seinen Hals und er war genauso gefangen, wie die anderen Einhörner weiter unten in der Senke.

Der Zauberer Teafor hatte sich genüsslich die Hände gerieben. »Du bist mein letztes Einhorn«, hatte er gesagt und finster gelächelt.

Nachdem Reem Lucy entkommen und scheinbar ziellos durch den Wald gerannt war, erklomm er einen Wall und schaute sich suchend im einstigen Lager um. Der Sucusbaum war verschwunden und das seltsame Licht war auch erloschen. Er trabte auf die Stelle zu, wo der Baum einst gestanden hatte und schnupperte.

Es roch nach Erde, Blätter und Moos. Nichts Ungewöhnliches also, nur der süße Duft des Sucus fehlte. Wo war er, der Baum? War er genau wie Reem und die anderen vom Licht eingesogen worden?

Reem lauschte in die Stille des Waldes hinein. Es war nichts zu hören. Vielleicht hatte sich Lucy ja gar nicht auf den Weg gemacht, um ihm zu folgen? Vielleicht war er hier sicher und würde die Nacht im Schutz des Walls verbringen können?

Er blähte die Nüstern und schnupperte erneut. Gab es hier Wild?

Ein Stück weiter hielt er die Nase fest auf den Boden gepresst. Irgendwo musste doch fremder Kot liegen.

Reem wollte seinen Eigengeruch loswerden, sofern er überhaupt einen hatte. Also musste er sich einen fremden Geruch aneignen. Oft genug hatte er den Hund aus Büren dabei beobachtet, wie der sich in fremden Kothaufen wälzte. So manches Mal hatte sich Reem gefragt, warum Alois das machte, doch nun wusste er, was zu tun war, damit die Schlange ihn nicht wittern konnte.

Reem hatte früher schon beobachtet, wie hier immer wieder Hirsche ästen. Sie hatten Spuren hinterlassen, die er sich jetzt zunutze machen konnte. Wie Alois legte er sich in die runden Köttel und wälzte sich ohne Unterlass, warf sich auf den Rücken, auf die Seite und drückte sogar seine Wangen auf die Erde.

Das Fell war nass vom Schweiß, als Reem endlich an seinem Versteck ankam. Es gab eine Stelle, die nur er kannte und zu der er flüchtete, wenn er allein sein wollte. Durch den dunklen Wald zu jagen, machte ihm nichts aus, das war seine Natur. Verfolgt zu werden jedoch, gehörte nicht zu seinen Gewohnheiten. Normalerweise war er unsichtbar, doch auf einmal gab es einen Jungen, einen Zauberer und eine fiese Schlange, die ihn alle sehen konnten. Alban hatte er sich aus freien Stücken gezeigt, doch warum die anderen ihn sehen konnten, verstand er nicht.

In der Mitte seines Verstecks stand ein Sucusbaum. Er war kleiner als der im Lager, aber deshalb nicht weniger ergiebig. Reem ging geradewegs darauf zu und legte erschöpft seine Lippen an den Quell. Kühl und prickelnd rann ihm der Sucus die Kehle hinunter. Das Pochen in seinem Kopf ließ nach, sein Herz beruhigte sich und er fühlte, wie neue Energie in seinen Körper zurückkehrte. Sein Durst war gestillt, doch lange würde er hier nicht bleiben können. Er musste zurück, musste die anderen Einhörner befreien. Wenn er nur gewusst hätte, wo er Alban finden konnte.

Teafor sprang vom Pferd. Schnell ging er zu der Stelle, an der Reem gestanden hatte, doch das Einhorn war verschwunden. Prüfend schaute er sich nach allen Seiten um. Kurz überlegte er, ob Reem sich womöglich schon aufgelöst hatte, so wie es immer geschah, fünf bis sieben Tage, nachdem er die Einhörner mit seinem Zauber belegt hatte. In der Nacht, bevor Teafor die Einhörner eingefangen hatte, hatte er sie alle verzaubert, auch Reem. Er hatte lange an dem Zauber herumexperimentiert, doch er konnte nicht verhindern, dass sie nach maximal sieben Tagen einfach verschwanden. Irgendwann wurden die Einhörner blass und lösten sich auf. Zu viele von den Biestern waren ihm so schon durch die Lappen gegangen. Die letzten einundzwanzig Tiere brauchte er jedoch dringend, denn sonst würde sein Plan nicht funktionieren. Dementsprechend war er entsetzt darüber, dass Reem fort war.

Lucy baumelte über einem Ast und zischte wilde Flüche. »Dieses verdammte Horn. Beinahe hätte es mich erwischt. Bestie, unnützesssss Tier«, rief die Schlange aufgebracht. Als sie jedoch ihren Meister erblickte, verstummte sie schuldbewusst.

»Wo ist es hin?«, fragte Teafor mit zusammengekniffenen Augen.

»Entkommen ...«, zischte die Schlange sorgenvoll.

»Du hast es also entkommen lassen.« Seine Stimme klang bedrohlich, obwohl er froh war, dass Reem sich noch nicht aufgelöst hatte.

»Ich …, er … ,essss ist nicht meine Schuld!«, versuchte sich Lucy zu verteidigen. »Das Horn hat an mir gezogen und mich beinahe auseinandergerisssssssen!«

»Ach, auseinandergerissen also? Schade, dass er es nicht geschafft hat, du dummes Vieh«, schrie Teafor sie schonungslos an. Seine blauen Augen funkelten böse.

»Aber wir haben doch noch zwanzig andere. Wofür brauchen wir diesen Reem überhaupt?«

»Wir brauchen einundzwanzig Einhörner, sonst funktioniert der Zauber nicht. Und wir brauchen das Amulett. Nur so kann ich das letzte Einhorn von der Erde tilgen und das Gute für immer aus den Seelen der Menschen verbannen. Ich werde unsterblich und der alleinige Herrscher über die ganze Welt sein. Doch du hast nicht aufgepasst, Lucy. Das wird dich nun viel Zeit kosten. Wenn also am Sonntag, in vier Tagen, das Einhorn nicht zurück ist, werde ich dich in die Länge ziehen und glaube mir, ich werde dich auseinanderreisssssssssen!«, äffte er die Schlange nach. »Also spute dich und fang dieses verdammte Einhorn wieder ein, sonst drehe ich dir gleich hier den Hals um!«

Lucy schluckte hörbar. Sie kannte Teafor gut genug, um zu wissen, wann er etwas ernst meinte. Mit eingezogenem Kopf verwandelte sie sich in ein Mädchen mit feuerrotem langem Haar. Sie schmiegte sich schmeichelnd an Teafors Schulter. »Es tut mir leid, großer Zauberer und Meister. Ich habe nicht aufgepasst, aber ich kann es wieder gut machen!« Langsam ließ sie ihre Hand über seine Brust gleiten und küsste ihn sanft auf den Hals. Ihre lange Zunge fuhr ihm übers Ohr. Zärtlich spielte sie mit seinem Ohrläppchen, doch Teafor stieß sie angewidert von sich.

Lucy landete unsanft im Gras.

Teafor atmete tief ein, hielt seine kalten Augen hypnotisch auf sie gerichtet, bevor er sie anfuhr: »Finde das verfluchte Einhorn und bring es bis spätestens morgen Abend hierher zurück! Hast du das verstanden!?«

Lucy nickte ängstlich. »Ja, Meister!«, sagte sie, verwandelte sich zurück in eine Schlange und war so schnell im Unterholz verschwunden, als wäre ein Raubvogel hinter ihr her.

Johann zeigte auf einen Schrank, genau hinter Albans knochiger Gestalt. Der Junge war dünn. Die Hose schlackerte um seine Hüften und das Hemd hing schlabberig über seine schlanken Schultern. »Da drin sind genug Waffen für eine ganze Armee«, erklärte Johann. »Ich habe sie vor langer Zeit für ein Ereignis wie dieses geschmiedet. Wir werden deinen Reem befreien, aber vorher essen wir! Du siehst aus, als würdest du gleich vom Fleisch fallen.«

Alban nickte eifrig, denn ihm knurrte der Magen. »Kann ich wieder einen Löffel Honig aufs Brot bekommen?«, fragte er in freudiger Erwartung.

Johann legte ihm die Hand auf das struppige Haar. »Natürlich, mein Junge!«, sagte er lächelnd. Es war noch nicht allzu lange her, dass Johanns jüngster Sohn gestorben war. Auch er hatte Honig geliebt.

Die Erinnerung schnürte dem Schmied die Kehle zu. Das Schicksal hatte ihm in nur einem Jahr seine ganze Familie genommen und gleich darauf, Alban zu ihm geführt. Johanns Herz füllte sich mit Dankbarkeit und Liebe für diesen fremden Jungen, den er kaum kannte, der ihm aber so vertraut erschien, wie sein eigen Fleisch und Blut. Die Zeit war gekommen, Teafor Paroli zu bieten. Lange hatte Johann diesen Augenblick von sich gewiesen. Jetzt würde er handeln müssen. Seine alten Glieder schmerzten zwar und er war nicht mehr so schnell wie früher, jedoch war sein Wille ungebrochen. Ein Wille, der ihn nie hatte aufgeben lassen, der ihn die ganzen Unberechenbarkeiten des Lebens ertragen ließ und der ihn immer wieder auf die Füße gestellt hatte. Dieser Wille glühte in seinem Herz und er war fest entschlossen, etwas gegen Teafor zu unternehmen. Zuerst musste er sich die Stelle ansehen, an der Alban Reem und die Schlange gefunden hatte, dann würde er entscheiden, wie sie weiter vorgehen wollten. Im

Grunde wusste er schon lange, dass der Moment, in dem er Teafor entgegentreten musste, eines Tages kommen würde. Sein Leben war ohnehin so gut wie vorbei und er hatte nichts zu verlieren, dennoch fürchtete er sich vor dieser Begegnung.

Johann und Alban aßen schweigend. Alban schmatzte laut, während er sich ein Honigbrot nach dem anderen zwischen die Zähne schob. Fast schien es, als habe er zwei Mägen, soviel stopfte er in sich hinein. Als er fertig war, lehnte er sich zurück, prustete tief und klopfte sich zufrieden auf den Bauch. »Der Honig schmeckt so gut, dass ich gerne noch weiter essen würde, aber es passt nichts mehr rein!«

Johann lächelte. »Na, dann schmieren wir noch ein paar Brote mehr und nehmen sie als Proviant mit.«

»Gehen wir etwa gleich los?« Albans Augen begannen erwartungsvoll zu leuchten.

»Wir haben keine Zeit zu verlieren und ich schätze, ich werde auch nicht mehr jünger. Zeig mir, wo du Reem gesehen hast.«

Alban nickte und sprang auf. »Es ist nicht sehr weit. Wenn wir uns beeilen, könnten wir die Stelle in nur einer Stunde erreichen.«

»Ich verspreche, ich werde mich beeilen, aber der Schnellste bin ich nicht. Außerdem müssen wir vorsichtig sein, dürfen keine Geräusche machen. Wenn wir Reem befreien wollen, dann müssen wir uns so leise anschleichen, wie die Wanzen bei Nacht.«

»Ist gut!«, rief Alban.

»Schhhhhhht«, machte Johann und hielt sich den Finger vor den Mund. »Ab jetzt unterhalten wir uns ruhig und ohne Geschrei. Ich werde dir Zeichen beibringen, damit du mich auch ohne Worte verstehst. Das Wichtigste sind unsere Augen und unsere Ohren. Der Mund bleibt geschlossen! Verstanden?«

Alban nickte.

Johann ging zum Waffenschrank und öffnete ihn. In den Halterungen lagen verschiedene Schwerter. Sie hatten unterschiedliche Griffe und Klingen. Manche waren gerade, andere gebogen. Der ganze Schrank war voll damit. Ganz unten lagen ein paar Dolche und Messer, die im einfallenden Sonnenlicht glänzten.

Alban sperrte Augen und Mund auf. So viele Schwerter hatte er noch nie gesehen. Fassungslos blickte er den Schmied an.

Johann zog an einer Schublade. »Hier mein Junge«, sagte er. »Das hat meinem jüngsten Sohn Michael gehört. Er hat es getragen, bis er herausgewachsen war. Nun sollst du es haben!« Johanns Augen füllten sich mit Tränen. Er blinzelte, damit das brennende Gefühl der Trauer von ihm abließ.

Alban betrachtete das Hemd mit den vielen kleinen Metallschlingen. »Ein Kettenhemd! Für mich?«, fragte er ungläubig und kam aus dem Staunen nicht mehr heraus.

Der Schmied nickte. »Es soll dich schützen!«

»Danke!«, sagte Alban und fiel Johann um den Hals. »Mir hat noch nie jemand etwas geschenkt. Das ist das tollste Geschenk, das ein Junge überhaupt bekommen kann. Danke, danke, danke!«, jubelte er.

Schnell streifte Alban das Hemd über den Kopf. Es legte sich viel zu groß und schwer um seine Schultern.

»Es steht dir gut!«, meinte Johann, der von Albans Freude völlig überwältigt war.

»Bekomme ich nun auch ein Schwert?«, fragte der Junge.

»Ich dachte, du wolltest einen Dolch.«

»Den will ich auch, aber zu einem richtigen Kettenhemd, gehört doch auch ein richtiges Schwert, oder etwa nicht?«

»Du hast Glück! In meinem Schrank habe ich auch noch ein kurzes Schwert mit Gürtel für dich. Wir müssen nur noch ein paar Löcher mehr ins Leder stechen, damit der Gürtel überhaupt um deine schmalen Hüften passt, aber das bekommen wir schon hin.«

Die Dunkelheit legte sich über das Land wie ein schwarzes Tuch. Der Mond war noch nicht zu sehen. Die Hügel zeichneten sich vor dem mit Sternen übersäten Himmel ab. Als hätte man Milch auf Birkenpech gegossen, so leuchteten die Sterne am dunklen Nachthimmel.

Alban schaute immer wieder nach oben, während er Johann bis zum Wald führte. Sein Kettenhemd wurde von einem Gürtel zusammengeschnürt, in dem auch das Schwert steckte. Er fühlte sich wie ein richtiger Ritter. Immer wieder legte er seine Hand auf den glänzenden Schaft des Schwerts, nur um sicher zu gehen, dass die Waffe noch da war.

Johann hatte Alban allerlei Zeichen erklärt, um sich mit ihm auch ohne Worte zu verständigen, doch Alban hatte die meisten schon wieder vergessen. Viel zu aufgeregt war er darüber, was in seinem neuen Leben vor sich ging. Er hätte am liebsten freudig losgeplappert, um Johann zu sagen, wie glücklich er war. Noch vor ein paar Tagen war sein Leben trist und freudlos gewesen, und nun durfte er ein Einhorn retten – sein Einhorn.

Alban fühlte sich bedeutend, wichtig, ja groß. Sein Herz machte einen Sprung, als er bemerkte, dass er so etwas wie Heimat gefunden hatte. Zwar war er in Büren geboren, doch wohl fühlte er sich hier in Gmend, hier bei Johann. Nie zuvor hatte er so etwas wie einen liebenden Vater gekannt, einen, den er umarmen konnte, dem er blind vertraute und der ihm sogar etwas geschenkt hatte – nämlich das tollste Kettenhemd aller Zeiten. Und Johann hatte gewollt, dass Alban es trug, weil es ihn beschützen sollte, genau wie seinen Sohn Michael.

Verstohlen schaute er zu Johann auf. Um ein Haar hätte er Johanns Hand ergriffen, ließ es dann aber doch lieber sein – so was taten nur Mädchen.

Schweigend gingen sie eine halbe Stunde nebeneinander her. Es schien, als endete die Stille nie. Irgendwann unterbrach Alban das Schweigen im Flüsterton. »Wir müssen mehr nach links. Dort gibt es einen langen Aufstieg bis zu einer Ebene. Der Wald wird dort lichter.«

Johann nickte. »Ist gut! Wie fühlst du dich?«, fragte er.

»Wie ein Ritter auf wichtiger Mission.«

»Du bist ein Ritter auf wichtiger Mission! Wir müssen das Gute retten, vergiss das nicht. Es ist wichtig, im Herzen rein zu bleiben.«

»Konntest du deshalb das Einhorn sehen?«

»Welches Einhorn?«

»Na, Teafors Einhorn. Das, welches er getötet hat.«

»Darüber habe ich nie nachgedacht, aber jetzt, wo du es sagst. Du hast recht! Ich konnte es bestimmt nur sehen, weil es verzaubert war.« Nachdenklich senkte Johann den Blick.

»Was ist?«, wollte Alban wissen.

»Ach nichts! Alles gut! Ich glaube, ab jetzt sollten wir besser wieder schweigen.«

Nach ungefähr einer Stunde kreuzte der Weg einen anderen. Alban deutete mit dem Finger nach rechts. Nach weiteren zweihundert Metern bog der Junge vom Weg ab und ging tiefer in den dichten Wald hinein. Er hörte, wie Johann hinter ihm leise fluchte, dennoch ließ er sich nicht beirren und ging weiter. Erst, als er den Schmied nicht mehr hinter sich hörte, blieb er stehen und lauschte. Dabei versuchte er sich genau zu erinnern, wo Reem gestanden hatte. Es musste eigentlich diese Stelle hinter den zwei gekreuzten Bäumen sein.

Johann trat aus dem dichten Gestrüpp heraus und schnaufte schwer.

»Schhhhhht«, machte Alban. »Wir sind da«, fügte er leise hinzu. Seine Hand deutete auf die Stelle.

Johann ging in die Knie und legte Alban seine Hand auf die Schulter. Der Junge kniete ebenfalls nieder, den Blick fragend auf Johann gerichtet.

Der Schmied legte behutsam die Hände aufeinander und zeigte mit zwei ausgestreckten Fingern in Richtung einer Lichtung, knapp fünfzig Meter entfernt. Er nahm die Hände auseinander und dirigierte seine Finger in zwei unterschiedliche Richtungen und dann wieder zusammen.

Alban verstand, was er meinte. Sie sollten sich trennen, um bei der Lichtung wieder zusammenzutreffen.

Der Junge nickte und ging ohne Zögern los. Seine Augen suchten konzentriert den Wald ab. Er konnte, trotz der Dunkelheit, recht gut sehen. Erstaunlicherweise verspürte er überhaupt keine Angst. Er war ganz ruhig, fast gelassen.

Die Nachtluft roch nach Harz. Ein betäubender einlullender Duft, warm und schwer. Ein Nachtkauz ließ seinen Schrei durch den Wald ertönen und ein Spinnennetz spannte sich eklig über Albans Gesicht. Geduckt stieg er einen kleinen Hügel empor und spähte über die Kante. Sein Herz machte einen Sprung, als er die Einhörner in einem Gehege neben der Lichtung im hohen Gras liegen sah. Sie leuchteten immer noch, wenn auch nicht mehr ganz so farbenfroh.

Alban legte sich bäuchlings auf den Boden und spähte zu den schlafenden Einhörnern hinunter. Er zählte schnell, bevor Johann neben ihm auftauchte. »Es sind zwanzig Stück«, meinte Alban im Flüsterton. »Und sie können trinken. Der Sucusbaum steht dort drüben«, flüsterte er und zeigte auf eine Stelle am Rand der Lichtung.

Johann nickte. »Es fehlt also nur dein Reem!«

»Vielleicht konnte er fliehen?«

»Oder Teafor hat ihn woanders hingebracht.«

»Was machen wir jetzt?«, fragte Alban und gähnte.

»Wir suchen uns ein Versteck. Dort schlafen wir ein paar Stunden, dann sehen wir weiter.«

»Hört sich nach einem guten Plan an«, meinte der Junge müde.

Johann zeigte auf einen großen Strauch, der von Bäumen eingekesselt war. »Dort drüben scheint ein guter Platz zu sein. Lass uns mal nachsehen!« Er ging auf die Hecke zu, entfernte ein paar Zweige und kroch darunter.

Alban folgte ihm flink, brach vorsichtig seinerseits ein

paar vertrocknete Zweige ab und legte sich auf den Rücken. »Ist ja richtig gemütlich hier!« flüsterte er zufrieden.

»Hoffen wir mal, dass wir nicht in einem Ameisenhaufen liegen, dann könnte es eine ungute Nacht werden«, sagte Johann. »Leider haben wir keine Decke dabei, doch solange es nicht regnet, wird es schon gehen.«

»Ich finde diesen Platz toll!«, murmelte Alban und war schon fast eingeschlafen. »Danke für diesen wunderschönen Tag, Vater.«

Der Schmied hob verwundert den Kopf und schaute zu dem Jungen, der gerade friedlich einschlief. Hatte er sich verhört oder hatte Alban ihn eben Vater genannt?

Ein kleines Lächeln huschte über Johanns Gesicht. Er musste wieder an seine Söhne denken, die allesamt im Frühjahr an der Schwindsucht erkrankt und schließlich gestorben waren. Seine Frau, die ihn dreißig Jahre lang begleitet hatte, war ihnen kurz darauf gefolgt. Er hatte sie alle auf dem kleinen Friedhof in Gmend beerdigt. Seitdem war er allein. Nicht allzu viele Tränen hatte er vergossen, da er seiner Familie bald folgen wollte. Er hoffte, dass er sie in Gottes Himmelreich wieder treffen würde. Doch nun hatte Gott ihm Alban geschickt und bestimmt hatte der Herr sich etwas dabei gedacht, denn seitdem durchströmte Johanns Körper eine geheimnisvolle Kraft. Er fühlte sich durch den Jungen wieder lebendig und gebraucht. Der Gedanke an den nahen Tod war wie weggeblasen.

Vorsichtig nahm Johann die Hand des Jungen, die schlaff an dessen Seite lag. Sein regelmäßiger Atem begleitete die Stille der Nacht. »Möge Gott dich schützen und hoffentlich besser auf dich aufpassen, als auf meine Söhne«, flüsterte er mit Tränen in den Augen.

Auf der Suche

Am späten Nachmittag kam Rochus zurück ins Dorf. Er hatte ein Bündel über die Schulter geworfen, gefüllt mit Blättern, Zweigen und Kräutern.

Agathe wartete bereits vor seiner Tür. Sie blickte ihn vorwurfsvoll an und verschränkte die Arme vor der Brust. Anklagend fragte sie: »Wo warst du so lange?«

Rochus zog die Augenbrauen hoch und machte ein verdattertes Gesicht. »Ich war im Wald und habe Kräuter, Wurzeln und Blüten gesammelt, wie ich es jeden Tag tue. Was soll dieser feindselige Ton?«

»Die Jungen sind allesamt verschwunden! Jemand hat sie losgeschnitten!«

»Und du denkst, ich sei das gewesen?« Er machte eine abwehrende Handbewegung.

»Ich denke es nicht nur, ich weiß es. Es gibt sonst niemanden, der in Frage käme.«

»Ach was, und warum nicht?«

»Der Schmied war viel zu betrunken, um irgendetwas zu tun. Jemand hat ihm Papaver in seinen Wein gemischt, was ihn umgehauen hat. Niemand im Dorf kennt sich mit Papaver so gut aus wie du.«

Rochus verzog keine Miene. »Du glaubst also, ich hätte ihm Schlafmohn verabreicht? Wann und vor allem warum hätte ich das tun sollen?«

»Als wir die Jungen bestraft haben. Da warst du nicht dabei.«

»Bei diesem barbarischen Vorgang musste ich nun wirklich nicht anwesend sein.«

»Hinzu kommt noch, du hast die Jungen verteidigt! Als Einziger!«, rief Agathe aus.

»Ich habe sie nicht verteidigt, ich habe nur zu bedenken gegeben, dass Alban noch am Leben sein könnte. Das ist etwas ganz anderes. Rede also nicht so einen Blödsinn daher!«

»Ach«, sagte Agathe und hob einen flachen Stein in die Höhe. Der Stein war grau, hatte die Größe eines Daumens und war auch ungefähr so dick. Dünne Linien zogen sich über seine glatte Oberfläche. »Und wer hat dem Schmied diesen Steinbasilisken unters Kopfkissen gelegt? Basilisken symbolisieren den Teufel und den Tod. Niemand im Dorf, außer dir und mir, kennt seine Bedeutung.«

»Dann kannst es ja auch du gewesen sein!«, erklärte Rochus und ging an Agathe vorbei ins Haus.

Sie folgte ihm auf dem Fuß. »Was geht hier vor, Rochus?«

Er blickte ihr ungeniert in die Augen und zuckte die Schultern. »Hör mal Agathe. Ich bin sehr müde. Meine Augen sind nicht mehr die besten. Es ist anstrengend genug, die ganzen Kräuter, Blätter, Stängel und Wurzeln für dich zu finden, auch weil der Wald so zugewuchert ist. Ich habe alles hier in diesem Sack. Gut, dass du da bist, dann kannst du ihn gleich mitnehmen! Wie bist du eigentlich mit deiner Hand unter das Kopfkissen des Schmieds gekommen? Ich wusste gar nicht, dass ihr euch so nahe steht.«

Agathes Augen verengten sich vor Zorn. Dass sie in einem unbeobachteten Moment in das Haus des Schmieds eingedrungen war, um dort alles genauer zu untersuchen, brauchte Rochus nicht zu wissen. Dabei war sie auf die kleine Steinfigur gestoßen und das hatte sie misstrauisch werden lassen. Dass Rochus so tat, als wisse er von nichts, trieb ihr die Galle in den Hals. Ohne ein weiteres Wort wandte sie sich der Tür zu und ging hinaus. Den Sack samt Inhalt ließ sie stehen. Sie konnte ihre eigenen Kräuter sammeln, dafür brauchte sie ihn nicht!

Am nächsten Morgen stand Agathe in ihrer Küche und kochte Essenzen aus Melisse. Rochus war am Abend noch vorbeigekommen und hatte ihr den prallgefüllten Sack gebracht. Er hatte sich bei ihr entschuldigt und noch einmal beteuert, dass er nicht wisse, was aus den Jungen geworden sei.

»Ich habe sie zwar verteidigt, jedoch weder losgeschnitten, noch zu ihrer Flucht beigetragen.« Auch mit dem Basilisken habe er nichts zu tun. Er fragte Agathe, warum sie plötzlich so schlecht über ihn denke.

Vorsichtig tauchte Agathe ein paar Blüten unter und rührte die Flüssigkeit langsam um. Der Geruch von Alkohol und Melisse stieg ihr wohltuend in die Nase. Dieser Melissengeist würde bei Erkältungen und Magen-Darm Problemen helfen, auch bei Kopf- und Gliederschmerzen konnte er Abhilfe schaffen. Die Blätter der Melisse waren der Pfefferminze ähnlich, allerdings hatten sie einen wesentlich feineren Duft und eine ganz andere Wirkung.

Während Agathe die Blätter umrührte, dachte sie über Rochus nach. Es stimmte. Sie kannte ihn beinahe schon ihr ganzes Leben. Er war als Dreizehnjähriger mit seinem Onkel Gustav und seiner Tante Sofie nach Büren gekommen. Rochus Eltern mussten so arm gewesen sein, dass sie ihn weggaben. Der Onkel war ein Waffenschmied und Panzermacher aus Condistat gewesen. Er war verheiratet mit einer warmherzigen, wenn auch kränklichen jungen Frau namens Sofie. Sie war fast zehn Jahre jünger als ihr Mann, doch das war nicht unüblich. Ihre wunderschönen blauen Augen hatten sanft und freundlich geleuchtet und sie war immer gut zu Rochus gewesen. Gustav war ein stiller Mann, der den ganzen Tag in seiner Werkstatt verbrachte. Da in Büren keine Waffen oder Kettenhemden benötigt wurden, hatte er sich auf die täglichen Gebrauchsgegenstände der Leute umgestellt. Besonders seine Pfannen waren sehr beliebt. Er verkaufte sie auf allen Märkten in der ganzen Umgebung, was ihm zu großem Wohlstand verhalf.

Was Sofie und Gustav damals nach Büren geführt hatte, wusste Agathe nicht. Sie hatte einmal gehört, dass Sofies jüngerer Bruder Teafor seine Schwester und ihren Mann aus der Stadt vertrieben hätte. Sofie war damals hochschwanger gewesen. Das Kind hieß Amalie und kam in Büren zur Welt.

Rochus wollte von der Schmiedekunst nie etwas wissen. Er wollte immer Bader werden. Seine Ziehmutter, die kaum älter war als er, wurde eines Tages schwer krank und Amalie, Sofies inzwischen fünfzehnjährige Tochter, pflegte sie hingebungsvoll. Sogar, als sie Siegfried heiratete und selbst einen Jungen großzuziehen hatte, blieb sie treu und aufopferungsvoll an der Seite ihrer Mutter. Gustav war schon vor einiger Zeit verstorben und es gab niemand anderen, der sich um sie kümmern konnte.

Kurz bevor Amalie Alban zur Welt brachte, starb ihre Mutter und Amalie starb gleich danach bei Albans Geburt. Im Dorf wurde gemunkelt, Amalie sei ihrer Mutter aus Liebe ins Grab gefolgt, was natürlich Unsinn war. Genauso wie es Unsinn war, Alban für Amalies Tod verantwortlich zu machen.

Als Agathe draußen laute Stimmen vernahm, ging sie vor die Tür und schaute suchend über den Hof.

Der Schmied stand vor seiner Werkstatt und schwang den Hammer durch die Luft. Vor ihm stand Vincent, der Bäcker, und hielt abwehrend die Hände über den Kopf.

»Ich werde nach den Jungen suchen, Siegfried«, brüllte er mit hochrotem Kopf. »Wenn es dir gleich ist, was aus deinen Söhnen geworden ist, dann ist das deine Sache, aber deswegen lasse ich mich noch lange nicht von dir bedrohen!«

Der Hammer des Schmieds verfehlte seinen Kopf nur um Haaresbreite. Vincent taumelte zurück und landete mit dem Hosenboden im Dreck.

»Scher dich zum Teufel und wage es nie wieder meine Werkstatt zu betreten, sonst schlage ich dir deinen verdammten Schädel ein. Zu behaupten, mein Sohn habe deinen Köter auf dem Gewissen, ist ja wohl allerhand. Xaver ist ein guter Junge, doch er hat sich zu oft mit deinen Taugenichtsen getroffen. Jetzt hat man ja gesehen, wohin ihn das gebracht hat!«

»Du bist so blind, Siegfried. Du erkennst das Unrecht nicht einmal, wenn es dich über den Haufen rennt! Verstehst du denn nicht, dass wir die Kinder finden müssen? Es ist unsere verdammte Elternpflicht, nach ihnen zu suchen!«

»Hau ab! Und sag mir nicht, was ich als Vater zu tun habe. Ich werde solange nicht weggehen, bis Xaver wieder da ist! Hast du das verstanden? Ich bin mir sicher, er wird zurückkommen. Ob er deine drei Bengel dabei hat, ist mir herzlich egal!«

Der Bäcker schüttelte den Kopf, rappelte sich hoch und ging fluchend davon.

Agathe und Siegfrieds Blicke trafen sich. Der Schmied schaute, als würde er gleich auch noch auf Agathe losgehen, dann spuckte er verächtlich aus und ging zurück in seine Werkstatt.

Schnellen Schrittes lief Agathe zum Haus des Bäckers hinüber und klopfte an die schwere Eichentür. Als ihr geöffnet wurde, drückte sie sich durch den Spalt und setzte sich unaufgefordert an den Tisch. »Was ist gerade zwischen dir und Siegfried vorgefallen?«, fragte sie frei heraus.

»Ach«, schnaubte Vincent und rieb sich die Schulter. »Ich habe ihm gesagt, dass wir gemeinsam nach den Jungen suchen sollten. Auch, dass Alois tot ist, habe ich ihm erzählt, und dass ich glaube, Xaver habe etwas damit zu tun. Wir gerieten in Streit und er versetzte mir einen Schlag, den ich aber mit meiner Schulter abwehren konnte. Er begann zu toben, fragte, was seine Söhne mich überhaupt angingen. Ich solle aufhören zu behaupten, Xaver habe Alban umgebracht. Schließlich seien meine Söhne ebenso daran beteiligt gewesen. Ich solle schnellstens verschwinden, sonst schlüge er mir den Schädel ein. Er kam mit dem Hammer und ich flüchtete nach draußen. Ich konnte mich gerade noch wegducken, sonst hätte er mich bestimmt erwischt. Ich weiß gar nicht, was mit ihm los ist. Man kann mit diesem Mann kein vernünftiges Wort mehr wechseln, ohne dass er tobt oder einem vor die Füße spuckt.« Vincent machte eine abwehrende Geste, dann ließ er sich auf einen Stuhl sinken. »Wir müssen doch irgendetwas tun! Hier herumzusitzen macht mich ganz krank!«

Agathe nickte. »Wir sollten wenigstens mal die Umgebung absuchen. Vielleicht finden wir ja Hinweise auf ihren Verbleib. Der Erdboden wird sich schon nicht aufgetan haben. Irgendwo müssen sie ja sein! Ich werde dich begleiten!«

»Du?«, fragte Vincent und kratzte sich am Kopf.

»Ja, ich! Schließlich ist Fritz auch verschwunden und er ist immerhin mein Enkel. Ich kann auch nicht mehr schlafen, seit die ganzen Ereignisse unser Dorf erschüttert haben. Da kann ich genauso gut etwas unternehmen.«

»Du klingst entschlossen!«

»Das bin ich auch! Wir gehen die Jungen suchen und wir werden sie auch finden, koste es, was es wolle!«

Agathe packte ein Bündel mit Brot und Schmalz und jede Menge anderer Kleinigkeiten zusammen und warf es sich über die Schulter. Sie hasste es, tatenlos herumzusitzen. Sie war noch lange nicht zu alt, um durch den Wald zu wandern und nach ihrem Enkel zu suchen.

Frohen Mutes ging sie auf die alte Eiche zu. Dort hatte sie sich mit Vincent verabredet.

Der wartete bereits ungeduldig. Dennoch lächelte er ihr freundlich zu. »Was hast du denn alles mitgebracht?«, fragte er, als sein Blick auf das Bündel fiel.

Vincent nahm ihr das Gepäck ab und stöhnte, als er das Gewicht spürte.

»Das ist nur ein bisschen was zu essen, damit wir unterwegs nicht verhungern müssen. Wer weiß schon, wohin uns unser Weg führt. Da will ich lieber gut gerüstet sein. Ein kleiner Schlauch Wein ist da drin, ein großer Laib Brot, ein kleines Fass Schmalz und ein halber Kuchen, den ich erst heute Morgen gebacken habe. Natürlich habe ich auch eine Decke eingepackt und den Feuerstein, damit wir Feuer machen können. Wir werden die Jungen schon finden!«, sagte sie resolut und ging mit festem Schritt voran.

Vincent folgte ihr, das Bündel auf den Rücken geschnallt. Wenn Agathe meinte, sie brauche das alles, dann hatte er sowieso keine Möglichkeit, dagegen zu protestieren. Im Grunde hatte sie ja recht. Kein Mensch wusste, wohin ihr Weg führte und wie lange sie fort bleiben würden. Da war es angebracht, für alle Fälle gewappnet zu sein. Gegen ein anständiges Essen hatte er sowieso nie etwas einzuwenden.

Als sie die Quelle im Wald erreichten, legte Vincent das Bündel ab, kniete nieder und trank einen kräftigen Schluck.

Agathe tat es ihm gleich. Sie tränkte zudem ein Tuch mit Wasser und legte es sich in den Nacken.

Seit Tagen brannte die Sonne gleißend auf die Erde nieder und selbst im Wald war es so heiß und stickig wie in einem Ofen.

»Wohin sind die Bengel wohl gelaufen?«, fragte Agathe und streckte den Rücken durch.

»Wenn ich das nur wüsste!«, meinte Vincent nachdenklich und kratze seinen schwarzen Bart.

»Sag mal, riechst du das auch?«

»Was meinst du?«

»Na, hier stinkt es verdächtig nach Mist. Riecht fast so, als ob die Jungen ganz in der Nähe wären.«

Vincent schnupperte. »Also, ich rieche nichts«, brummte er und kräuselte angestrengt seine lange Nase.

»Doch, es ist ganz deutlich. Hier drüben wird es sogar noch stärker.« Agathe zeigte auf eine Stelle zwischen zwei Eichen.

Vincent legte die Stirn in Falten. »Da ist nichts, außer Gestrüpp.«

»Denkst du!«, sagte Agathe, überzeugt, dass ihr schärfster Sinn sie nicht trog. Die Augen und auch die Ohren waren mit den Jahren schlechter geworden, doch ihre Nase glich der von Alois, auch wenn sie sich natürlich nie mit ihm verglichen hätte.

Langsam ging sie auf das Gestrüpp zu. Als sie näher kam, erkannte sie die vielen Fliegen, die sich dort versammelt hatten. Auch die kleinen Plagegeister nahmen den Geruch wahr und sie liebten den Duft von Jauche über alle Maßen.

Vorsichtig hob Agathe ein paar Zweige an und spähte darunter.

Vincent, der an ihre Seite getreten war, pfiff leise durch die Zähne. »Na, sieh mal einer an«, sagte er anerkennend. »Da hat Alois also seine Nachfolgerin gefunden.« Er zog die Augenbrauen hoch, warf Agathe einen schelmischen Blick zu und zog ein stinkendes Hemd unter den Blättern hervor.

»Das gehört Fritz!«, rief Agathe. »Er hat es getragen, als er in die Grube getaucht wurde. Das Hemd hat einen minderwertigen Stoff. Ich habe ihm das olle Ding gegeben, damit wir es danach nicht waschen müssen. Diesen Gestank bekommt man ja nie wieder aus der Faser.«

»Da sind noch mehr Sachen!« rief Vincent und zog die Kleider der Jungen hervor. Er begutachtete jedes Stück. Schließlich zuckte er mit den Schultern und fragte: »Und nun?«

»Sie müssen sich hier gewaschen und umgezogen haben. Nackt werden sie wohl kaum weiter gegangen sein. Ich weiß doch, wie gschamig mein Fritz ist. Er hat immer etwas an, selbst im Sommer.«

»Du denkst also, sie haben sich hier umgezogen? Woher hatten sie frische Kleider?«

»Jemand hat ihnen geholfen. Sie müssen ihren Helfer hier getroffen haben. Die stinkenden Klamotten haben sie im Gebüsch versteckt, sodass man sie nicht sehen kann. Jetzt gilt es herauszufinden, wohin sie gegangen sind!«

»Und wie sollen wir das herausfinden?« Vincent dachte an Alois. Wie einfach wäre es gewesen, wenn der Hund noch bei ihm wäre.

»Jeder hinterlässt Spuren, der eine mehr, der andere weniger. Nach diesen Spuren müssen wir nur Ausschau halten. Mal sehen …« Agathe legte die Finger ans Kinn und blickte sich um. »Da drüben, in Richtung Osten, dort sind einige Äste abgeknickt. Vielleicht sind sie dort weiter gegangen. Hinter uns liegt Büren, links liegt Lorch, der Staufen ist rechts und ein paar Kilometer geradeaus im Tal müsste Gmend sein. Wenn ich flüchten müsste, dann würde ich sicher dahingehen, wo man mich nicht kennt – also in die Wäldern von Gmend. Dort sind der Graf und sein Verwalter weit weg und ich könnte jagen, ohne dass es jemandem auffiele. Zudem kommen viel mehr Menschen durch diesen Wald. Diese Wanderer könnte ich um ein paar Münzen erleichtern. In Gmend herrscht reger Durchgangsverkehr, da fallen fünf junge Burschen nicht besonders auf. Also ich würde es so machen!«, endete sie.

Vincent schob die Unterlippe vor. Er zweifelte daran, dass die Jungen so weit gedacht hatten, doch die Richtung, die Agathe vorschlug, war genauso gut wie jede andere. »Fein, du gehst voran, ich folge dir«, sagte er und schulterte das Bündel.

Reem trank noch einmal so viel er konnte vom Sucusbaum. Schließlich wusste er nicht, wann er wieder Nahrung bekommen würde. Er hatte sich vorgenommen, in die Nähe von Gmend zu schleichen, um sich nach Alban umzusehen. Normalerweise fühlte er, wo sich sein Schützling aufhielt, doch diese Verbundenheit schien auf einmal nicht mehr zu existieren. So sehr er sich auch auf Alban konzentrierte, er konnte ihn nicht aufspüren. Bestimmt aber war der Junge zurück zur Siedlung gegangen. Die Menschen verhielten sich immer so, wenn es Schwierigkeiten gab. Dann suchten sie nach ihresgleichen und rotteten sich zusammen. Alban hatte bestimmt Angst bekommen, dennoch war er gewiss nicht nach Hause gegangen. Vermutlich war er zurück zum alten Schmied geflohen.

Es war für ein Einhorn kein großes Problem an der Seite seines Menschen zu bleiben, ganz einfach, weil ein Einhorn unsichtbar war. So hatte Reem manches Mal neben Alban gekauert, wenn der Junge verletzt im Wald gelegen hatte. Einmal hatte er sogar zwei Nächte neben ihm verbracht und versucht, ihn ein bisschen zu wärmen.

Die Entscheidung, sich Alban zu zeigen, war Reem ganz spontan gekommen. Zwar gab es ein uraltes Gesetz, dass ein Einhorn sich niemals seinem Schützling offenbaren durfte, doch alle Gesetze waren außer Kraft, da es keine Richter mehr gab. Früher hatten die alten Einhörner die Ordnung in der Gemeinschaft überwacht, doch die alten waren tot. Es gab nur noch ihn und die anderen zwanzig Einhörner, von denen er nicht wusste, ob sie überhaupt noch am Leben waren.

Langsam und mit hängendem Kopf trottete Reem durch den Wald. Er wusste nicht genau wohin, und zum ersten Mal in seinem Leben fühlte er sich einsam. Seine Stimmung hob sich ein wenig, als er am Nachmittag einen anderen Sucusbaum entdeckte.

»Hier war ich ja noch nie«, murmelte er zu sich selbst und ging ein paar Schritte, um zu schnuppern. Roch es hier nach Mensch? Still blieb er stehen und lauschte in den Wald hinein. Bildete er sich das nur ein oder hörte er Stimmen?

Reem konnte es sich nicht verkneifen, noch einen kräftigen Schluck von dem Sucus zu nehmen. Danach stellte er sich in den Schatten eines Baumes und spitzte die Ohren. Wenn er sich konzentrierte, konnte er Geräusche wahrnehmen, die sehr weit entfernt waren. Überhaupt verfügte ein Einhorn über scharfe Sinne. Nicht nur, dass es hören konnte wie ein Luchs und riechen wie ein Wolf, es konnte auch sehen wie ein Habicht. Sogar nachts bei völliger Dunkelheit fand Reem mit eulengleicher Sicherheit seinen Weg.

Er bemerkte, dass die Stimmen sich wieder entfernten. Am besten, er ging den Stimmen nach, solange, bis er herausgefunden hatte, wer die Fremden waren.

Ein Gefangener

Am Morgen öffnete Fritz verschlafen die Augen. Den Wald nahm er nur schemenhaft wahr. Die Sonne war bereits aufgegangen und die Vögel zwitscherten in den Zweigen.

Fritz fühlte sich benebelt, so als hätte er zuviel Wein getrunken. Angestrengt versuchte er, sich an den vergangenen Abend zu erinnern, doch es tauchten nur Bruchstücke auf. Das Feuer – es hatte lange gebrannt, ohne dass sie jemals Holz nachgelegt hätten. Das Schwein – hatte er überhaupt davon gegessen? Fritz wusste es nicht mehr. Je länger er darüber nachdachte, desto undeutlicher wurden die Bilder vor seinem geistigen Auge.

Langsam stand Fritz auf. Er schwankte, als er zum nächsten Busch ging, um sich zu erleichtern. Er suchte nach einem Hinweis, der ihm erklären konnte, warum er hier war und nicht in Büren. Sein Blick fiel auf seine Freunde Schorsch, Done und Schdoffel. Die Brüder sahen sich überhaupt nicht ähnlich. Schdoffel war der Jüngste der Bäckerfamilie und Schorsch und Done waren Zwillinge. Die Zwillinge waren klein und rundlich, der eine blond, der andere dunkel. Schdoffel hingegen war groß und drahtig. Auch seine braunen Augen unterschieden sich von dem Grüngrau der anderen. Alles an ihm schien anders zu sein, nur seine Nase verriet, wessen Sohn er war. Sie war lang und gerade mit einem kleinen Höcker in der Mitte, genau wie bei seinem Vater Vincent.

Fritz schaute zu Xaver, der ihm groß und kräftig erschien und vor dem er manchmal ein bisschen Angst hatte. Xavers Eigenarten nahmen inzwischen extreme Züge an. Früher hatten sie sich besser verstanden, mittlerweile aber fühlte sich Fritz von Xaver unterdrückt und bevormundet. Xaver hatte oft schlechte Laune und gab Fritz nicht selten das Gefühl, der Unterlegene zu sein – wobei das sicher für seine Muskeln galt, nicht aber für seinen Verstand.

Fritz strich sich die langen filzigen Haare, in denen sich allerlei Grünzeug und Blätter verfangen hatten, aus dem fahlen Gesicht. Als er den Kopf drehte, erhaschte sein Blick eine Gestalt, die hinter einem Baum in Deckung ging.

Fritz reckte sich, um besser sehen zu können, doch die Gestalt war bereits verschwunden. Ihm fiel ein, dass er ja die Aufgabe hatte, die Hütte zu verteidigen, doch womit? Er hatte keine Waffen, nicht einmal ein Messer. Wie also sollte er die Hütte gegen eventuelle Angreifer beschützen? Mit bloßen Händen?

Vorsichtig hob er einen schweren Stock vom Boden auf. Seine Finger zitterten. Er bückte sich und spähte zu dem Baum, an dem er die Gestalt wahrgenommen hatte. Langsam setzte er einen Fuß vor den anderen, immer darauf bedacht, möglichst wenig Geräusche zu machen.

Im Wald kannte er sich aus. Immer schon war er im Dickicht der Wälder herum gestreift. Er wusste genau, wie er sich bewegen musste.

Noch zehn Schritte, dann hatte er den dicken Stamm erreicht. Was würde ihn dahinter erwarten? Stand dort ein Mann mit gezücktem Schwert?

Er war nun ganz nah und konnte vorsichtig hinter den Baum spicken. Doch er lief Gefahr, in eine offene Klinge zu rennen. Das Herz schlug ihm bis zum Hals. Mit dem Stock, hoch neben der Wange, machte er sich bereit zum ersten Schlag. Vielleicht würde er nur einen Schlag haben, dann war es wichtig all seine Kraft hineinzulegen.

Plötzlich spürte er zwei Hände. Eine Hand hielt seinen Hals fest und die andere hielt ihm den Mund zu. Der Griff war so fest wie ein Schraubstock und es gab keine Möglichkeit sich loszureißen.

Fritz blieb die Luft weg. Er zappelte wild mit den Füßen, konnte sich aber trotzdem nicht befreien. Allmählich verlor er das Bewusstsein, hörte auf zu zappeln und wurde in den Armen, die ihn so fest umklammert hielten, ganz schlaff.

»Schnür ihm die Hände auf den Rücken. Ich übernehme die Füße!«, sagte Johann leise.

»Ist gut!« flüsterte Alban.

»Kennst du ihn?«

»Er heißt Fritz und ist der Enkel von Agathe. Wo er ist, ist mein Bruder nicht weit.«

»Und was macht er hier?«

Alban zuckte die Achseln und verzog den Mund.

»Meistens sind sie hinter mir her, aber heute sicher nicht. Vielleicht sind sie abgehauen, weil sie Ärger bekommen haben.«

»Ärger?«

»Na, weil ich verschwunden bin. Wobei ... das hat vermutlich noch nicht einmal jemand bemerkt.« Alban zog den Weidenbast um Fritz' Handgelenke fest.

»Wir müssen ihm einen Knebel verpassen, sonst schreit er vielleicht, wenn er aufwacht. Bleib du bei ihm, ich schau mich weiter um.«

»Ich will aber nicht mit ihm alleine sein«, sagte Alban und blickte ängstlich auf den Jungen hinab, der, verschnürt wie ein Paket, zu seinen Füßen lag.

Johann hatte sofort begriffen, dass Alban Angst vor diesem Fritz hatte. »Na schön! Dann kommst du eben mit. Der hier wird noch eine ganze Weile schlafen und wenn er aufwacht, ist es auch nicht schlimm. Gefesselt und geknebelt wird er uns schon nicht entkommen oder gar verraten.«

Alban schaute erleichtert in Johanns Gesicht. Gott sei Dank war sein neuer Vater sehr verständnisvoll. Er nickte zufrieden und folgte ihm in den Wald.

Sie fanden eine Hütte, davor lagen die anderen Jungen an einem erloschenen Lagerfeuer und schliefen. Sie hatten nichts gehört von dem Überfall auf ihren Freund.

Als Alban Xaver erblickte, fing er an zu zittern und versteckte sich schnell hinter Johann.

»Was ist?«, wollte der wissen.

»Xaver«, hauchte Alban und zeigte auf einen großen kräftigen Jungen. Seine Augen wirkten so verängstigt, dass Johann begann, sich Sorgen zu machen. Vielleicht war es besser, sich erst einmal wieder zurückzuziehen.

Leise gingen die beiden zu der Stelle, an der Fritz verschnürt lag. Sie packten den bewusstlosen Jungen an den Handgelenken und zerrten ihn über den unwegsamen Waldboden. Als sie glaubten, sich weit genug von der Hütte entfernt zu haben, hielten sie inne und lehnten Fritz an einen Baumstamm. Es dauerte noch fast eine halbe Stunde, bis er wieder zu sich kam.

Verwirrt blickte er sich um. Zuerst nahm er Johann wahr, dann fiel sein Blick auf Alban. »Jesus Maria und Joseph«, flüsterte er, nachdem Johann den Knebel gelöst hatte. »Ein Geist!«

»Was sagst du da? Ich bin doch kein Geist!« Alban schüttelte den Kopf.

Fritz setzte an laut loszuschreien, doch Johann gab ihm eine schallende Ohrfeige. »Sei still!«, zischte er.

»Aber … aber …« Voller Angst schaute Fritz Alban an.

Der verzog angewidert den Mund. »Jetzt ist er auch noch verrückt geworden!«, grummelte er.

»Was macht ihr Bengel hier im Wald?«, fragte Johann grob und stieß Fritz an der Schulter an.

»Ich weiß es nicht!«, antwortete der verwirrte Junge. Tränen rannen ihm über die schmutzigen Wangen.

»Und jetzt heult er auch noch!«, meinte Alban fassungslos. Er konnte nicht verstehen, was in den besten Freund seines Bruders gefahren war. Schließlich war er doch sonst so ein Großmaul, und auf einmal heulte er wie ein Mädchen?

»Wie seid ihr hierher gekommen?«, fragte Johann wirsch. »Und hör auf zu heulen! Bei Gott!«, fügte er verärgert hinzu.

Schniefend senkte Fritz die Augen. »Wir wurden von Rochus befreit und hierher gebracht.«

»Von Rochus?« Alban verstand kein Wort.

»Weil wir dich in die Rems geworfen hatten, dachten alle, du wärst tot. Sie haben uns in die Jauchegrube gesteckt, an einen Baum gebunden und uns Weidehiebe auf die Fußsohlen verpasst. Am nächsten Morgen hat Rochus uns losgeschnitten. Wir sind in den Wald zur Quelle geschlichen. Dort haben wir uns umgezogen und gewaschen. Irgendwann kam dieser Teafor und hat uns hierher geführt. Seitdem sitzen wir da. Na, wenn Xaver erfährt, dass er recht hatte, dann möchte ich nicht in deiner Haut stecken!«

»Recht womit?«, fragte Johann.

»Na, dass Alban noch lebt. Er verflucht ihn schon seit Tagen und ist gar nicht gut auf ihn zu sprechen!«

Alban seufzte und setzte sich schwer auf einen Stamm. »Er war noch nie gut auf mich zu sprechen!«, murmelte er traurig.

»Aber jetzt erst recht!«

»Soll er doch!«

»Er wird dich sowas von verprügeln!«

»Da muss er aber erst an mir vorbei. Ich werde ihm schon zeigen, wo der Barthel den Most holt!«, erklärte Johann und legte die Hand an den Griff seines Schwerts.

Fritz stutzte. »Und wer seid Ihr?«

»Ich bin der, der dich gefangen hat und ein langes Schwert trägt. Wenn du also weiter so einen Mist daher redest, dann mach dich auf Unannehmlichkeiten gefasst! Und jetzt entschuldige dich bei Alban.«

»Ich soll was?« Fritz schaute ungläubig und schüttelte den Kopf.

»Du hast schon richtig gehört! Entschuldige dich dafür, dass ihr ihn in die Rems geworfen habt und lass es besser ehrlich klingen, sonst bekommst du gleich mal deine erste Rasur von mir!«

Fritz presste die Lippen aufeinander. Sich bei Alban zu entschuldigen, kam überhaupt nicht in Frage. Allerdings schien er keine andere Wahl zu haben. Dieser muskulöse Alte sah aus, als würde er seine Drohung wahr machen.

Ein tiefer Seufzer drang aus Fritz' Kehle. »Entschuldigung«, murmelte er leise.

Überraschenderweise fühlte sich dieses Wort gar nicht so falsch an. Es tat ihm wirklich leid, dass er mitgeholfen hatte, Alban in die Rems zu werfen und er war eigentlich froh darüber, dass Alban nicht ertrunken war. Jetzt konnte er auch seiner Großmutter wieder unter die Augen treten. »Es tut mir leid, dass wir dich in den Fluss geworfen haben«, fügte Fritz hinzu. Seine Stimme klang fest und aufrichtig. »Und wenn ihr mir die Fesseln los macht, dann kann ich dir auch meine Hand reichen.«

Johann nickte zufrieden. »Erstaunlich!«, sagte er mit hochgezogenen Augenbrauen. »Was die Aussicht auf eine erste Rasur alles bewirken kann.«

»Was machen wir jetzt mit ihm?«, fragte Alban und zeigte auf Fritz.

»Wir nehmen ihn mit!«, antwortete Johann.

»Wohin mit?«

»Na mit nach Gmend!«

»Wir gehen zurück?«

»Also ich hab großen Hunger und hier gibt es nicht viel zu essen. Wir gehen zurück, stärken uns und schmieden einen Plan. Wenn wir ihn mitnehmen, sind es nur noch vier. Was denkst du?«

Alban zuckte die Schultern. »Na schön!«, sagte er. »Aber nur unter der Bedingung, dass er selbst läuft und wir ihn nicht schleifen müssen. Der Kerl ist schwer!«

Johann lachte. »Das wäre auch mein Vorschlag gewesen!«

»Wie habt ihr zwei euch denn gefunden?«, wollte Fritz spöttisch wissen.

»Wir haben uns gesucht und gefunden!«, sagte Johann und zog Fritz zurück auf die Beine. Mit einem scharfen Messer durchtrennte er die Fußfesseln des Jungen. »Und jetzt halt die Klappe und geh voran!« Johann stieß ihn an der Schulter an.

»Und meine Hände?«, fragte Fritz.

»Die bleiben schön da, wo sie sind!«

»Und wenn ich mal muss?«

»Dann zieh ich dir gerne die Hose runter.«

»Er kann ihn dir auch rausholen«, kicherte Alban, der es genoss, Fritz so unbeholfen zu sehen.

»Soweit kommt's noch! Da piss ich mir lieber in die Hose!«

»Mach's doch!«, rief Alban. »Damit könnte ich dich in Zukunft schön aufziehen.«

Fritz blieb stumm. Er ärgerte sich über Albans Spott, doch irgendwie konnte er es ihm auch nicht verdenken. Jahrelang hatten er und seine Freunde den Jungen gequält, obwohl es gar keinen Grund dafür gab. Eigentlich hatte Fritz dabei nur mitgemacht, weil Xaver sein bester Freund war und ihn dazu angestiftet hatte. Der schmächtige Junge war gar kein so übler Kerl. Er konnte verdammt schnell laufen und er war so etwas wie der Ziehsohn seiner Großmutter. Sie würde überglücklich sein, ihn wiederzusehen. Wie sehr sich der Junge in den letzten Tagen verändert hatte, überlegte Fritz. Er schien größer zu sein, fast einen ganzen Kopf. Wie aufrecht er ging und seine Augen leuchteten so blau wie der Himmel. Durch das Schwert und das Kettenhemd sah er erwachsener aus und irgendwie sah er Teafor ähnlich. Es war unverkennbar. Diese Augen, diese Nase, selbst sein Kinn zeigte Ähnlichkeit mit dem seltsamen Fremden. Mit Alban war eine Verwandlung vorgegangen. Fritz würde jedoch den Teufel tun, Alban auch nur ein Sterbenswörtchen davon zu sagen.

Das rothaarige Mädchen

Nachdem die beiden knapp zwei Stunden gegangen waren, setzte Agathe sich auf einen Baumstumpf und verlangte nach ihrem Bündel, welches Vincent immer noch geduldig auf seinem Rücken trug. »Es ist Zeit für eine kleine Pause und eine Stärkung!«, sagte sie bestimmt.

»Endlich! Ich dachte schon, du würdest das nie sagen!« Vincent nahm das Bündel von seinem Rücken und legte es vor Agathe auf den Waldboden. Erfreut setzte er sich zu ihr.

Agathe packte den Proviant aus, zückte ihr Messer und schnitt das Brot in dicke Scheiben.

»Wir sind bis in die oberen Wälder gegangen, aber von den Jungen fehlt immer noch jede Spur. Ich habe keine Feuerstelle gesehen oder sonst irgendeinen Hinweis.«

»Vielleicht ist es ja doch die falsche Richtung?«

»Ja, kann sein! Aber ich genieße es dennoch, mit dir hier zu wandern. Im Dorf ist im Moment vieles in Unordnung. Siegfried benimmt sich, als sei er plötzlich vom Teufel besessen, Rochus traue ich nicht mehr über den Weg und dein armer Alois wurde meines Erachtens vergiftet.« Sie schnaufte schwer. »Alban ist tot, mein Fritz und deine Jungen sind verschwunden, und als wäre das nicht genug, befinden sie sich auch noch in der Gesellschaft des größten Taugenichts diesseits der Rems.«

»Ja«, bestätigte Vincent. »Aber in Xavers Gesellschaft sind sie ja auch sonst immer. Das lässt sich nicht verhindern.«

»Xaver ist böse und er wird immer brutaler. Er ist kein guter Umgang für unsere Jungen!«

»Vielleicht weil er keine Mutter mehr hat?«

»Das kann nicht der einzige Grund sein! Er hat Spaß daran, andere zu quälen. Alban war oft grün und blau geschlagen, hatte Prellungen und Würgemale. Ich hatte wirklich Angst um ihn.« Agathe seufzte laut. »Aber was hätte ich tun sollen? Wäre ich zu Siegfried gegangen, hätte er mich aus dem Haus geworfen und Xaver hätte alles abgestritten. Siegfried hat immer nur auf das gehört, was Xaver ihm erzählt hat. Alban war seinem Vater keinen Pfifferling wert.«

»Weißt du, was das Schlimmste ist?«, fragte Vincent und schaute traurig auf das Schmalzbrot in seiner Hand. »Alle im Dorf wussten Bescheid, aber keiner hat eingegriffen.«

Agathe nickte. »Aber wie greift man ein? Hätten wir Siegfried zwingen können, mehr auf seinen Jüngsten zu achten?«

»Das vielleicht nicht. Aber wir hätten ihn darauf hinweisen müssen, dass wir sehen, was vorgeht und dass wir es nicht billigen. Wir hätten Alban helfen müssen!«

»Leider ist es dafür zu spät!«, stöhnte Agathe.

»Ja, leider!«, bestätigte Vincent matt und biss in das Brot, welches ihm nun nicht mehr recht schmecken wollte.

Nach dem Essen verstauten sie die Sachen im Bündel und machten sich wieder auf den Weg. Schweigend gingen Agathe und Vincent nebeneinander her.

Am Wegesrand tauchte plötzlich ein Mädchen auf. Sie war schlank, mittelgroß und hatte langes rotes Haar. Sie saß weinend auf einem Baumstamm und blickte den Wanderern entgegen.

Agathe bemerkte sie zuerst und stupste Vincent an. »Sieh mal«, sagte sie und zeigte auf das Mädchen.

Die Kleine drehte den Kopf, blieb aber sitzen.

»Wer bist du denn?«, fragte Agathe, als sie das Mädchen erreicht hatte und setzte sich neben sie. Das Mädchen war noch keine fünfzehn Jahre alt, hatte ein sehr schönes Gesicht, ihre Augen leuchteten grüngelb und sie sah aus, als sei sie unendlich verzweifelt.

»Ich bin Lucy«, sagte die Kleine und wischte eine Träne mit dem Ärmel fort.

»Und was machst du hier?«

»Ich suche etwas. Wenn ich es nicht finde, wird mein Herr mich bestrafen.«

»Das ist aber nicht nett!«, meinte Agathe und nahm die Hand des Mädchens. Lucys Hände waren weich wie Daunen und sie hatte nicht eine Schwiele an den Ballen. Das war recht ungewöhnlich. »Was suchst du denn? Vielleicht können wir dir ja helfen?«

Lucy schüttelte den Kopf. »Nein, das könnt Ihr nicht! Ich bin verloren!«, jammerte sie und fing erneut an zu weinen.

»Aber wer wird denn gleich alles so schwarz sehen? Hast du Hunger? Willst du etwas essen?« Agathe tätschelte die Hand des Mädchens.

Die Kleine schüttelte den Kopf. »Nein, danke«, sagte sie. »Ich hatte gerade eine fette Ratte.«

Agathe zog die Augenbrauen hoch und schaute Vincent durchdringend an.

»Eine Ratte also«, wiederholte der und verzog angewidert das Gesicht. »Hast du sie selbst gefangen, ihr das Fell abgezogen und sie dann gebraten?«, hakte er nach.

»Nein, ich bevorzuge meine Mahlzeiten roh und mit Fell. Es wäre viel zu viel Aufwand, der Ratte das Fell über die Ohren zu ziehen. Vielleicht machen das ja andere, aber ich mache das nicht. Sie wird mit Haut und Haaren verzehrt!«

Agathe riss entsetzt die Augen auf. »Aha«, murmelte sie. Mehr brachte sie nach dieser Beschreibung der Mahlzeiteinnahme nicht hervor.

Ratten waren Ungeziefer. Zwar hatte Agathe auch schon davon gehört, dass in schlechten Zeiten Ratten den kargen Speiseplan der armen Leute ergänzten, doch selbst hatte sie noch nie eine verspeist. Wenn sie die Viecher in ihrer Speisekammer erwischte, jagte sie sie mit dem Besen durchs Haus oder legte vorsorglich Gift aus. Die Blätter des Fingerhuts, zu einem Sud verkocht, konnten ein Pferd umwerfen. Ein kleines Stückchen Käse in die bittere Flüssigkeit getunkt, dann mit etwas Rübensaft verfeinert, um den Geschmack des Gifts zu übertünchen, tötete jede Ratte schnell und zuverlässig. So hatte Agathe die meisten von ihnen zur Strecke gebracht und sie angeekelt hinter dem Haus entsorgt.

»Willst du uns nicht erzählen, wonach du suchst?«, fragte Vincent, der sich von seinem ersten Schock erholt hatte.

»Ich suche ein Horn!«, erklärte Lucy müde. »Doch ich schlängle mich nun schon mehr als einen ganzen Tag durch den Wald und kann es doch nirgends finden. Es ist einfach verschwunden.«

»Ein Horn?«, fragte Agathe verwundert.

»Ja, ein Horn. Ein verdammtes, verfluchtes Horn. Ich werde es nie finden«, jammerte Lucy und sank in sich zusammen.

»Wie sieht es denn aus?«, wollte Vincent wissen.

»Na, wie ein Horn eben aussieht. Es leuchtet silbern. Es ist eigentlich sehr schön!«, stellte Lucy nachdenklich fest.

Agathe und Vincent nickten. Sie dachten vermutlich beide das Gleiche. Dieses Mädchen war irre, auch wenn sie überhaupt nicht danach aussah. Bestimmt war sie von zu Hause weggelaufen und hatte sich im Wald verirrt. Sie konnten sie unmöglich hier im Wald allein zurücklassen. Sie würden ihr helfen müssen, ihre Familie wiederzufinden!

»Wir suchen nach fünf Jungen, die sich irgendwo im Wald versteckt haben. Hast du jemanden gesehen?«, fragte Vincent.

Lucy schüttelte den Kopf. Sie hatte seit gestern niemanden mehr gesehen, und weil sie mit Reem weit abseits der Hütte ausgeharrt hatte, wusste sie auch nichts von den fünf Jungen, die Teafor mitgebracht hatte.

Lucy strich sich galant die Haare aus dem Gesicht und erhob sich anmutig. »Ich muss weiter!«, erklärte sie.

»Wir werden dich begleiten!«, sagte Agathe.

Vincent schüttelte abwehrend den Kopf. »Ich glaube, das wollen wir nicht!«, brummte er.

»Aber natürlich wollen wir! Wir können dich doch nicht alleine lassen. Wir helfen dir suchen! Wenn es dunkel ist, schlagen wir zusammen ein Lager auf. Was hältst du davon?«

Lucy schaute, als wisse sie nicht, was sie darauf antworten solle. »Meint Ihr?«, fragte sie unentschlossen.

»Vertraust du mir?«, antwortete Agathe mit einer Gegenfrage.

Das Mädchen zuckte die Schultern.

»Zusammen können wir dein Horn sicher finden! Sechs Augen sehen mehr als zwei. Wo hast du denn schon überall gesucht?«

»Überall«, sagte Lucy.

»Na, dann versuchen wir es einfach noch einmal. Wo wohnt denn dein Herr?«

»Im Wald, in einer einsamen Hütte. Doch dorthin darf ich erst wieder, wenn ich das Horn gefunden habe.«

»Na dann, lass uns anfangen zu suchen!«, sagte Agathe und blinzelte Vincent verschwörerisch zu.

Vincent machte ein sorgenvolles Gesicht und versuchte Agathe aufzuhalten, doch die drückte nur ungerührt seine Hand beiseite und ging mit Lucy davon.

Er fügte sich in sein Schicksal. Wenn Agathe sich etwas in den Kopf gesetzt hatte, dann konnte sie sowieso niemand davon abhalten, ganz egal, welche Einwände er hervorbrachte.

Eine Weile gingen sie ziellos im Wald umher. Die Sonne senkte sich bereits dem Horizont entgegen und die Fliegen begleiteten ihren Untergang mit einem monotonen Summen. Es wurde langsam Zeit, ein Lager aufzuschlagen. Agathe zweifelte ebenso wie Vincent daran, dass es dieses merkwürdige Horn, von dem Lucy gesprochen hatte, überhaupt gab. Dennoch spielten sie mit und egal wohin Lucy ging, Agathe und Vincent folgten ihr.

Sie kamen immer tiefer in den Wald hinein. Als die Bäume so dicht standen, dass kaum noch Licht bis zum Waldboden vordrang, hielt Agathe inne. »Denkst du nicht, es wäre besser, hier ein Nachtlager aufzuschlagen? Wir könnten morgen weiter nach deinem Horn suchen.« Sie zog eine Wolldecke aus ihrem Bündel und setzte sich mit einem tiefen Seufzer darauf. »Ich bin eine alte Frau. Ich brauche ein bisschen Schlaf!«

»Eine gute Idee!«, fand auch Vincent und rieb sich die Augen.

Lucy blickte die beiden verständnislos an.

»Willst du dich nicht zu mir setzen?« fragte Agathe. »Vincent macht uns sicher gleich noch ein schönes Feuer!«

»Feuer?«, rief Lucy entsetzt. »Ich hasse Feuer!« Sie machte gleich zwei Schritte rückwärts.

»Ach was! Das Feuer wärmt dir schön den Rücken, während du schläfst, und es hält die Schnaken fern! Komm, setz dich zu mir!«

Agathes Stimme klang sanft, doch Lucy schüttelte energisch den Kopf. Wie angewurzelt blieb sie stehen und beobachtete, wie Vincent Holz aufschichtete und mit dem Feuerstein ein paar welke Blätter entzündete. Als die ersten Flammen züngelten, machte Lucy noch einen Schritt zurück.

Agathe streckte ihr die Hand entgegen. »Komm her mein Kind. Es wird dir nichts geschehen.«

Lucy betrachtete Agathe eindringlich, blieb aber stehen, wo sie war.

Vincent setzte sich neben Agathe und lächelte freundlich. »Komm her. Wir beißen nicht!«, versuchte auch er das Mädchen ans Feuer zu locken.

Die Flammen züngelten um die trockenen Zweige herum. Grauer Rauch stieg in den Abendhimmel, an dem sich bereits die ersten Sterne zeigten.

Plötzlich sprengte ein Funke mit einem kleinen Knall in Lucys Richtung und zerriss die Stille. Erschrocken zog das Mädchen den Kopf ein, stieß einen entsetzten Schrei aus, drehte sich um und lief davon.

Vincent sprang auf. Er setzte über das Feuer hinweg und lief ihr nach. Gerade wollte er rufen, dass das Feuer ihr nichts anhaben würde, doch im selben Augenblick verschwand sie vor seinen Augen. Im ersten Moment glaubte er, sie hinter einem Baum aus den Augen verloren zu haben, aber auch der Klang ihrer Schritte verstummte mit einem Mal. Vincent schaute nach links und nach rechts, doch von dem rothaarigen Mädchen fehlte jede Spur. Er ging noch ein Stück weiter in den Wald, spähte hinter Baumstämme und lauschte in die Stille hinein, doch da war nichts.

»Ich habe keine Ahnung, wo sie hin ist. Ich kann sie nirgends finden!«, sagte Vincent resigniert, als er zurück ans Feuer trat. »Sie war plötzlich weg!«

»So plötzlich weg?«, meinte Agathe höhnisch. »Du wirst die Kleine sicher nicht ungern aus den Augen verloren haben, nehme ich an. Sie war dir von Anfang an nicht ganz geheuer!«

»Aber nein, ich bin doch kein Unmensch! Ich würde kein Kind alleine in die Nacht schicken. Wenn ich es dir sage, sie war auf einmal verschwunden!«

»Aber wo soll sie hin sein?«

»Wenn ich das nur wüsste. Es ist so, als hätte sie der Erdboden verschluckt.« Vincent setzte sich neben Agathe. »Kinder …«, brummte er mürrisch.

Eine gute Tarnung

Reem ging in die Richtung, aus der die Stimmen kamen und folgte ihnen eine Weile in gebührendem Abstand. Er traute sich nicht näher heran. Irgendwie hatte er das Gefühl, plötzlich für alle Welt sichtbar zu sein. Da er unsicher war, verbarg er sich lieber hinter dicken Bäumen und lauschte angestrengt, worüber die Wanderer sich unterhielten. Die Stimmen gehörten einem Mann und einer Frau. Die Frauenstimme kam Reem bekannt vor. Er war sich sicher, sie schon einmal gehört zu haben.

Vorsichtig schlich er in einem Bogen an den Wanderern vorbei und stieg den Hügel hinauf. Von oben würde er eine bessere Sicht haben.

Eine Weile hörte er keinen Laut mehr. Er dachte schon, er habe sie verloren, als er durch eine kleine Lücke im Gestrüpp die beiden wieder sah.

Der Mann trug ein dickes Bündel auf dem Rücken und stapfte hinter einer Frau her. Jetzt erkannte er sie: Es war Agathe, die sich genau wie Reem, um Alban gekümmert hatte. Sie war die gute Menschenseele an Albans Seite, ohne die Albans Leben sicher noch trister ausgesehen hätte. Reem hatte oft genug beobachtet, wie sie ihm Tee gekocht, ihm Unterricht erteilt und seine Blessuren behandelt hatte, wenn er wieder einmal vor Xavers Fäusten geflohen war. Sie redete freundlich mit Alban, gab ihm Wärme und Verständnis, wie es vermutlich nur eine Frau in ihrem Alter konnte. Sie war wie eine Großmutter für den Jungen, der sich immer wieder bei ihr im Haus versteckte.

Vorsichtig setzte Reem Huf vor Huf. Er horchte interessiert zu, was die beiden sich zu sagen hatten. Plötzlich blieb Agathe stehen und zeigte auf ein rothaariges Mädchen, das alleine am Wegesrand saß. Die Alte unterhielt sich mit dem Kind, welches auf den ersten Blick harmlos aussah, doch als die Kleine ihren Namen nannte, stellten sich Reem die Nackenhaare auf.

Er trat leise von einem Huf auf den anderen und kämpfte mit dem Gefühl, flüchten zu wollen. Sein Instinkt ließ sofort alle Alarmglocken läuten. Lucy konnte sich also nicht nur in ein Seil und wieder in eine Schlange verwandeln – sie konnte sich auch in ein Mädchen verwandeln?

Schnell war klar, dass Lucy nach ihm suchte, und wenn er sich nicht schnellstens davon machte, dann würde sie ihn auch finden.

Eilig, jedoch darum bemüht keine Geräusche zu machen, hastete er davon. Er hetzte den Hügel hoch. Von dort oben hatte er einen guten Blick über den unteren Teil des Waldes. Er wusste jetzt, wo Lucy war und welche Gestalt sie gerade angenommen hatte, aber Lucy wusste nicht, wo er war. Diesen Vorteil konnte er sich zunutze machen. Schlangen hören nicht besonders gut, ihrer Nase jedoch entging nichts. Deswegen hatte Reem sich mit dem Wildkot einparfümiert, auch wenn er diesen Gestank nicht ausstehen konnte. Doch der scharfe Geruch des Wildes würde eine gute Abwehr gegen die Schlange sein. Lucy hatte ihn bis jetzt nicht gewittert und damit das auch so bliebe, wälzte er sich gleich noch einmal ausgiebig im Dung eines Hirsches.

Bis es dunkel wurde, beobachtete er, wie die drei weiter nach ihm suchten. Immer wieder blickte Lucy den Hügel hinauf, doch anscheinend konnte sie Reem nicht ausmachen.

Als es endlich dunkel wurde, entzündete der Mann ein Feuer, was Lucy in die Flucht schlug. Sie lief davon und verwandelte sich zurück in ihre ursprüngliche Form.

Reem überlegte lange, was nun zu tun sei. Sollte er hinunter zum Feuer gehen, welches Lucy ganz offensichtlich verabscheute, oder sollte er sich lieber hier oben verstecken, in der Hoffnung, Lucy wittere ihn nicht? Als Schlange würde sie sich gut im Unterholz verstecken können – ein Vorteil, den er nicht vom Huf weisen konnte.

Langsam legte er sich nieder, hielt aber den Kopf angespannt in die Höhe gereckt. Seine Ohren bewegten sich in alle Richtungen, immer darauf bedacht, jedes Geräusch sofort zu erkennen. Seine Nüstern blähten sich in regelmäßigen Abständen, um fremde Gerüche sogleich wahrzunehmen und gegebenenfalls Alarm zu schlagen.

Reem fragte sich, ob Schlangen überhaupt einen Eigengeruch hatten. Als Lucy um seinen Hals geschlungen war, hatte er nichts dergleichen festgestellt. Wonach hatte die Schlange gerochen? Nach Erde? Nach Gras?

Es dauerte noch lange, bis die Müdigkeit ihn überfiel.

Bleib wach, dachte er. Nicht einschlafen. Immer wieder fielen ihm die Augen zu und sein Kopf kippte zur Seite weg. Er versuchte an etwas zu denken, was ihn wach hielt, der Sucusbaum mit seinem wundervollen Geschmack des Lebenssafts etwa.

Nach zwei Minuten angestrengtem Denken nickte er trotzdem ein und ließ langsam den Kopf auf die Brust sinken. Ein angenehmes, betäubendes Gefühl durchströmte ihn. So ein kurzes Schläfchen konnte doch nicht schaden. Bestimmt war Lucy weit weg und er hier oben in Sicherheit.

Gefühlte zehn Minuten später schreckte Reem aus dem Schlaf hoch. Er bekam keine Luft mehr, röchelte und schüttelte hilflos den Kopf. Etwas hatte sich um seinen Hals gelegt und zog sich immer enger zusammen. »Hab ich dich, verfluchtes Horn!«, rief eine schrille Stimme in die Nacht hinein.

Wankend stand er auf, japste und schnappte nach Luft, versuchte das Ding, welches sich so eng um seinen Hals zusammengezogen hatte, loszuwerden, doch es gelang ihm nicht. Seine Gedanken rasten. Was war geschehen? Hatte die Schlange ihn nun doch gefunden? Aber wie? Womit hatte er sich verraten?

Das Würgen an seinem Hals wurde stärker. Die Luft blieb nun ganz weg. Seine Augen quollen aus ihren Höhlen, so sehr kämpfte er gegen den Würgegriff an. Er ging zu einem Baum, warf sich dagegen, rieb seinen Hals an der rauen Rinde auf und ab, doch es half nichts. Das Würgen ließ nicht nach.

Allmählich verlor er die Kraft. Seine Sinne begannen zu schwinden und er sank langsam zu Boden, sich noch einmal kläglich windend, tauchte er in einen dichten Nebel ein.

Erneut schreckte Reem aus dem Schlaf hoch. Er war nun hellwach. Suchend blickte er sich um und sprang auf die Beine. Zum Glück war es nur ein Traum gewesen, doch der Traum hatte ihn so erschüttert, dass er sein Herz bis zum Hals schlagen hörte. Das Blut rauschte mit einem lauten Summen durch seine Adern. Er fühlte sich, als sei er stundenlang ohne jede Pause gerannt.

Schnell steuerte er auf das helle Leuchten in der Dunkelheit zu. Das Feuer! Es war der einzige Platz, an dem er vor Lucy sicher war und er musste ihn schnell erreichen, noch bevor sie ihn entdecken konnte.

Seine Hufe schreckten ein paar Tiere auf, die entsetzt in alle Richtungen davon stoben. Sie machten so einen Krach, dass Lucy ihn trotz ihrer schlechten Ohren bestimmt hören konnte, doch das war ihm gleichgültig. Sollte sie nur versuchen, ein ausgewachsenes Einhorn in vollem Galopp zu stoppen.

Reem richtete all seine Gedanken auf das rettende Feuer, das, wie er feststellte, bereits am Ausgehen war.

Er verlangsamte seinen Schritt jedoch nicht und machte einen gewaltigen Satz über die Feuerstelle und die zwei Schlafenden, welche gleich daneben lagen.

Agathe hob erschrocken den Kopf und spähte in die Dunkelheit. Vincent lag schnarchend neben ihr und schmatzte leise, als er sich auf die Seite drehte.

»Was war das?«, fragte Agathe und stupste Vincent an. Der bewegte sich nicht, gab nur sein tiefes Schnarchen von sich.

Agathe setzte sich auf und rieb sich die müden Augen. Da war etwas. Sie konnte es genau spüren. Irgendwo hinter ihr wurde sie von einem nervösen Augenpaar beobachtet. War es Lucy? Vielleicht war das Mädchen ja zurückgekommen, weil sie sich allein im Wald gefürchtet hatte. Es konnte natürlich auch ein wildes Tier sein. Eine Wildsau vielleicht, oder schlimmer noch, ein Wolf.

Langsam zog Agathe ihr langes Messer aus der Scheide und stand auf. Na schön! Was es auch war, wenn sie kämpfen müsste, dann würde sie keine Scheu haben, ihre Waffe zu benutzen.

Reem stand regungslos da und beobachtete die alte Frau, die mit gezücktem Messer auf ihn zukam. Er dachte sich nichts dabei, denn seines Wissens war er ja unsichtbar. Im Grunde hoffte er inständig, dass Agathe wieder Holz auf das Feuer legen würde, sobald sie festgestellt hatte, dass nichts Bedrohliches in ihrer Nähe war.

Sie hielt das Messer fest in der Hand. Die Klinge zeigte nach vorn. Ihr Blick war so entschlossen, dass Reem fast Angst vor ihr bekommen hätte, so grimmig schaute sie drein. Ihre Augen waren nur noch kleine Schlitze und ihre Haltung verriet Kampfbereitschaft. Plötzlich aber hellte sich ihre Miene auf. Sie blieb stehen und senkte das Messer. »Wer bist denn du?«, fragte sie überrascht.

Reem blickte sich irritiert um. Meinte sie ihn? Konnte die Alte ihn etwa sehen? Das war unmöglich! Er hatte sich ihr nicht willentlich gezeigt und nur die Tatsache, dass sie eine reine Seele hatte, reichte nicht aus, um ihn sichtbar zu machen.

Agathe streckte ihre Hand nach Reem aus. Er machte unwillkürlich ein paar Schritte zurück.

»Keine Angst«, sagte sie und berührte ihn sanft an der Schnauze.

Reem zuckte zusammen. »Du kannst mich sehen?«, fragte er verstört. »Aber hören kannst du mich sicher nicht!«

»Doch!«, antwortete Agathe mit fester Stimme. »Ich kann dich sehen und hören. Bist du, was ich glaube?«

»Ich bin ein Einhorn«, antwortete Reem. »Aber es ist nicht möglich, dass du mich sehen kannst. Ich habe mich dir nicht gezeigt.«

»Dennoch sehe ich dich sehr deutlich!« Agathes Augen glänzten wie die eines Kindes, dem man Rübensaft in den Mund geträufelt hatte. »Du leuchtest silbern!«

»Jetzt fängst du auch noch an. Wie kommt ihr nur alle darauf, dass ich leuchte?«

»Na, weil du es tust. Eindeutig geht ein silberner Schein von dir aus. Du bist so wunderschön, genau wie es mir meine Großmutter immer beschrieben hat. Als Kind habe ich viele Geschichten über dich gehört, doch ich hätte nicht gedacht, dass sie wirklich wahr sind.«

Reem schüttelte seine Mähne. »Bitte leg Holz auf das Feuer, sonst wird sie mich finden und einfangen!«, flüsterte er.

»Wer?«

»Die Schlange, ich meine Lucy, das Mädchen. Sie ist hinter mir her und nur das Feuer kann sie von mir fernhalten!«

»Du meinst also das rothaarige Mädchen? Lucy sucht also nicht nur ein Horn sondern ein Einhorn?« Agathe blickte prüfend auf Reem, der nervös hin und her trippelte.

»Lucy ist kein Mädchen! Na ja, vielleicht auch, aber in erster Linie ist sie eine Schlange. Sie ist hinter mir her und wenn sie mich erwischt, dann bringt sie mich zurück zu diesem Zauberer! Hilf mir und leg bitte noch mehr Holz auf das Feuer!«

Agathe verstand nicht genau, wovon Reem redete, doch sie ging zurück zur Feuerstelle und legte einen dicken Ast nach. Dazu häufte sie noch ein paar trockene Blätter auf, sodass das Feuer schnell wieder in Gang kam und gemütlich prasselte.

»Wie kommt es, dass du mich sehen kannst?«, fragte Reem, der näher herangetreten war. »Bis vor kurzem war ich noch unsichtbar und plötzlich kann mich alle Welt sehen. Ich verstehe das nicht!«

»Vielleicht hat es ja etwas mit dem Zauberer zu tun, von dem du erzählt hast?«, überlegte Agathe.

»Meinst du?«

»Es könnte doch sein!«

Vincent drehte sich gähnend auf den Rücken und öffnete verschlafen die Augen. »Mit wem unterhältst du dich denn, Agathe?«, fragte er und setzte sich auf. Als er Reem erblickte, entfuhr ihm ein lautes: »Donnerwetter!« Verdutzt fuhr er sich über die Stirn und kratzte sich ausgiebig am Kopf. »Das ist ja mal ein schöner Traum«, murmelte er und legte sich wieder hin.

»Das ist kein Traum!«, rief Agathe. »Das ist das Horn, nach dem das Mädchen gesucht hat.«

Vincent runzelte die Stirn und richtete sich erneut auf. »Ich dachte immer, bei Einhörnern handelt es sich um Fabelwesen oder wie die Dinger heißen. Kindergeschichten, Altweibergeschwätz. Hast du diesem weißen Ross ein Horn angeheftet, um mich hinters Licht zu führen?«, fragte er und lachte auf. »Das ist wirklich ein guter Scherz!«

»Das ist aber kein Scherz! Los, steh auf. Wir brauchen mehr Holz! Wir müssen das Feuer weiter entfachen, damit es Lucy abschreckt. Sie ist kein Mädchen. Sie ist eine Schlange!«

»Eine was?«, rief Vincent und schüttelte sich vor Lachen aus. »Ihr Weiber habt wirklich den Aberglauben erfunden, soviel ist sicher. Aber ich lasse mich nicht veräppeln!«

»Das ist ja wohl die Höhe! Legt sich einfach wieder hin. Los Einhorn, so sag doch du auch mal was. Vielleicht glaubt er es ja dann!«

Vincents Lachen wurde immer lauter. »Hör auf Agathe, sonst mach ich mir noch in die Hose!«

Dicke Lachtränen liefen über sein Gesicht und verfingen sich in seinem struppigen Bart.

»Also ich sehe keinen Grund für dieses Gelächter«, sagte Reem und trottete auf Vincent zu, der sich vor lauter Lachen krümmte. Vorsichtig senkte Reem den Kopf und beschnupperte den am Boden liegenden Mann.

Vincents Gesichtszüge froren ein und sein Lachen versickerte wie Wasser auf einem Kiesbett. Er riss die Augen weit auf. »Sag das noch einmal!«, verlangte er und rückte von dem mächtigen Einhornkopf ab, der neugierig seine Nüstern blähte.

»Was? Dass ich keinen Grund für dieses Gelächter erkenne? In der Tat. Der Grund erschließt sich mir nicht!« Reem schüttelte verständnislos seine lange Mähne.

»Das …, wie …, ohhh …, aber …«, stotterte Vincent.

Nun lachte Agathe. »Alles ist gut, mein Freund. Wie du siehst, sind diese Wesen nicht gefährlich und auch kein Aberglaube. Doch lass uns später darüber reden! Jetzt brauchen wir erst einmal genügend Holz, um uns das Mädchen vom Hals zu halten!«

»Im wahrsten Sinne des Wortes!«, meinte Reem und dachte an seinen Traum.

»Ist ja schon gut!«, murmelte Vincent und trottete davon.

»Geh nicht so weit! Wir wissen nicht, wie gefährlich das Mädchen ist!«

»Ja, ja, sie wird mich schon nicht mit Haut und Haaren verschlingen, wie die Ratte, von der sie uns erzählt hat.«

»Sei dir da mal nicht so sicher!«, meinte Agathe und legte alles Holz, das sie finden konnte, aufs Feuer. »Und nun zu dir Einhorn. Wo kommst du her und warum verfolgt dich dieses Mädchen?«

Vincent kam aus der Dunkelheit zurück und hatte einen dicken Stamm geschultert. »Der sollte reichen, um hier kräftig einzuheizen! Die Sonne geht bereits auf. Vielleicht könnten wir ja frühstücken, solange du erzählst, Einhorn!«

»Mein Name ist Reem«, sagte er und legte sich neben Agathe nieder. »Ich bin das letzte von einundzwanzig Einhörnern. Die anderen und auch ich wurden von Teafor, dem Zauberer, gefangen genommen. Mein mir anvertrauter Mensch ist Alban, der Sohn des Schmieds in Büren.«

Agathe stöhnte laut auf. »Unser Alban?«, fragte sie.

»Ja! Ich habe ihn aus den Fluten der Rems gerettet.«

»Soll das heißen, er lebt?«, rief Vincent.

Agathe sperrte den Mund auf und wartete gespannt auf eine Antwort.

»Ja, er lebt. Doch es hat nicht viel gefehlt, dann wäre er ertrunken!«

Agathe schlug die Hände vor den Mund. »Er ist nicht tot? Gott sei Dank! Mein lieber Junge. Dann ist mein Fritz also doch kein Mörder! Oh, ich danke dir Reem für diese gute Nachricht!«, rief sie. Dicke Tränen der Freude rannen ihr über die Wangen. »Das ist die beste Nachricht des Tages!«

Vincent bekreuzigte sich. »Dann sind meine drei Jungen auch keine Mörder. Wahrlich, die beste Nachricht des Tages, ach was, der ganzen Woche!« Er klopfte Reem freudig auf den Rücken. »Aber nun erzähl bitte weiter!«

»Alban ist nach Gmend gegangen, hat Büren den Rücken gekehrt und ich bin ihm gefolgt. Doch auch sein Vater war in Gmend. Deshalb versteckte Alban sich aus lauter Angst vor seinem Vater in den Wäldern. Dort habe ich mich ihm gezeigt. Da er eine reine Seele hat, konnte ich ihn mit in unser Lager nehmen. In dieser Nacht erschien ein kreisrundes Licht, das mich und alle Einhörner eingesogen hat. Wir wurden von dem Zauberer Teafor gefangen, doch ich konnte fliehen. Lucy, die Schlange, sollte mich bewachen, aber ich bin ihr entwischt. Nun sucht sie nach mir«, schloss er seine Zusammenfassung.

»Und Alban?«, fragte Agathe.

»Er ist bei einem Schmied in Gmend, zumindest glaube ich das! Ich habe den Kontakt zu ihm verloren.«

»Den Kontakt?«, fragte Vincent.

»Wir Einhörner sind mit dem uns anvertrauten Menschen verbunden. Wir spüren, wo er sich aufhält und ob er in Not ist. Wir hören seine Gedanken über unendliche Entfernungen und können ihm stets zur Seite stehen, wenn er uns braucht. Wir sind das Licht in seiner Seele, doch ich spüre ihn nicht mehr. Es ist wie eine Wand, die plötzlich zwischen uns steht. Ich weiß nicht, woran es liegt. Ich wollte nach Gmend gehen, um nach ihm zu suchen. Doch wenn ich für jedermann sichtbar bin, dann wird das nicht gehen.«

»Gmend liegt nicht sehr weit von hier«, meinte Vincent und zeigte nach links. »Wir werden uns gleich auf den Weg machen. Wenn du willst, kannst du uns begleiten!«

»Das würde ich gerne, doch mein Horn wird mich verraten. Die Menschen können mich sehen und mein Erscheinen spräche sich schnell herum. Auch Teafor würde davon erfahren. Besser, ich verstecke mich hier im Wald.«

»Wir müssten dich tarnen, dann würde niemand sehen, dass du ein Einhorn bist. Jetzt wo es hell wird, leuchtest du auch nicht mehr. Du siehst wie ein ganz gewöhnlicher Schimmel aus, nur das Horn passt nicht!« Agathe zog geistesabwesend den Laib Brot aus ihrem Bündel. »Möchtest du?«, fragte sie Reem.

»Nein danke! Ich esse so etwas nicht«, sagte er und dachte sehnsüchtig an den Sucusbaum.

»Aber ich esse so etwas!«, rief Vincent und strich sich über den Bart. »Ich liebe Brot, vor allem wenn es mein eigenes ist!«

»Vincent ist der Bäcker in unserem Dorf. Er macht das beste Brot diesseits der Rems. Du musst es kosten!«

Reem schüttelte den Kopf. »Danke sehr!«

»Wie können wir dein Horn verstecken?«, fragte Agathe und dachte angestrengt nach. »Vielleicht könnten wir etwas Stoff darum binden?«

»Wie bei einer Fahne?«, fragte Vincent.

»So ähnlich! Es müsste etwas Alltägliches sein, etwas, das den Menschen gar nicht auffällt.«

»Ein Geweih vielleicht?«

»Nein, eher so was wie ein Ast mit Blättern oder Flechten. Wir könnten Holz sammeln, es zusammenbinden und noch einen langen Ast über Reems Haupt hängen. Er sähe dann aus wie unser Lasttier und niemand würde ihm Beachtung schenken.«

»Ein Lasttier?«, fragte Reem skeptisch.

»Ja genau! Wir polstern alles irgendwie aus und nehmen dich mit. Was hältst du davon?«

»Könnte klappen!«, überlegte Vincent.

»Wenn ihr meint …«, murmelte Reem.

Agathe nickte. »Lasst mich nur machen. Irgendwie bekommen wir das schon hin!«

»Binde es höher!«, sagte Agathe und schaute mit verschränkten Armen zu, wie Vincent einen Zweig an Reems Horn befestigte.

Vincent hatte mit Hilfe seiner kräftigen Hände lange Äste zu Stäben zerbrochen. Aus Streifen, die sie aus Agathes Unterröcken geschnitten hatten, schnürten sie ein Bündel zusammen, das dann auf Reems Rücken verstaut wurde. Er glich nun eher einem Packesel als einem Einhorn, was der Sinn der Sache war. Nur das Horn musste noch besser versteckt werden.

»Nein«, meinte Agathe. »Die Blätter dürfen seine Augen nicht verdecken. Die Zweige müssen noch kürzer sein!«

Reem schwieg. Er stand still da und beobachtete, wie die beiden Menschen aufgeregt um ihn herumtänzelten und allerlei Zweige auf seinem Kopf drapierten. Allerdings schien Agathe mit dem Ergebnis nie zufrieden zu sein.

»Es muss natürlicher aussehen! So kommt ja gleich jeder darauf, dass da was nicht stimmt.«

»Wie soll ein Ast auf dem Kopf eines Einhorns natürlich aussehen? Vielleicht willst du es selber machen, anstatt mir Befehle zu geben?«, beschwerte sich Vincent.

»Es muss wirken, als ob er ihn trägt um … um …«, sie zuckte mit den Schultern. »Ich hab's! Wir binden eine Rübe an eine Stange und die befestigen wir über seinem Horn.«

»Hast du eine Rübe?«, wollte Vincent wissen.

»Nein«, sagte Agathe und ließ die Schultern sinken.

»Wie wäre es, wenn ich einfach hier bleibe?«, fragte Reem, der sich sehr unwohl fühlte.

»Kommt überhaupt nicht in Frage!«, protestierte Agathe. Hier gibt es eine Schlange, die hinter dir her ist. Bei uns bist du in Sicherheit. Wir gehen alle zusammen, oder gar nicht!«

»Na schön!«, sagte Vincent und drapierte einen Zweig auf Reems Kopf. »So müsste es gehen!«, sagte er lächelnd. »Die Leute schauen meistens sowieso nicht so genau hin.«

Sinneswandel

Nach knapp zwei Stunden Marsch erreichten Johann, Alban und Fritz das Haus in Gmend. Es war bereits heller Nachmittag, als Johann die Tür aufsperrte. Er schob die Jungen hinein und ging hinüber zu seiner Werkstatt, vor der ein großer Mann wartete. Er hatte eine Sense in der Hand und zeigte darauf. »Ich bin gleich wieder da«, raunte Johann den Jungen verschwörerisch zu und ging zu dem Mann hinüber, der zweifellos ein Kunde war.

Alban blickte Fritz nachdenklich an. Fritz war einen Kopf größer als er und an seinem Kinn begannen die ersten Haare zu sprießen. Er wirkte, mit den Händen auf seinen Rücken gebunden, hilflos, doch er hielt den Kopf hoch und blickte mürrisch drein.

»Was glotzt du mich so an?«, wollte Fritz verärgert wissen.

»Bist du das Anschauen nicht wert?«, fragte Alban und lächelte matt.

»Werd ja nicht frech, nur weil ich gerade meine Hände nicht benutzen kann.«

Alban zuckte die Schultern, zog seinen Dolch aus dem Gürtel und schnitt die Fesseln an Fritz' Handgelenken durch. »Jetzt sind deine Hände frei. Und was hast du nun vor?«

Fritz war überrascht über Albans Geste. Hatte der Junge denn gar keine Angst mehr vor ihm? Nachdenklich rieb er sich die Handgelenke. »Jetzt reicht es mir erst einmal mit diesen Fesseln. In den letzten Tagen waren meine Hände zu oft auf dem Rücken verschnürt.« Er ließ sich schwer auf einen Stuhl fallen.

»Dieser Johann«, raunte Fritz und verzog angewidert das Gesicht. »Wer ist dieser Alte überhaupt? Woher kennst du ihn?«

»Er ist mein neuer Vater«, verkündete Alban stolz.

»Dein Vater? Aber ich kenne deinen Vater. Man kann sich doch nicht einfach einen neuen Vater suchen!«

»Doch!«, widersprach Alban. »Mein Vater will mich nicht und mein Bruder sieht mich lieber tot als lebendig. Ich werde nie mehr nach Büren zurückkehren!«

Fritz verzog das Gesicht. »Die sind alle ganz schön ausgeflippt, weil du verschwunden bist. Besonders meine Großmutter.«

Alban setzte sich zu Fritz an den Tisch und stützte seinen Kopf in die Hände.

»Die haben uns in die Jauchegrube gesteckt und uns reihum an die alte Eiche gebunden. Xaver war der einzige, der fest daran glaubte, dass du noch lebst. Er hat dich ganz schön verflucht, weil du abgehauen bist!«

»Ich bin gar nicht abgehauen!«

»Sondern?«

»Ich bin geflohen! Ihr hättet doch nie aufgehört, mich zu jagen.«

Fritz nickte. »Vermutlich nicht«, gestand er ein. »Vielleicht hätte ich es ebenso gemacht wie du.«

»Hier in Gmend ist es friedlicher. Und ich habe dieses Kettenhemd, den Dolch und das Schwert von Johann bekommen. Hat mal seinem jüngsten Sohn Michael gehört, aber der ist gestorben.«

»Und jetzt hat er dich adoptiert?« Fritz' Stimme klang spöttisch. »Na, wenn das mal kein Fehler war.«

Alban zuckte die Schultern.

»Was habt ihr mit Teafor zu tun und warum seid ihr bei ihm im Wald?«, fragte er, anstatt auf Fritz' Provokationen einzugehen.

»Ganz ehrlich, ich weiß es nicht. Rochus hat uns losgeschnitten, wir sind ihm gefolgt, da war dieser Teafor und mehr weiß ich nicht. Heute Morgen habt ihr mich eingefangen und jetzt bin ich hier. Ich habe keine Ahnung, was dazwischen war. Ich fühle mich noch immer benebelt.«

»Rochus?«

»Ja, er hat uns zu diesem Teafor gebracht. Die beiden kennen sich wohl gut!«

»Das ist ja interessant«, murmelte Alban nachdenklich. »Dass du dich wie benebelt fühlst, wird vermutlich an einem Zauber liegen!«, fügte er hinzu.

»An was für einem Zauber? Bist du übergeschnappt?«

»Teafor ist ein Zauberer. Hast du das nicht gewusst?«

»Und du bist ein Mädchen, das jeden Schwachsinn glaubt!«

»Wenn du meinst«, sagte Alban leichthin. Er ging zum Herd, entzündete ein Feuer, füllte einen Topf mit Wasser und goss Linsen aus einem großen Glaskolben hinzu. Mit einem Holzlöffel rührte er alles sorgfältig um.

Fritz beobachtete Alban genau. Der Kleine stellte sich nicht ungeschickt an. »Denkst du denn, ich glaube noch an Zauberer und Feen?«

»Von Feen hab ich nichts gesagt!«

»Aber von einem Zauberer! Dass ich nicht lache!«

»Lach nur, soviel du willst. Dir wird das Lachen schon noch vergehen. Deine Freunde Xaver, Schorsch, Done und Schdoffel sind nämlich noch in seiner Gewalt und nur dich haben wir bis jetzt gerettet.«

»Gerettet? Gegen meinen Willen? Ihr habt mich wohl eher entführt! Ich musste doch mit, sonst hätte dein neuer Vater mir etwas Schreckliches angetan.«

»Johann? Der tut keiner Fliege was zuleide. Aber er kennt diesen Teafor und er weiß, dass er ein Zauberer ist. Wir müssen uns also etwas einfallen lassen, um die anderen zu befreien.«

»Du willst die anderen befreien? Auch Xaver?«

Alban nickte.

»Aber er wird dir den Kopf abreißen, wenn er dich erwischt.«

»Er wird mir nichts tun!«

»Was macht dich da so sicher?«

»Ich weiß es einfach.«

Fritz lachte. »Pass bloß auf, dass dich deine Zuversicht nicht den Kragen kostet!«

Johann kam zurück. Er ging zum Herd, schaute in den

Topf und nickte zufrieden. »Tu noch ein ordentliches Stück Speck in die Linsen und spar nicht mit dem Essig!«

»Ist gut!«, sagte Alban und rührte um.

»Und wie soll das hier nun weitergehen?«, fragte Fritz in herablassendem Tonfall. Spöttisch verschränkte er die Arme vor der Brust.

»Wir essen, dann binden wir dich am Amboss fest, wenn du nicht aufhörst hier so überheblich herumzutönen. Ich mag es nicht, wenn sich einer nicht zu benehmen weiß und du, mein Junge, hast einfach keine Manieren!«, schnaubte Johann und trat Fritz gegen die Hacken. »Setzt dich gefälligst gerade hin!«

»Aua«, rief Fritz und setzte sich auf. Er blickte mürrisch auf Johann, der ihn bedrohlich anfunkelte. »Ist ja schon gut!«, gab er nach und tat wie ihm geheißen wurde.

»So ist es besser!«, meinte Johann und setzte sich zu Fritz an den Tisch. »So Freundchen, jetzt berichte mal, was du mit dem Zauberer Teafor zu schaffen hast.«

»Gar nichts! Ich wusste nicht einmal, dass er ein Zauberer ist.«

»Und was machst du dann bei ihm im Wald?«

»Ich kenne ihn nicht. Er hat uns abgeholt. Unser Bader Rochus hat uns zu ihm gebracht.«

»Rochus?«

»Er ist ein wichtiger Mann bei uns im Dorf. Meine Mutter war irgendwie mit ihm verwandt«, erklärte Alban.

»Ich kannte mal einen Rochus. Er hat auch in Condistat gelebt, so wie ich.«

»Soviel ich weiß, kommt er von dort«, sagte Alban, während er im Topf rührte.

Johann legte die Stirn in Falten.

»Wann gibt es endlich was zu essen?«, murrte Fritz. »Mein Magen knurrt!« Erneut verschränkte er die Arme und rutschte auf seinem Stuhl nach unten.

»Dein Magen wird noch länger knurren, wenn du nicht aufhörst, dich wie ein Flegel zu benehmen. Ich denke, bei dir ist noch ein bisschen mehr Erziehung notwendig. Steh auf!«, befahl Johann.

»Was?«, fragte Fritz.

»Du sollst aufstehen! Stell dich gerade hin und sieh mich aufmerksam an.«

Fritz erhob sich widerwillig. Als er stand, traf ihn eine schallende Ohrfeige. »Du, Freundchen, hast hier nichts zu wollen, nichts zu sagen und nichts zu fordern! Du bist hier nicht willkommen und ich werde nicht zögern, dich mit meinem Schwert zu durchbohren, wenn du dich auch nur ein einziges Mal gegen mich oder Alban stellst. Du wirst tun, was wir dir sagen und du wirst es demütig tun. Deinen aufsässigen Ton kannst du dir sofort wieder abgewöhnen. Ich kann es nämlich nicht leiden, wenn jemand so mit uns spricht. Du wirst uns Respekt entgegenbringen! Hast du das verstanden?«

Fritz kämpfte mit den Tränen, doch er antwortete nicht. Sein Gesichtsausdruck wurde trotzig.

Erneut traf ihn Johanns flache Hand. »Ob du verstanden hast, will ich wissen?«

Fritz, der erschrocken auf sein Gegenüber starrte, liefen die Tränen über die Wangen.

Er nickte schwach.

»Dann setz dich wieder hin. Ich will keinen Mucks mehr von dir hören, solange du nicht gefragt wirst! Wie ich sehe, hat Alban dir die Fesseln abgenommen, doch das lässt sich schnell wieder ändern. Und komm ja nicht auf die Idee abzuhauen, denn ich finde dich und dann zieh ich dir die Hammelbeine lang.«

Alban beobachtete Johann mit großen Augen. So hatte er seinen neuen Vater noch nie erlebt. Er fragte sich im Stillen, warum Johann so grob mit Fritz umging. Er legte ein sorgenvolles Lächeln auf und schaute Fritz mitfühlend an.

»Es ist nicht angenehm, so unterdrückt zu werden, nicht wahr?«, stellte Johann nach einer Weile fest und zwinkerte

Alban kaum merklich zu. »Aber ich weiß, dass du und deine sauberen Freunde es genau so mit Alban gemacht habt. Warum?«

Fritz zuckte die Schultern. Er dachte angestrengt nach, doch ihm fiel keine Antwort ein.

»Warum? Und du gibst mir besser gleich eine ehrliche Antwort, sonst bekommst du keinen Krümel von meinem Brot!«

In der Küche hatte sich ein appetitanregender Duft ausgebreitet. Fritz' Magen knurrte und er musste dringend etwas essen.

»Nun?«, fragte Johann noch einmal und hob drohend die Hand, um die Erinnerung des Jungen anzutreiben.

»Es lag an Xaver!«, rief Fritz, nur um einer Ohrfeige zu entgehen.

»Denkst du? Aber du hast doch selber mitgemacht! Warum hast du denn mitgemacht? Warum hast du nicht gesagt: Xaver, ich will deinem Bruder nichts tun! Nein, es war nicht Xaver, der Alban in die Rems geworfen hat. Du warst es und die anderen drei Feiglinge.«

»Aber Xaver hat es befohlen!«, verteidigte sich Fritz.

»So, hat er das? Und du tust wohl alles, was Xaver dir befiehlt?«

Fritz hob kaum merklich die Schultern und fing wieder an zu schluchzen.

»Ist nicht so schlimm!«, wandte Alban ein. Er zog den Topf vom Feuer und stellte ihn auf den Tisch. »Ich bin Fritz nicht böse! Er ist eben Xavers bester Freund.«

»Das ist ja nett von dir, aber dieser Junge hier wird dir bei der nächsten Gelegenheit in den Rücken fallen und er würde dich wieder in die Rems werfen!«

»Wird er nicht! Er ist kein schlechter Mensch. Er kann sich ändern!«, rief Alban, der genug hatte von Johanns Zorn.

»Was ist?«, fragte der Schmied und schaute Fritz an. »Wirst du dich wieder gegen Alban stellen, sobald dein Xaver wieder da ist?«

Fritz schüttelte den Kopf. »Nein«, murmelte er schwach.

»Und das soll ich dir glauben? Alban verteidigt dich sogar, obwohl du ihn fast umgebracht hättest. Wo ist nun dein Mut? Kannst du ihm in die Augen sehen? Kannst du dich bei ihm entschuldigen?«

Fritz wischte sich die Tränen fort. »Ich wollte ihn doch nicht umbringen«, schluchzte er. »Er ist einfach untergegangen. Wir konnten ihm nicht folgen. Es tut mir leid, Alban. Es tut mir unendlich leid! Ich wollte nicht, dass du ertrinkst. Bitte verzeih mir.« Fritz' Worte klangen aufrichtig. Es tat ihm wirklich leid und es war ihm anzusehen, dass er Höllenqualen auf diesem Stuhl litt.

Alban, der diese Situation nicht mehr aushielt, setzte sich neben Fritz und legte ihm den Arm um die Schulter. Vorwurfsvoll blickte er auf Johann, der sich zufrieden zurücklehnte. »Ich vergebe dir! Wir versuchen einen neuen Anfang. Es tut mir auch leid.«

»Dir?«, fragte Fritz schniefend. »Aber du hast doch gar nichts getan.«

»Ja, aber ich will, dass wir irgendwann Freunde sein können. Es fühlt sich nicht gut an, so wie es jetzt ist!«

»Nein, es fühlt sich nicht gut an«, gab Fritz geknickt zu.

Alban streckte ihm die Hand entgegen. »Vertragen wir uns?«, fragte er.

Fritz ergriff voller Dankbarkeit die Hand und schlug ein. Seine Augen leuchteten aufrichtig, rot umrandet von den vergossenen Tränen.

»Na, dann wollen wir doch mal kosten, wie die Linsen schmecken. Ich hoffe, es ist genug für alle da!«, sagte Johann zufrieden und rieb sich die Hände. Manchmal muss man den jungen Hitzköpfen eben ein klein wenig auf die Sprünge helfen, dachte er mit einem stillen Lächeln.

Nach dem Essen – die Jungen räumten gerade die Teller weg – klopfte es laut an der Tür.

»Wir haben geschlossen!«, rief Johann, der sich heute nicht mehr um seine Kundschaft kümmern wollte.

»Dann öffnet wieder. Ich habe mit Euch zu reden!«, hörte er eine Frau sagen. Sie musste bereits älter sein, denn ihre Stimme klang krächzend.

Johann ging zur Tür und öffnete einen Spalt. »Was gibt es denn so Dringendes?«, fragte er in die Abendsonne hinein. Er nahm nichts weiter wahr als einen dunklen Schatten.

»Ich heiße Agathe, Weberin aus Büren. Ich habe gehört, dass Ihr den jungen Alban kennt!«

»Agathe, Agathe«, erklang ein erfreuter Ruf aus dem Inneren des Hauses. Voller Übermut schloss Alban seine Arme um Agathes Hüften und drückte sie fest an sich.

»Alban, mein Junge!«, rief Agathe und hielt den Jungen, der sich liebevoll an sie schmiegte, fest. »Da bist du ja! Ich habe mir solche Sorgen um dich gemacht. Wir dachten alle, du wärst tot. Ertrunken in der Rems.«

»Ich bin nicht ertrunken. Reem hat mich gerettet. Komm doch rein. Dann erzähle ich dir alles.«

Fritz tauchte scheu in der Tür auf. Er blickte seine Großmutter ängstlich an.

Agathes Blick verfinsterte sich. »Wen haben wir denn da? Meinen verkommenen Enkel«, sagte sie scharf.

»Ich denke, er hat für heute genug Schelte eingesteckt. Er hat eingesehen, dass er einen Fehler gemacht hat. Wir sollten nicht noch länger darauf herumreiten«, meinte Johann, als er in Fritz' gerötete Augen blickte. »Komm erst einmal herein und setz dich zu uns. Wir haben noch Linsen übrig!«

»Ich bin nicht allein«, erklärte Agathe im Flüsterton.

Johann spähte auf die Straße hinaus.

»Die anderen halten sich versteckt. Wenn ich sie rufe, versprecht Ihr mir, beide ohne Zögern hereinzulassen?«

»Kommt darauf an, ob sie friedlich sind.«

»Sie sind friedlich!«

»Na dann, immer herein in die gute Stube.«

Agathe schnalzte mit der Zunge. Hinter der Werkstatt trat ein Mann hervor. Er führte einen Gaul mit sich. Das Pferd hatte einen Hut aus Zweigen auf dem Kopf und schaute missmutig drein. Schnellen Schrittes kamen die beiden auf die Tür zu. Agathe trat zur Seite, damit Reem an ihr vorbei konnte, doch Reem war zu schwer beladen, um durch die Tür zu passen.

»Warte«, sagte Vincent und löste mit einem schnellen Handgriff die Last von seinem Rücken.

Befreit vom Gewicht stolperte Reem ins Innere und warf dort fast den Tisch um. Er war noch nie in einem Haus gewesen, hatte immer nur von draußen nach drinnen geschaut und hatte sich schon damals gefragt, wie die Menschen auf so engem Raum überhaupt leben konnten?

Fritz schrie auf, als Reem an ihm vorbei trabte. Er hatte noch nie erlebt, dass ein Pferd in ein Haus durfte.

Alban hingegen stürzte auf Reem zu. Er hatte ihn trotz seiner Verkleidung sofort erkannt. Freudig schlang er seine Arme um den Freund. »Du bist frei!«, rief er aufgeregt. »Schaut euch das an. Er ist frei!«

Johann stürzte sogleich ins Innere des Hauses. Schnell griff er nach ein paar Decken und nagelte sie an die Rahmen der Fenster. »Schhhhhhht«, raunte er Alban zu, der daraufhin verstummte. »Niemand darf merken, wen wir hier beherbergen!«

»Wo sind meine Jungen?«, fragte Vincent Fritz streng, der aus lauter Angst, erneut eine Ohrfeige zu kassieren, einen großen Schritt zurück machte.

»Sie sind im Wald«, antwortete er knapp.

»Und warum bist du hier?«

»Nun lasst uns dieses Durcheinander erst einmal aufklären und uns an einen Tisch setzen, bevor noch ein Krug zerbricht«, meinte Johann laut.

Alle Anwesenden tauschten Blicke aus, nickten und setzten sich auf die Stühle. Nur Reem blieb stehen und schnupperte neugierig am Topf, in dem noch ein paar Linsen schwammen. Seit vielen Stunden hatte er nichts mehr gegessen und aus diesem Topf roch es gut – wenn auch nicht nach Sucus. Vielleicht könnte er das Essen der Menschen ja wenigstens einmal probieren, doch Johann zog ihm den Topf vor der Nase weg.

»Hast du Hunger?«, fragte Alban.

Reem nickte.

Schnell holte der Junge eine Schüssel, füllte sie mit Wasser, gab zwei große Löffel Honig hinzu und rührte kräftig um. »Hier!«, sagte er und stellte Reem die Schüssel hin. »Ist zwar nicht ganz dein Sucus, aber vielleicht schmeckt es dir ja.«

Das Einhorn setzte die Lippen an. Es roch ein wenig wie der vertraute Saft des Lebens und tatsächlich schmeckte er auch ähnlich. »Vielen Dank!«, sagte Reem und trank gierig.

Fritz' Gesicht wurde bleich. Er riss den Mund auf, wollte losschreien, doch aus seiner Kehle drang kein Laut. Verzweifelt zeigte er auf das Einhorn, dessen Kopfschmuck verrutscht war. Sein Horn stand nun spitz hervor.

»Beruhige dich, mein Junge«, sagte Vincent und legte ihm die Hand auf die Schulter. »Ich habe auch so geschaut, aber es geht alles mit rechten Dingen zu.«

»Es hat ein Horn und es kann sprechen. Wie soll das mit rechten Dingen zugehen?«, fragte Fritz entsetzt.

»Fritz«, sagte Alban. »Das ist mein Freund Reem. Er hat mich aus der Rems gerettet!«

»In die du ihn hineingeworfen hast«, knurrte Agathe streng.

»Es ist mein Einhorn!« Alban strahlte.

»Ein Einhorn?«, wiederholte Fritz mit versteinerter Miene. »Das wird ja immer besser …«

Nachdem sich alle vorgestellt, begrüßt, beruhigt und gegessen hatten, begann einer nach dem anderen zu erzählen. Alban berichtete von seiner Begegnung mit Reem und mit

Johann. Johann erzählte von seiner Jugend mit Teafor. Agathe erklärte ausschweifend, was im Dorf vorgefallen war und Fritz erzählte die Geschichte von Rochus und den anderen Jungen.

»Wusste ich es doch, dass er etwas zu verbergen hat, der alte Griesgram. Ich hab es ihm an der Nasenspitze angesehen!«, raunte Agathe und schaute zu Vincent, der noch keinen Ton von sich gegeben hatte.

»Bestimmt hat er auch meinen Alois vergiftet, damit wir die Jungen nicht finden«, sagte er zornig.

»Alois wurde vergiftet?«, fragte Fritz erschrocken.

Vincent nickte. »Zumindest nehmen wir das an. Er lag tot in seiner Hütte.«

»Uns hat Rochus erzählt, er hätte ihm ein Schlafmittel gegeben.«

»So, hat er das also erzählt? Na warte, den kauf ich mir!« Vincent bekam dicke Zornesfalten auf der Stirn.

Die Runde verfiel in ein langes nachdenkliches Schweigen. Jeder hing seinen Gedanken nach, schaute vor sich hin und grübelte angestrengt.

»Kann ich noch so eine Schüssel haben?«, fragte Reem in die Stille hinein.

Alban stand auf. Er streichelte Reem über die Nüstern und bereitete noch eine Portion für seinen Freund, der mit seinem Horn an der Decke streifte.

»Wir sollten überlegen, wie wir weiter vorgehen. Wir müssen die Jungen aus Teafors Gefangenschaft befreien!«, erklärte Johann. »Wir sind sechs. Die anderen sind nur fünf. Es muss einen Weg geben, dem faulen Zauber ein Ende zu bereiten. Ich kenne Teafor. Er hat einen Grund, warum er die Jungen festhält. Ich vermute, es hat etwas mit den Einhörnern zu tun. Er wird die Tiere schlachten, um an ihr Blut zu kommen.«

»Das hört sich ja entsetzlich an«, warf Agathe ein.

»Das ist es auch. Ich habe es einmal gesehen und ich will so etwas nie wieder mit ansehen müssen!«

»Wie kann man so etwas nur tun?«

»Teafor ist zerfressen von Machtgier. Er hat viel über Zauberei gelesen. Es ist gut sechzig Jahre her, dass ich ihn das letzte Mal gesprochen habe. Damals war er schon sehr mächtig, doch heute wird er ungleich mächtiger sein.«

»Das befürchte ich auch«, bestätigte Agathe.

»Und er ist stark«, bemerkte Fritz. »Er hat ein halbes Schwein mit bloßen Händen aufgespießt, so als wäre es gar nichts.«

»Teafor ist gefährlich und wir sollten uns lieber bewaffnen!« Johann ging zu seinem Waffenschrank und öffnete ihn.

»Da drin sind mehr als vierzig Schwerter!«, verkündete Alban stolz. Das wusste er, weil er sie alle gezählt hatte.

»Jeder bekommt einen Dolch und ein Schwert.« Johann zeigte auf die Kettenhemden. »Davon habe ich zwei. Ich schlage vor, dass Vincent und Agathe je eines bekommen. Fritz, du wirst unser Lockvogel werden.«

»Ich, warum ich?«, fragte der Junge verständnislos.

»Weil sie bei dir keinen Verdacht schöpfen. Du wirst ihnen sagen, dass du abgehauen bist, es dir aber anders überlegt hast!« Johann zog einen Stuhl zu sich heran und setzte sich verkehrt herum darauf. »Einem Verräter wie dir fällt eben immer die gefährlichste Rolle zu!«, sagte er betont langsam.

Fritz' Miene verfinsterte sich. »Ich bin kein Verräter!«

»Das werden wir ja sehen, wenn du wieder auf deinen Freund Xaver triffst. Dann wird sich zeigen, zu wem du gehörst – zu uns oder zu ihm. Einen davon wirst du verraten müssen und glaube mir, diese Entscheidung ist nicht einfach. Ich weiß, wovon ich spreche.«

Ein weiter Weg zurück

Lucy glitt lautlos durch das Unterholz. Vor diesen aufdringlichen Leuten zu flüchten, war eine gute Entscheidung gewesen. Das Horn hätte die nach Schweiß und Bärlauch stinkenden Menschen sofort gewittert und das Element Feuer war ihr von jeher unheimlich gewesen. Manchmal machte der Meister ein Feuer unter einem Kessel, doch auch da hielt sie sich lieber fern.

Die Nacht war klar und die Sterne leuchteten vom Himmel. Sie musste dieses verflixte Horn finden, sonst würde der Meister sie wirklich auseinanderreißen. Wenn sie das Horn nicht finden konnte, dann brauchte sie gar nicht mehr zu Teafor zurückzukehren. Dann konnte sie sich nur noch versteckt halten und hoffen, dass er sie niemals finden würde.

Lucy überlegte, was sie als Nächstes tun könnte, da witterte ihre feine Nase einen merkwürdigen Duft. Sie hatte ihn schon vorher bemerkt, ganz schwach. Nun drang er jedoch deutlich zu ihr.

Ihre Zunge fuhr heraus und tastete suchend die Luft ab. Es roch nach Hirsch, eindeutig! Sogar nach zwei Hirschen gleichzeitig. Aber da war noch etwas anderes, ein Kaninchen und ein Fuchs. Wie passte denn das zusammen? Ganz leicht, es war nur ein Hauch, konnte Lucy den Duft des Horns wahrnehmen. Allerdings war dieser Duft so schwach, dass sie nicht einschätzen konnte, woher er kam.

Lucys hatte die Augen geschlossen, um besser riechen zu können. Konzentriert richtete sie ihr ganzes Denken auf ihre Zunge, ihr wichtigstes Sinnesorgan. Lucy war damit in der Lage, an drei Stellen gleichzeitig etwas zu wittern: Einmal mit ihrer feinen Nase, die leicht flüchtige Gerüche wahrnahm, und dann noch mit ihrer gespaltenen Zunge, die an zwei Stellen weitere Düfte aufspüren konnte. Wenn sie ihre Zunge an den Gaumen drückte, erkannte sie sogar, welche Form der Geruch hatte. Das machte es ihr leichter, Beutetiere nach ihrer Größe zu beurteilen. Zwar war es ihr möglich den Kiefer auszurenken, sodass sie problemlos eine ganze Ratte verschlingen konnte, doch ihr Maul war leider begrenzt.

Instinktiv setzte sie sich in Bewegung und glitt über das kühle Moos. Sie schlängelte sich an mehreren Bäumen entlang, immer dem seltsamen Duft folgend. Diese Mischung der Gerüche passte einfach nicht zusammen. Hier stimmte etwas nicht!

Lucy musste dieser Sache auf den Grund gehen. Hatte das Horn sich etwa mit verschiedenen Düften übergossen? Hunde und Wölfe wälzten sich im Kot ihrer Beutetiere, damit sie nach der Beute rochen und nicht nach dem Jäger.

An einer Stelle, die weiter oben im Wald lag, wurde Lucy endlich fündig. Dort lag das Horn und schlief. Es stank erbärmlich nach dem Kot verschiedenster Tiere. Sogar ein Dachs war dabei, wie sie jetzt zweifelsfrei erkennen konnte.

Lucy schaute Reem kopfschüttelnd an. Wie konnte ein gesundes, schönes und elegantes Horn nur so etwas tun? Da kamen einem ja die Tränen. Pfui Deifel, dachte sie.

Vorsichtig kroch sie näher und schaute Reem beim Schlafen zu. Er sah schön aus, wie er so in der Nacht leuchtete. Sein Fell glänzte und seine Mähne hing sanft an seinem Hals herab.

Lucy verspürte ein wohliges Gefühl an der Stelle, an der gerade die Ratte steckte. Sie atmete tief ein und seufzte. »Er ist bezaubernd!«, flüsterte sie vor sich hin.

Ihr Blick fiel auf Reems Nüstern. Leicht streifte sie an ihnen vorbei. »Und er ist so weich. Ich könnte mich glatt in ihn verlieben, wenn er nicht so ein dummes Horn wäre.« Sie seufzte.

Ohne Vorwarnung sprang das Horn auf, noch bevor sich Lucy um seinen Hals schlingen konnte. Es stellte sich auf die Hinterbeine und seine Hufe hätten Lucy beinahe ein zweites Mal erschlagen, hätte sie sich nicht erschrocken ins Unterholz geflüchtet.

Wie ein Pfeil stob das Horn davon. Es war so schnell verschwunden, dass nur noch sein widerlicher Gestank zurückblieb.

Reem hielt auf das Feuer zu. Als er es erreicht hatte, sprang er gekonnt darüber hinweg.

Ein toller Sprung, dachte Lucy voller Bewunderung. Allerdings hatte der Sprung auch die Alte geweckt.

Das Horn sprach mit ihr, doch Lucy konnte leider nichts verstehen. Die Alte legte sogleich Feuerholz nach und es prasselte wieder.

Na toll, dachte Lucy. Damit war das Horn erst einmal sicher vor ihrem Würgegriff.

Sie kroch ein wenig näher, legte sich ins Gebüsch und belauschte die Unterhaltung des Horns mit den Menschen. Der Junge, den Reem im Wald getroffen hatte, hieß also Alban und er stand unter dem Schutz des Horns. Vielleicht könnte so ein Horn ja auch eine Schlange als Mündel haben? Wäre doch möglich, überlegte Lucy. Wenn sie nur wüsste, was der Meister mit ihm vorhatte. Teafor sprach immerzu von diesem Zauber, was dabei jedoch genau geschah, wusste Lucy nicht. Vielleicht könnte sie ja einmal auf Reem reiten.

Sie lächelte sanft bei diesem Gedanken und seufzte schwer. Schließlich ließ sie verträumt den Kopf sinken.

Dieses Horn hatte es ihr wirklich angetan.

Endlich war das Feuer niedergebrannt, sodass Lucy näher kriechen konnte. Sie züngelte aufmerksam in alle Richtungen und prägte sich den Geruch der Menschen genau ein. Dann folgte sie ihnen eine Zeit lang. Als sie jedoch an die Grenzen von Gmend stieß, hielt sie inne und beobachtete nur noch von weitem, wie die drei ungleichen Gestalten von einem großen Haus verschluckt wurden. Lucy beschloss zu Teafor zurückzukehren, um ihm Bericht zu erstatten.

Im Wald verwandelte sie sich zurück in das rothaarige Mädchen. Laufen ging eindeutig schneller als kriechen. Sie hastete den Berg hinauf, schlüpfte unter Ästen hindurch und rannte den Weg bis zur Hütte. Die Jungen, die am Feuer saßen, beachtete Lucy gar nicht. Ohne zu klopfen riss sie die Tür zur Hütte auf und stürmte ins Innere.

Teafor stand am Herd und rührte in einem großen Topf. Erschrocken drehte er sich um. »Lucy«, rief er und zog den Löffel aus der brodelnden Flüssigkeit. »Was glaubst du, wer du bist? Hier einfach so hereinzuplatzen! Ich werde dich gleich in den Sud werfen, elende Schlange!«, rief er aufgebracht. Bedrohlich schwenkte er den Löffel. Flüssigkeit tropfte herab und bildete grüne Flecken, die sich langsam in den Untergrund fraßen.

Lucy verzog das Gesicht. Mit zitternder Stimme sagte sie: »Ich habe das Horn gefunden, Meister!«

»Und? Hast du es zurückgebracht?«, wollte Teafor wissen.

»Noch nicht!«

»Noch nicht? Was soll das heißen?«

»Ich weiß, wo es ist und ich muss es irgendwie herlocken.«

»Herlocken? Du glaubst, dass dieses Einhorn sich einfach so herlocken lässt. Wie soll das gehen?«

»Ihr müsst mich nur in ein Horn verwandeln!«, rief Lucy, selber überrascht über diese Idee.

Teafor lachte ungläubig. »Und was soll das nützen?«

»Dann kann ich mich ihm nähern, ohne dass es mich erkennt. Und wenn es dann ganz nah bei mir steht, fange ich es ein!«

Teafor wandte sich seinem Topf zu und ließ den Löffel zurück in die Flüssigkeit sinken. »Heute ist Freitag. Wir haben noch zwei Nächte bis Sonntag. Am Sonntag, kurz vor Mitternacht, wird der Zauber beginnen. Bis dahin muss ich alle Einhörner zusammen haben.«

»Was geschieht dann mit ihnen?« Lucy versuchte so beiläufig wie möglich zu klingen.

Teafor drehte sich erneut zu Lucy um. Seine Augen glühten, als hätte jemand ein Feuer hinter ihnen entfacht. »Ich habe bis heute vierhundertneunundsiebzig Einhörner getötet, einschließlich meinem eigenen. Ich brauche fünfhundert und kein Einziges weniger, um unsterblich zu werden. Die Menschen sind jedoch schlecht und ihre Einhörner sterben, bevor ich sie in die Finger bekomme. Diese einundzwanzig Einhörner sind alles, was ich noch brauche, um meinen Plan in die Tat umzusetzen. Und ich benötige das Amulett! Wenngleich es bereits auf dem Weg zu mir ist …« Er machte eine kunstvolle Pause und lächelte zufrieden. »Ich kann das Amulett schon spüren. Mein alter Freund Johann wird es hierher bringen und es mir persönlich auf dem Silbertablett servieren.« Erneut lachte Teafor leise. »Nur ich kenne die wahre Macht des Amuletts, denn ich habe alle Aufzeichnungen darüber gelesen und danach zerstört.« Er ballte die Faust. »Johann wird kommen und er wird das Amulett bringen!«

»Was ist ein Amulett?«, fragte Lucy, die lieber mehr über das Horn erfahren hätte.

»Dumme Schlange! Es ist ein Anhänger aus Silber mit einem Einhorn in der Mitte. Ein Amulett eben. Du wirst es sehen, wenn es soweit ist! Ich habe viele Jahre nach ihm gesucht, bin seiner Aura gefolgt. Es hat mich nach Gmend und zu Johann geführt. Er ist ein alter Bekannter aus Kindertagen. Eine uralte Geschichte«, murmelte Teafor und winkte ab.

»Eine Geschichte, eine Geschichte«, rief Lucy und trat näher. »Erzählt Ihr sie mir, Meister?«

Teafor verzog das Gesicht und spuckte in den Topf, der immer noch brodelte. »Bin ich dein Märchenonkel, oder was?«, fragte er angewidert. »Wieso sollte ich dir eine Geschichte erzählen, nutzlose Schlange?«

Lucy schlug die Augen nieder.

Sie liebte Geschichten, doch Teafor hatte ihr noch nie eine erzählt. Deshalb war sie manchmal davongeschlichen und hatte die Wanderer belauscht, die durch die Wälder streiften. Einmal hatte eine Mutter ihren Söhnen eine Geschichte erzählt. Es ging um einen Prinzen, eine Prinzessin und einen Zauberer. Leider hatte Lucy den Schluss verpasst, denn die Müdigkeit hatte sie übermannt.

»Schade«, murmelte sie und verwandelte sich zurück in eine Schlange.

»Es ist kein Märchen für Kinder«, erklärte Teafor finster. »Es ist eine wahre Geschichte!« Er spuckte noch einmal in den Topf, dann begann er schließlich doch zu erzählen.

»Johann ist ein Feigling. Er hat sich beinahe in die Hosen gemacht, als ich mein Einhorn geschlachtet habe. Seinen flehenden Blick werde ich nie vergessen. Heulend ist er davongelaufen. Ich habe mich köstlich amüsiert.«

Lucy kroch auf einen Stuhl und kringelte sich zusammen. Sie würde kein Wort sagen, denn am besten unterbrach man niemanden, der gerade ins Reden gekommen war. Zumindest dann nicht, wenn man gerne noch mehr hören wollte.

»Kurz darauf ist Johann aus Condistat geflohen. Er hat seine ganze Familie im Stich gelassen. Sein älterer Bruder, Gustav, war mit meiner Schwester Sofie verheiratet. Ich habe sie vom Hof gejagt! Sofie und Gustav sind nach Büren geflohen. Gustav war Schmied. In Büren hat er eine Schmiede eröffnet. Sie bekamen ein Kind. Meine Nichte. Sie hieß Amalie. Ein nettes Mädchen, doch sie vertrug sich nicht besonders mit Rochus, dem Ziehsohn meiner Schwester. Amalie bekam zwei Söhne, Xaver und Alban. Xaver hockt dort draußen bei den anderen Jungen und kommt ganz nach mir! Sein Einhorn habe ich mir bereits geholt, als der Junge fünf Jahre alt war, zusammen mit dem seiner Mutter.« Teafor lachte laut. »Sie ist sogar daran gestorben.«

Lucy lag still auf dem Stuhl und blickte ihren Meister an. Er war ein böser Mann. Bis jetzt war ihr das noch gar nicht so deutlich aufgefallen.

»Das Einhorn ihres Mannes Siegfried habe ich zwei Tage später erwischt«, fuhr Teafor fort. »Manche von den Biestern sind schlau und verstecken sich. Sie können schnell laufen, doch ich kriege sie trotzdem. An einem Sucusbaum kann kein Einhorn vorbeigehen! Sie lieben das Zeug und brauchen es zum Überleben. Wann immer ein Einhorn die Gelegenheit hat davon zu naschen, wird es das auch tun!« Teafor nickte. »Ich habe herausgefunden, dass ich den Sucusbaum verzaubern muss, um sie sichtbar zu machen. Sobald sie leuchten, ist es nahezu grotesk einfach, die Biester zu erwischen. Dann sind sie für jeden sichtbar und können sich nicht mehr verstecken.«

Teafor sah zu Lucy hinüber, die ganz still auf ihrem Stuhl lag. »Sag mal, schläfst du?«, fuhr er sie an.

Lucy schreckte hoch. Sie war tatsächlich eingeschlafen. Geschichten machten sie immer so müde. Wenn sie, so wie in den letzten Tagen, nur wenig geschlafen hatte, dann war es eben schwer sich zu konzentrieren. Schuldbewusst blickte sie ihren Meister an.

»Da erzähl ich dir eine Geschichte und du schläfst dabei ein?« Teafor klang verärgert. »Ich sollte dich wirklich in den Sud werfen, nichtsnutzige Schlange!«

Lucy reckte den Kopf in die Höhe. »Ich habe nicht geschlafen!«, log sie. »Ich habe mich nur in ein Horn hineinversetzt.«

»Ach, Geschwätz!«, schimpfte Teafor. »Was liegst du hier herum? Geh und hol mir das verflixte Einhorn!«

»Aber wie soll ich es kriegen? Es ist schlau.«

»Na schön!«, grummelte Teafor. »Wenn du denkst, es könnte dir nützlich sein, selbst zum Einhorn zu werden, dann soll es daran nicht scheitern.«

»Werde ich auch so schön leuchten?«, fragte Lucy mit erwartungsvoller Miene und glitt vom Stuhl.

»Wenn es sein muss, dann auch das!«

»Au ja!«

Teafor schüttelte missbilligend den Kopf, hob gelangweilt die Arme, klatschte zweimal in die Hände und sagte feierlich: »Mutabor unicornis …«

Teafors Plan

»Wir sitzen nun schon zwei Tage hier und nichts geschieht!«, sagte Schorsch missmutig. Er hatte genug davon, auf eine Aufgabe zu warten, von der er glaubte, sie ohnehin nie zu bekommen.

Xaver lag bewegungslos auf dem Rücken und kaute an einem Strohhalm. »Na und!«, murmelte er desinteressiert.

»Was machen wir hier eigentlich?«, fragte nun auch Schdoffel.

Xaver gähnte und räkelte sich. »Ihr hört euch an wie Fritz, der Verräter. Wollt ihr etwa auch abhauen?«

Die drei schüttelten den Kopf. Sie fühlten sich immer etwas unbehaglich, wenn Xaver böse wurde.

»Was wollt ihr dann?« fragte Xaver gereizt.

»Ich würde einfach gerne wissen, warum wir hier sind!«, erklärte Schorsch und verschränkte die Arme vor der Brust.

»Das werden wir noch früh genug erfahren.«

»Ich will nach Hause!«, meldete sich nun auch Done zu Wort.

»Dann geh doch. Wirst schon sehen, was dich dort erwartet!« Xaver sprang auf. »Ich finde es sehr schön hier. Es gibt genug zu essen und ich muss nicht arbeiten. Was will ein Mann mehr?«

»Ich langweile mich!«, erklärte Schorsch und erhob sich.

»Setz dich wieder hin!«, befahl Xaver.

»Nein! Ich geh jetzt nach Hause!«

»Hier ist jetzt dein Zuhause!«

»Wer sagt das?«

»Ich!«, rief Teafor und trat langsam auf die Jungen zu.

Die vier verstummten.

Teafor schien gewachsen zu sein, bestimmt einen ganzen Kopf, zumindest kam es ihnen so vor. Anstatt des Kettenhemds trug er eine schlichte graue Jacke, die ihm bis über die Hüften fiel. Er hatte einen kleinen Stab in der Hand, aus dessen Spitze ein Blitz schoss, der in der Mitte der Feuerstelle einschlug. Sofort standen die aufgehäuften Scheite lichterloh in Flammen und es roch nach Schwefel und Salpeter.

»Ihr langweilt euch also«, fragte Teafor und schaute die Jungen forschend an.

»Also ich nicht!«, betonte Xaver. »Ich finde es toll hier.«

Teafor setzte sich im Schneidersitz auf eines der Felle. Seinen Stab legte er vor sich hin. »Gut! Dann will ich euch erklären, warum ihr hier seid.« Er machte eine kunstvolle Pause, in der sein Blick von einem zum anderen wanderte. »Ich brauche euch für eine lebensnotwendige Sache. Es geht darum, die Welt zu retten.«

»Und was müssen wir tun?«, fragte Schorsch.

»Es gibt seit vielen Jahrhunderten ein Tier, welches die Menschen dazu bringt, schreckliche Taten zu begehen. In seiner Nähe werden die Menschen zu reißenden Bestien. Sie töten ihre Familien und machen selbst vor kleinen Kindern nicht Halt. Dieses Tier heißt Einhorn und ist das gefährlichste Wesen auf der ganzen Welt. Ich jage es schon seit vielen Jahren.«

»Einhörner sind doch aber gute Wesen. Zumindest hat unsere Großmutter das immer so erzählt!«, sagte Schdoffel und kratzte sich nachdenklich am Kopf.

»Ja, das wurde vielen Kindern erzählt, doch es ist eine Lüge. Einhörner haben diese Lügen verbreitet, damit die Menschen an sie glauben und ihnen vertrauen.«

»Aber ich dachte, das sind nur Märchen!«, meinte Done und rollte mit den Augen. »Märchen für Mädchen und kleine Kinder!«

Teafor lachte. »Nur weil diese Geschichten kleinen Kindern erzählt werden, heißt es noch lange nicht, dass es sich dabei um Märchen handelt. Ich weiß, wovon ich spreche. Seit meiner Jugend verfolge ich diese Biester.«

»Aber, sie sind doch unsichtbar, dachte ich.«

»Du denkst zuviel«, sagte Teafor zu Done, der daraufhin das spöttische Gelächter der anderen erntete. »Es gibt nur noch wenige Einhörner. Die letzten habe ich gefangen und hierher gebracht. Sie sind nicht weit von hier auf einer Weide.«

»Wenn Ihr mir ein Schwert gebt, Meister, steche ich sie für Euch ab!«, tönte Xaver und ballte angeberisch die Fäuste.

Teafor zog die Augenbrauen hoch. Überrascht musterte er seinen Großneffen. Wirklich, er kam ganz nach ihm.

»So einfach wird es nicht werden«, erklärte er ruhig. »Einhörner sind mächtige Wesen. Nur durch eine List kann ich sie alle gleichzeitig umbringen.«

»Eine List?« Xaver wurde hellhörig. Mit List kannte er sich aus. Alban hatte er nur allzu leicht überlisten können, bei seinem Vater war es schon etwas schwieriger, aber am schlechtesten war Alois auszutricksen. Xaver dachte an den Hund, den er ganz gerne mochte. Alois hatte immer mit dem Schwanz gewedelt, wenn er an seiner Hütte vorbei ging und ein paar Mal hatte Xaver ihm sogar den Kopf gestreichelt.

»Am Sonntag gibt es eine einzigartige Vollmondnacht. Die Einhörner müssen einen Trank zu sich nehmen. Sie werden denken, es sei Sucus. Eure Aufgabe besteht darin, die Biester rechtzeitig von dem Sucusbaum trinken zu lassen.«

»Und wo ist dabei die List?«, fragte Xaver.

»Ihr müsst euch mit ihnen verbünden. Natürlich nur zum Schein! Ihr habt vor ein paar Tagen selbst Sucus getrunken. Damit gehört ihr automatisch zu ihrer Herde.«

»Wann haben wir davon getrunken?«, fragte Done.

»Als Rochus euch befreit hat.«

»Ach so!«

»Durch diesen Saft wird ein Mensch untrennbar mit den Einhörnern verbunden. Bei mir klappt das allerdings nicht mehr, denn ich habe hunderte von ihnen getötet.«

Die Jungen starrten Teafor mit großen Augen an. Er konnte sehen, wie alle Farbe aus ihren Gesichtern wich. Dies amüsierte ihn und er lächelte zufrieden. »Glaubt mir, ich habe es nicht gerne getan! Doch wenn ich will, dass die Menschen in Frieden weiter leben, dann müssen alle Einhörner sterben. Es gibt keine Ausnahmen! Und ihr Jungen aus Büren, ihr werdet die Helden sein.«

»Helden…«, wiederholte Xaver langsam und seine Augen funkelten.

»Euer Freund Fritz ist davongelaufen, als ich ihm von den Einhörnern erzählt habe.«

»Ihr habt ihm davon erzählt?«, fragte Xaver ungläubig.

»Aber ja! Ich wusste doch nicht, dass er uns gleich danach im Stich lassen würde.« Teafor sah, wie die Gesichter der Jungen sich verzogen und lachte in sich hinein.

»Dieser Feigling!«, rief Xaver und schüttelte den Kopf.

»Gemeiner Bastard!«, stieß Schdoffel wütend hervor.

»Beruhigt euch«, sagte Teafor. »Fritz ist eben nicht so mutig wie ihr. Ihr seid meine Armee und ihr seid die besten Männer, die es für diese Aufgabe gibt. Wir brauchen keinen Fritz!« Er streckte seine Hand in die Mitte. »Schlagt ein und schwört …«

Ernst blickte er in die jungenhaften Gesichter. Ihre Augen sprühten vor Verlangen und Entschlossenheit.

»Ich schwöre«, sagte Teafor feierlich, »dass ich alles tun werde, um die Einhörner zu vernichten.«

Die Jungen wiederholten laut, was der fremde Mann gesagt hatte.

Teafor lächelte zufrieden. »Gut, dann sprechen wir jetzt über die Waffen. Meine Armee braucht gute Waffen! Was meint ihr?«

Die Augen der vier begannen zu leuchten. Sie sahen sich gegenseitig an. Auf diesen Moment hatten sie nur gewartet.

»Was für Waffen werden wir bekommen? Gibt es Schwerter?«, fragte Done voller Ungeduld.

»Nicht so schnell, junger Freund. Jeder bekommt das, was er sich wünscht.«

»Wow! Echt?« Done bekam glasige Augen.

»Dann sprich du als erster, Done. Welche Waffe wählst du?«

»Ich wähle ...« Er streckte den Rücken, legte die Hand ans Kinn und verzog den Mund. »... eine Armbrust!«, sagte er erwartungsvoll.

»Eine sehr gute Wahl!«, bestätigte Teafor. »Und du Schorsch?«

»Ich wähle eine Lanze!«

»So soll es sein! Und du Schdoffel?«

»Ich ...«, der Junge überlegte. »Einen Warbrand!«

»Eine wirklich seltene Waffe, doch ich denke, ich kann dir diesen Wunsch erfüllen.«

Schdoffel nickte aufgeregt. Er hatte einmal eine solche Waffe in Siegfrieds Schmiede gesehen. Xaver hatte die lange, schlanke Klinge gewetzt und an den Griff neue Lederbänder gebunden. Der Warbrand wurde mit zwei Händen geführt, war aber leicht genug für nur eine Hand. Schdoffel hatte sich auf den ersten Blick in dieses anmutige Langschwert verliebt. Er konnte es kaum erwarten, seinen eigenen Warbrand in den Händen zu halten.

Teafor schaute Xaver an. »Und du? Für welche Waffe entscheidest du dich?«

»Ich will ein Spatha und ein Kettenhemd, genau wie ein Ritter. Am besten auch noch einen Helm mit Nasenschutz!« Xaver wartete gespannt, ob Teafor auf seine Wünsche eingehen würde.

Der hob nur die Hände und nickte.

»Ihr habt also gewählt und ihr habt gut entschieden. Die Waffen bekommt ihr, sobald die Einhörner von dem Trank getrunken haben.«

»Das ist ja erst in zwei Tagen.«, maulte Done. So lange wollte er nicht warten.

»Wir haben Vorbereitungen zu treffen«, meinte Teafor. »Es nützt nichts, wenn ihr euch bis dahin gegenseitig aufspießt. Ihr müsst erst lernen mit diesen Waffen umzugehen. Sie sind nicht so leicht zu führen, wie ihr euch das vorstellt. Außerdem würden die Einhörner misstrauisch werden, wenn ihr bewaffnet zu ihnen geht. Zuerst müsst ihr euch mit ihnen verbünden und ihr Vertrauen gewinnen. Ihr müsst sie glauben machen, ihr kämt, um sie zu befreien! Habt ihr das verstanden, Männer?« Teafor sagte das Wort »Männer« extra mit viel Lob und Anerkennung in der Stimme.

Die Jungen nickten, jedoch nur schwach. Ihre Enttäuschung darüber, dass sie die versprochenen Waffen nicht gleich erhielten, war ihnen deutlich anzumerken.

Ein Horn zuviel

Lucy liebte ihre neue Gestalt als Einhorn. Noch nie hatte sie sich in einem Körper so wohl gefühlt. Bis ihr Teafor begegnet war, war sie nur eine einfache Schlange gewesen. Der Zauberer hatte sie zuerst in ein Seil und später in ein Mädchen verwandelt. Lucy würde zwar noch ein bisschen üben müssen, dann aber würde sie sich jederzeit in eine der gewünschten Gestalten verwandeln können. Doch am liebsten wäre sie für immer ein Einhorn geblieben.

Langsam wurde es dunkel im Wald. Wie der Meister es versprochen hatte, begann Lucys Fell silbern zu leuchten. Leider konnte sie es nur an ihren Läufen erkennen, der Rest ihres Körpers war schwer einzusehen. Sie brauchte dringend etwas, worin sie sich spiegeln konnte.

Schwerfällig versuchte Lucy auf der Stelle zu trippeln. Es war gar nicht so einfach vier Beine gleichzeitig zu koordinieren. Bisher war sie auf dem Boden gekrochen oder auf zwei Beinen gegangen, doch vier Hufe mit langen muskulösen Beinen daran stellten eine ganz neue Herausforderung dar.

Lucy versuchte, sich auf die Hinterläufe zu stellen, doch das war schwerer als gedacht. Bei Reem hatte es so leicht ausgesehen, doch als Lucy es versuchte, stieß sie sich den Kopf an einem dicken Ast und verlor für einen Augenblick das Gleichgewicht.

»Hoppla«, rief sie taumelnd. Mit einfacheren Übungen zu beginnen, erschien ihr sinnvoller. Ein leichter Trab vielleicht oder ein Sprung über einen schmalen Graben – mehr traute sie sich noch nicht zu.

Ungeschickt schwankte sie los. Dabei achtete sie akribisch auf die unkontrollierbaren Bewegungen, die ihre Beine vollführten. Immer wieder knickten sie ein, genau wie bei einem neugeborenen Rehkitz. Lucy hatte aber auch schon Menschen beobachtet, die genauso schwankten, wenn sie zu viel Wein getrunken hatten.

»Ganz langsam«, sagte sie zu sich selbst. »Einen Schritt nach dem anderen.«

Ihre Hufe sanken ein wenig in den Waldboden ein, was ihr mehr Halt gab. Vorsichtig hob sie das rechte Hinterbein an und machte einen kleinen Schritt vorwärts. Ihr rechtes Vorderbein folgte wie automatisch, während sie sich langsam nach vorne schob. Jetzt noch die linke Seite, dachte Lucy. Bedächtig setzte sie die Hufe auf die Kuppe und spähte hinunter.

Als Mädchen oder auch als Schlange wäre ihr diese kleine Böschung sicher kaum aufgefallen, doch auf diesen Stelzen von Beinen erschien alles viel höher. Die Einhornaugen machten ihr zusätzliche Probleme. Anstatt nach vorne zu zeigen, wie bei einem Raubtier, saßen sie an der Seite des Kopfes. Als Mensch war es einfacher nach vorne zu sehen und als Schlange hatte sie sich sowieso mit ihrer Zunge am besten orientiert.

Die Augen eines Einhorns waren scharf, sogar durch die finsterste Nacht konnte Lucy damit alles erkennen, doch sie sah keine echten Farben mehr. Der Wald schien plötzlich blau eingefärbt und das so saftige Grün war komplett verschwunden. Lucy musste immerzu ihren Kopf drehen. Am besten ließ sich etwas erkennen, wenn sie es von der Seite und somit nur mit einem Auge betrachtete. Auch fand sie es irgendwie hinderlich, dass der lange Kopf ihr die Sicht nach vorn versperrte.

Ganz allmählich gewöhnte Lucy sich daran, ein Einhorn zu sein und auch an dessen sonderbare Gangart. Den Kopf ein bisschen an den Körper gezogen, den Hals gespannt wie ein Bogen, mit leicht federndem Schritt, immer dem Horn folgend, dessen Spitze Lucy den Weg wies. Sie setzte vom Trab in einen leichten Galopp und kam sich ungemein erhaben vor. Spielerisch tänzelte sie um eine hohle Eiche und machte einen Sprung über einen Wassergraben, der zu einem kleinen See führte.

Der See war nicht mehr als ein Tümpel, doch er spiegelte die Umgebung auf seiner Oberfläche wider. Als Lucy näher trat, erblickte sie ein Gesicht. Schnuppernd beobachtete sie, wie sich ihre Nüstern kräuselten. Eine Strähne hing lockig über die Stirn. Sie leuchtete silbern. Ein paar Ohren drehten sich neugierig hin und her und lauschten in die Stille hinein. Es war bereits dunkel. Der letzte Vogel hatte sich in sein Nest verkrochen.

Fasziniert betrachtete sie ihre anmutige Silhouette. Jeder Knochen, jeder Muskel schien an der richtigen Stelle zu sein. Die Schultern straff, der Rücken gerade, das Fell weiß und glatt. Der lange Hals gebogen, auf seinem Ende ein wohlgeformter Kopf mit leuchtenden Augen und einer beachtlichen Mähne, das Horn auf der Stirn, hell und makellos, alles an diesem Körper schien vollkommen zu sein. Lucy konnte gar nicht aufhören, sich anzusehen. Immer wieder drehte sie sich um, tänzelte hin und her und warf die lange Mähne von rechts nach links.

Was für ein Anblick, dachte sie. Was für ein vollkommenes Geschöpf.

Lucy konnte sich an ihrem Spiegelbild nicht satt sehen, irgendwann sagte sie sich aber, dass es an der Zeit sei, ihrer eigentlichen Aufgabe nachzugehen. Sie sollte schließlich Reem zurückbringen. Dafür musste sie ihn aber erst einmal finden.

Immer wieder beäugte sie zufrieden ihre schlanken leuchtenden Beine. Es war eine Wonne, als Einhorn durch die Welt zu gehen. »Fantastisch«, murmelte sie, ganz hingerissen von ihrer Anmut. »Wirklich fantastisch!«

Lucy erreichte die Grenzen von Gmend und war selbst überrascht, wie schnell sie schon laufen konnte. »Aller Anfang ist eben schwer«, wieherte sie vergnügt.

Aus dem Schornstein des Hauses stieg grauer Rauch. Die Fenster waren zugehängt und die Tür war verschlossen. Nichts rührte sich. Besser, sie blieb am Waldrand stehen und beobachtete das Haus aus sicherer Entfernung. Teafor hatte gesagt, dass sie vorsichtig mit den Menschen sein musste und am besten ganz von ihnen fern bleiben sollte. Ihr Auftrag war das Einhorn alleine zu treffen, um es so schnell wie möglich einzufangen. Allerdings war das leichter gesagt als getan.

Die Tür zur Hütte wurde von innen geöffnet und ein blonder Schopf kam zum Vorschein. Der Besitzer des flachsblonden Haars spähte auf die menschenleere Straße hinaus. Als er niemanden erblickte, trat er ins Freie, dicht gefolgt von einem stattlichen Einhorn.

Lucy lächelte selig. Immer wenn sie Reem sah, schlug ihr Herz ein wenig schneller und ihr wurde ungewöhnlich warm.

Die beiden ungleichen Gestalten gingen eilig ums Haus herum, blieben im Schatten des Giebels stehen und flüsterten miteinander.

Lucy konnte zwar kein Wort verstehen, war aber hoch erfreut, dass ein Einhorn eine gute Nase hatte. Trotz der nicht geringen Distanz konnte sie Reem deutlich riechen. Der starke Duft eines Einhornhengstes stieg ihr betörend in die Nase. Zu ihrem Erstaunen hatte dieser Duft nichts mehr mit dem bestialischen Gestank im Wald zu tun, sondern war warm und durchaus angenehm.

»Er duftet soooooo gut«, hauchte Lucy schmachtend. Sie sog die Luft tief in ihre Nüstern und labte sich daran wie an einer guten Mahlzeit.

Reem hob den Kopf. Vorsichtig trat Lucy einen Schritt zurück. Sie hoffte, dass er sie nicht sehen konnte, schaffte es aber selbst nicht, den Blick von ihm abzuwenden, so anmutig, muskulös und groß stand er da. Die Mähne fiel über seinen Hals und sein Horn, dem schönsten Horn der Welt.

Reem blähte die Nüstern, schnupperte suchend in die Nacht hinein.

Lucy machte noch einen Schritt rückwärts, blieb aber an einer Wurzel hängen und geriet ins Straucheln. Verzweifelt versuchte sie sich mit den Vorderläufen abzustützen. Mit dem Horn blieb sie dabei an einem Ast hängen, drehte sich einmal um die eigene Achse und rutschte haltlos die steile Böschung hinunter. Als wäre es damit noch nicht genug, überschlug sie sich mehrere Male. Ihr wurde ganz schwarz vor Augen. Um sie herum drehte sich alles. Polternd stürzte sie ins Tal.

Der Schmerz donnerte wie Kanonenfeuer durch ihren ganzen Körper und es rauschte in ihrem Kopf, bis sie endlich unten zum Liegen kam.

»Aua«, war das Einzige, was Lucy hervorbringen konnte.

»Hast du dir wehgetan?«, fragte eine tiefe, sorgenvolle Stimme direkt an ihrem Ohr.

Vorsichtig schlug sie die Augen auf und sah ein behaartes Einhornmaul mit zwei riesigen Nüstern.

»Ahhh!«, schrie sie erschrocken.

Reem nickte. »Es ist noch am Leben!«, rief er.

Lucy hob den Kopf. »Ja, aber nicht mehr lange.«

»Hat es sich was gebrochen?«, fragte Alban, der atemlos neben Reem auftauchte. Er blickte auf das Einhorn und beugte sich zu ihm hinunter. Seine Hand legte sich sanft auf Lucys Kopf und streichelte ihn liebevoll. »Kannst du aufstehen?«, fragte er.

Reem beschnupperte Lucy, wobei er sie betrachtete, als käme sie von einem anderen Stern.

»Was machst du denn?«, tadelte Alban ihn. »Sie ist verletzt. Geh und hol Hilfe.«

»Nein, nein! Ist schon gut. Mir ist nur ein wenig schwummerig. Es geht gleich wieder!« Lucy hob den Kopf und lächelte matt.

»Wer bist du? Dich habe ich ja noch nie zuvor gesehen«, stellte Reem fest, ohne mit dem Schnuppern aufzuhören.

»Ich bin …«, Lucy stockte. Wenn sie ihren richtigen Namen nannte, könnte Reem vielleicht Verdacht schöpfen. »Reemira!«, sagte sie, weil ihr auf die Schnelle nichts anderes eingefallen war.

»Reemira?«, wiederholte Reem und blickte Alban an.

Der zuckte nur mit den Schultern.

»Wir müssen sie mitnehmen. Bestimmt kann Agathe ihr helfen, falls sie sich verletzt hat.«

»Nein, nein! Mir geht's gut. Ich brauche nur einen Moment, um wieder auf die Beine zu kommen.« Lucy versuchte sich aufzurichten, was ihr nur mühsam gelang. Als sie endlich aufgestanden war, zitterten ihre Beine wie Espenlaub und sie drohte gleich wieder umzukippen.

Reem stellte sich an ihre Flanke und stützte sie mit seinem Körper ab.

Lächelnd lehnte sich Lucy an ihn. Auch wenn es ihr im Grunde peinlich war, vor Reem so viel Schwäche zu zeigen, fühlte sich dieser starke warme Körper fantastisch an.

Ein tiefer Seufzer verließ ihren Hals.

Am liebsten wäre sie die ganze Nacht so stehen geblieben. Zwar schmerzte jeder Knochen, doch seine Nähe ließ sie den Schmerz fast gänzlich vergessen.

»Wir müssen dich zu Agathe bringen!«, meinte Alban nachdenklich. Agathe wüsste bestimmt sofort, ob es sich verletzt hatte.

»Es geht mir gut, Junge. Mach dir keine Sorgen«, wehrte Lucy ab.

»Und wenn etwas gebrochen ist?«

»Es ist alles noch heil!« Sie lächelte zufrieden und lehnte sich noch etwas fester an Reem.

»Na, ich weiß nicht«, sagte Alban nachdenklich. »Ich glaub, ich hol doch besser Agathe her. Du siehst aus, als hättest du weiche Knie.«

Als Alban verschwunden war, herrschte eine Weile Stille zwischen den beiden Einhörnern. Reem konnte nicht aufhören an Lucy zu schnuppern und Lucy lehnte sich an ihn und ließ es geschehen. Sie schloss die Augen, machte ein paar tiefe Atemzüge und hatte das Gefühl, mit ihm zu verschmelzen. Gott, was war es herrlich ein Einhorn zu sein!

»Wo kommst du her?«, unterbrach Reem die Stille. »Ich habe dich noch nie hier im Wald gesehen.«

»Och, das wird daran liegen, dass ich nicht von hier bin«, murmelte Lucy, die sich bisher noch keine passende Antwort auf diese Frage zurechtgelegt hatte.

»Und woher stammst du?«

»Äh …, nun …, ist das wichtig?«

»Nicht unbedingt. Es ist nur … vielleicht kenne ich deine Eltern?«

»Meine Eltern? Die sind schon lange tot. Ein Habicht hat sie sich geholt als ich noch ganz klein war.«

»Ein Habicht?« Reem machte ein verdutztes Gesicht.

»Nun …, ja …, es war vielleicht auch … ein anderes Tier? So genau weiß ich es nicht mehr. Seitdem bin ich allein.«

»Und Teafor?«

Lucy hielt den Atem an. »Was soll mit ihm sein?«, stotterte sie erschrocken.

»Na, warum hat er dich nicht gefangen genommen? Oder konntest du ihm entkommen, so wie ich?«

»Entkommen?«, flüsterte Lucy vorsichtig.

»Dann musst du das zweiundzwanzigste Einhorn sein und die Legende stimmt!«

Lucy wurde immer verwirrter. »Legende?«

»Na klar! Sag bloß, du kennst die Legende vom zweiundzwanzigsten Einhorn nicht?«, fragte Reem und machte einen Schritt von Lucy weg, was diese erneut ins Straucheln brachte. »Oh, Entschuldigung«, murmelte er, und trat wieder an sie heran. »Es ist die Geschichte, die jedes Einhorn von seiner Mutter erzählt bekommt. Aber wenn du schon lange keine Mutter mehr hast, dann kennst du die Geschichte auch nicht.«

Lucys Augen begannen zu leuchten. »Eine Geschichte«, sagte sie erfreut. »Ich liebe Geschichten!«

Vorbereitungen

Nachdem Teafor die Jungen instruiert hatte, wie sie sich am besten bei den Einhörnern zu verhalten hätten, traten Xaver, Schorsch, Done und Schdoffel an ein Gatter, das sich an einen Weidezaun anschloss. Xaver zog den Splint aus der Öse und trat vorsichtig näher. Die anderen folgten ihm.

»Der Letzte macht das Tor zu!«, befahl er.

»Ich finde es ziemlich blöd, dass wir diesen gefährlichen Tieren ohne Waffen gegenüber treten müssen«, maulte Done und rupfte den langen Halm eines Süßgrases aus.

»Ich finde es auch nicht gut, aber wenn wir in zwei Tagen die Waffen bekommen, hat sich das Warten doch gelohnt!«, meinte Schdoffel dümmlich grinsend.

»Und was, wenn die Einhörner uns mit ihrem Horn aufspießen?«, fragte Done unsicher.

»Herrje, du bist ja eine Memme wie Alban. Heul doch!«, raunte Xaver spöttisch. »Ich werde mich den Einhörnern auch alleine zeigen, wenn ihr euch nicht traut!«

»Ich traue mich!«, erklärte Schdoffel selbstbewusst und stellte sich neben Xaver.

»Und was ist mit euch beiden?«

Schorsch und Done nickten ergeben. »Wir trauen uns auch!«, murmelten sie und gingen weiter.

Eine weite Grasfläche breitete sich bis zu den farbenfrohen Hügeln aus und schmiegte sich im satten Grün an die Landschaft. Nicht weit entfernt lag der Rechberg, der wie ein vor Urzeiten gestrandeter Wal dalag. Von dieser Seite her hatten die Jungen den Berg noch nie gesehen. Von Osten aus, wo Büren lag, hatte der Rechberg eine ganz andere Form. Nicht wie ein runder Fisch, den jemand achtlos an Land geworfen hatte.

»Wow, schaut euch das an«, sagte Done und zeigte mit offenem Mund zu dem Berg hinüber, an dessen Flanken dichte Wälder grenzten. »Ich wusste gar nicht, dass der Rechberg so groß ist. Der Staufen sieht ja irgendwie aus wie eine spitze Brust, doch der Rechberg hat die Form eines riesigen Fisches. Ich habe mal einen Spielmann davon singen hören, aber geglaubt hab ich es nicht.«

»Eine Brust ...«, prustete Xaver und schlug sich auf die Schenkel. »Vielleicht braucht unser Kleiner ja eine Zitze?«, spottete er.

»Ist doch aber so!«, hörte Done sich sagen. »Er sieht aus wie eine Brust, so rund und voll. Vielleicht liegt es ja nur daran, dass du keine Mutter hattest und deshalb nicht weißt, wie eine Brust aussieht!«

Xavers Lachen verstummte jäh. Für einen Augenblick wurde sein Gesicht fahl, dann knallrot. Mit wütendem Schnauben stapfte er auf Done zu. Als er ihn erreicht hatte, schlug er ihm so fest ins Gesicht, dass es knallte, als hätte jemand mit einer Peitsche geschlagen.

Done fiel wie ein Stein ins hohe Gras.

Seine Brüder waren sofort bei ihm und halfen ihm zurück auf die Beine.

»Sag nie wieder etwas gegen meine Mutter!«, schrie Xaver ihn an. Er hatte die Fäuste bedrohlich geballt und sein hochroter Kopf leuchtete wie die aufgehende Sonne.

»Was soll das Xaver?«, mischte sich Schorsch ein.

»Er hat meine Mutter beleidigt!«, schäumte Xaver vor Wut.

»Hat er nicht! Er hat nur gesagt, dass du nie eine Mutter hattest. Das ist etwas ganz anderes und kein Grund ihn zu schlagen!«

»Ach ja? Damit du es nur weißt, ich hatte eine Mutter! Bis ich fünf Jahre alt war, hatte ich sogar die tollste Mutter der Welt! Dieser nichtsnutzige Alban hat sie mir weggenommen. Also erzähl mir nicht, ich hätte nie eine Mutter gehabt. Außerdem hätte ich ihr nicht auf den Busen gestarrt, so wie dein lüsterner Bruder!«

»Jetzt krieg dich mal wieder ein, Xaver. Wir sind dir nicht untertan, so wie Alban es war!«

»Alban«, sagte Xaver und winkte ab. Mürrisch ging er davon, immer weiter am Weidezaun entlang, der sich nach Süden erstreckte.

»Geht's wieder?«, fragte Schorsch seinen Zwillingsbruder.

Done nickte und hielt sich die Wange.

Schdoffel schaute nachdenkliche drein. Er konnte nicht ganz verstehen, was da gerade vorgefallen war. »Was hat er denn nun schon wieder?«, fragte er und blickte Xaver nach, der sich schon ein ganzes Stück entfernt hatte.

»Ach, heute spinnt er einfach besonders. So langsam habe ich die Schnauze voll von seinen Ausbrüchen. Er spielt sich auf wie unser Anführer, dabei hat er vom Anführen soviel Ahnung wie ein Huhn vom Backen. Nur weil es die Eier für den Teig liefert, kennt es sich noch lange nicht damit aus!«, brummte Schorsch.

»Aua«, sagte Done und rieb sich die schmerzende Backe. »Ich hab genug von ihm«, heulte er. Schniefend zog er die Nase hoch. »Der ist doch gemeingefährlich!«

Am Ende der Weide standen die Einhörner in einer Traube dicht beisammen. Sie hoben ängstlich die Köpfe und begutachteten misstrauisch und scheu die Jungen, die sich vorsichtig näherten.

»Wow«, rief Schorsch. »Seht euch nur mal an wie schön sie sind!«

»Fantastisch!«, sagten Schdoffel und Done wie aus einem Mund.

Schorsch hielt Xaver am Arm fest. »Besser, du machst sie nicht böse. Teafor hat gesagt, sie sind gefährlich.«

»Ich bin auch gefährlich!«, gab Xaver zurück und riss unwirsch seinen Arm los. Ohne sich nochmals nach seinen Begleitern umzusehen, stapfte er auf die Herde zu.

»Hoffentlich spießen sie dieses Großmaul mit ihrem Horn auf«, murmelte Done verärgert. Er verschränkte die Arme vor der Brust und stellte sich neben seine Brüder, die einen gebührenden Abstand zu den fremdartigen Wesen hielten.

»Seid gegrüßt, ihr Einhörner«, rief Xaver. Er verlangsamte seinen Schritt und blieb einige Meter von der Herde entfernt stehen. »Ich bin Xaver, das sind meine Freunde. Wir sind hier, um euch zu befreien.«

Gemurmel entstand in der Herde. Die Tiere senkten ihr Horn und stapften unschlüssig hin und her.

»Freut ihr euch denn nicht darüber?«, fragte Xaver ungeduldig.

Die Einhörner drückten sich noch enger an den Weidezaun. »Er kann uns sehen«, flüsterten sie ungläubig.

»Natürlich kann ich euch sehen! Schließlich gehöre ich zu eurer Herde!«

»Du?«, fragte nun eines der Einhörner und streckte den Kopf in die Höhe.

Done, Schorsch und Schdoffel beobachteten das Geschehen neugierig aus sicherer Entfernung. Sie machten sich bereit abzuhauen, sollte es notwendig werden.

Xaver stellte sich breitbeinig hin und verschränkte die Arme vor der Brust. »Ich habe von dem Sucus getrunken.«

»Vom Sucus? Wo ist er hin, unser Sucusbaum? Wir haben Hunger!«, sagte das Einhorn. Es schien mutiger zu sein als seine Artgenossen, denn es trabte, ohne erkennbare Scheu, auf Xaver zu.

Xaver blieb stehen, wo er war. Er durfte jetzt keine Angst zeigen, dann würde sicher alles gut gehen.

Das Einhorn kam neben dem Jungen zum Stehen. Skeptisch begann es ihn zu beschnuppern. Seine Artgenossen beobachteten es dabei. Irgendwann nickte es zustimmend und sprach: »Er ist wirklich einer von uns. Ich kann die Aura des Sucus spüren.«

»Na, Gott sei Dank!«, riefen die anderen Einhörner durcheinander.

Xaver lächelte zufrieden. Mit der ausgestreckten Hand

zeigte er auf seine Freunde, die nun auch ein paar Schritte näher kamen. »Das sind Done, Schdoffel und Schorsch. Sie haben auch von dem Sucus getrunken! Wir sind von weither gekommen, um euch zu befreien. Ihr könnt uns vertrauen. Wir kommen in guter Absicht!«

Die anderen Jungen nickten mit offenen Mündern, fasziniert von diesen anmutigen Tieren mit dem langen Horn auf der Stirn.

Der Bann war gebrochen und die Einhörner strömten nun neugierig auf die Jungen zu. Wie es Brauch war, wurden die Neuankömmlinge erst einmal ausgiebig beschnuppert.

»Haha, nicht« lachte Done. »Das kitzelt!«

Auch die anderen lachten und zogen die Köpfe ein, wenn ein Einhornmaul allzu neugierig an ihren Krägen zupfte.

»Die sind aber lustig!«, meinte Schorsch und streichelte einem über den Hals. »Und weich sind sie auch, fühlt mal!«

Xaver hielt sich zurück, während die anderen Jungen kichernd mit den Einhörnern über die Wiese jagten. Ausgelassen spielten sie Fangen, versuchten auf ihren Rücken zu reiten und fielen lachend ins hohe Gras. Er beobachtete sie voller Abscheu. Es war einfach zu leicht gewesen, diesen Viechern etwas vorzumachen.

Der Himmel leuchtete tief orange hinter dem Rechberg, als die Jungen sich auf den Heimweg machten. Den ganzen Nachmittag hatten sie mit den Einhörnern herumgetollt. Sie hatten ihnen versprochen, die Herde bald aus ihrem Gefängnis zu befreien und sie zurück zu ihrem Lager zu führen. Auch wollten sie herausfinden, wo der nächste Sucusbaum steht und gleich am nächsten Morgen wieder kommen.

Schorsch, Done und Schdoffel waren sich einig darüber, dass alles, was Teafor über die Einhörner erzählt hatte, nicht wahr sein konnte. Er musste sich irren. Die Einhörner waren kein bisschen bösartig. Irgendetwas stimmte da nicht. Untereinander hatten die Brüder getuschelt, doch wenn Xaver kam, waren sie sogleich verstummt. Es war nicht gut, wenn Xaver von den Bedenken erfuhr. Sein unkontrollierter Ausbruch Done gegenüber hatte die Brüder vorsichtig gemacht. Konnten sie Xaver überhaupt noch vertrauen? Plötzlich erschien er ihnen gefährlicher als jedes Einhorn dieser Welt.

Stumm gingen sie zurück zur Hütte und setzten sich ums Feuer. Es prasselte bereits wohlig und ein großes Stück Fleisch hing an einem Spieß und brutzelte saftig vor sich hin.

»Ahhh, meine Armee ist zurück«, sagte Teafor zufrieden und lächelte breit. »Ich hoffe, ihr habt euch gut amüsiert!«

»Oh, die Einhörner sind toll. Sie kitzeln, wenn sie einen beschnuppern. Ich weiß gar nicht, was an ihnen so gefährlich sein soll!«, meinte Done nachdenklich.

Seine Brüder warfen ihm einen mahnenden Blick zu.

»Kunststück«, murmelte Xaver mürrisch. »Nachdem ich die ganze Arbeit gemacht hatte, haben sich die Herren auch herangetraut. Schöne Feiglinge seid ihr.«

»Die Einhörner wirken friedlich, doch lasst euch nicht täuschen. Jeder, der sich ihnen nähert, lebt gefährlich. Ihr habt vom Sucus getrunken. Dadurch seid ihr für den Moment geschützt«, sagte Teafor und drehte den Spieß über dem Feuer.

»Aber was macht die Einhörner denn so gefährlich?«, hakte Done nach, auch wenn seine Brüder kopfschüttelnd die Augen verdrehten.

»Sie rauben dir deine Seele. Immer wieder schnuppern sie an dir, hast du das nicht bemerkt? Du vertraust ihnen, weil sie so schön sind, aber bevor du dich versiehst, wirst du schreckliche Dinge tun!«

»So? Was denn für Dinge?«

Schorsch machte eine Handbewegung, um Done zu verstehen zu geben endlich still zu sein.

Teafor lächelte herausfordernd. »Ich dachte mir schon, dass ihr euch von den Einhörnern einlullen lasst. Darüber brauchen wir jetzt nicht zu diskutieren. Ich weiß, was ich weiß, und ihr werdet es bald schon selber merken.«

»Ich glaube Euch, Meister!«, sagte Xaver und setzte sich neben Teafor. »Ich konnte sehen, wie sich die anderen von diesen Bestien betören ließen. Ich habe mich deshalb lieber von ihnen ferngehalten.«

»Du kannst ja auch nicht noch böser werden, als du es ohnehin schon bist«, sagte Done abfällig.

Xaver grinste. »Vielen Dank für dieses Kompliment!«

»Gern geschehen!«

Teafor schaute die Jungen nachdenklich an.

Gut, dass es nur noch zwei Tage waren. Dann konnte er sich dieser Bengel wieder entledigen. Länger hätte er diese Kindereien ohnehin nicht ertragen.

Die Legende vom zweiundzwanzigsten Einhorn

»Es war einmal vor langer Zeit«, begann Reem zu erzählen, »da lebten in den Wäldern viele Einhörner. Sie alle waren Nachkommen des ersten Einhorns, Vienradzis. Die Mutter aller Einhörner kam aus Lettland, einem Land weit im Norden. Die Legende berichtet, dass sie aus einem Horn geschnitzt und von einem mächtigen Zauberer zum Leben erweckt wurde. Mit einem weißen Hengst hatte sie sich vereint und ihre Nachkommen hatten sich auf der ganzen Welt ausgebreitet. Immer wenn ein Menschenkind geboren wurde, bekam es ein Einhorn zur Seite gestellt. Das Einhorn beschützte das Kind und blieb ein Leben lang bei ihm. Wurde das Kind jedoch im Laufe seines Lebens böse und beging schlechte Taten, starb sein Einhorn. Die Menschen führten Kriege, schlugen ihren Mitmenschen die Köpfe ein, brandschatzten und folterten, ohne Rücksicht und Gnade. Deshalb starben die Einhörner und nur einundzwanzig blieben am Leben. Die Legende sagt, dass ein fremdes Einhorn kommt – das zweiundzwanzigste. Es befreit die Welt zusammen mit einem Menschenkind, das trotz des ganzen Übels noch immer eine reine Seele hatte. Danach löste sich das fremde Einhorn auf und verschwand. Niemand hat es je wieder gesehen.«

»Dann verschwinde ich also wieder?«, fragte Lucy entsetzt.

»Sobald du die anderen gerettet hast, ja!«, erklärte Reem ernst.

»Hör mal, das ist ja eine haarsträubende Geschichte. Ich werde sicher nicht verschwinden. Ich bin doch gerade erst gekommen.«

»Aber du musst uns helfen!«

»Wobei?«

»Na, die anderen zu befreien.«

»Das kann ich nicht!«

»Aber wenn es doch die Legende vorhersagt.«

»Diese komische Legende hat bestimmt nichts mit mir zu tun.«

»Aber du bist das zweiundzwanzigste Einhorn.«

»Na und?«, sagte Lucy und schaute Reem dabei abschätzig an.

»Ich dachte ja nur …«, murmelte Reem und verstummte. Seine Miene nahm einen enttäuschten Ausdruck an.

Lucy überlegte. Jetzt wäre eine gute Gelegenheit, sich in eine Schlange zu verwandeln und dem Horn um den Hals zu fallen. Dann würde sie allerdings ihre Tarnung aufgeben müssen und aufhören ein Einhorn zu sein. Doch es half ja nichts. Wenn sie das Horn einfangen wollte, musste sie es jetzt tun, noch bevor der Junge mit Agathe zurückkam. Sie erinnerte sich an Teafors mahnende Stimme, das Einhorn unbedingt alleine zu treffen und sich von den Menschen fernzuhalten. Sollte sie nicht gleich handeln, dann wäre der Augenblick verstrichen und Lucy würde vielleicht nie wieder so eine günstige Gelegenheit bekommen. Wenn das Horn nur nicht so gut riechen würde, dachte sie fast ein bisschen verärgert über diese blödsinnige Zuneigung, die immer stärker wurde. Wie traurig seine Augen wirkten. Wie sollte sie ertragen, dass er sie auf ewig hassen würde, sollte er bemerken, dass sie gar kein richtiges Einhorn war? Nie mehr würde er auch nur ein Wort mit ihr wechseln. Aber was noch viel schlimmer war, Teafor würde Reem am Ende töten.

Lucy fühlte sich hin und her gerissen. Was sollte sie jetzt tun? Sollte sie den Einhörnern helfen? Das war unmöglich! Niemals konnte sie sich gegen den mächtigen Teafor auflehnen. Teafor konnte sie mit nur einem Wort auslöschen und das würde er auch tun, wenn sie sich nicht sofort zurück in eine Schlange verwandelte, um Reem einzufangen.

In der Ferne hörte sie Stimmen. Es war der Junge und diese Agathe, die schon bei ihrer letzten Begegnung so aufdringlich gewesen war.

Lucy schüttelte missmutig ihre Mähne. Jetzt oder nie, dachte sie, doch da stand der Junge auch schon vor ihr.

»Du bist aber ein schönes Einhorn!«, staunte Agathe, die mit dem Jungen gekommen war.

Reem wandte sich ab und trottete davon.

»Wo willst du denn hin?«, fragte Alban und rannte zu seinem Freund.

»Ich gehe!«, sagte Reem, ohne sich umzusehen.

»Aber wieso?«

»Sie will uns nicht helfen.«

»Wobei?«

»Die anderen Einhörner zu befreien. Sie ist gar nicht das zweiundzwanzigste Einhorn. Sie ist einfach nur irgendein dahergelaufenes, unnützes Einhorn!«

»Moment mal!« rief Lucy und stürzte an Agathe vorbei. »Wie kommst du dazu, mich unnütz zu nennen?«

»Bist du doch!«, meinte Reem und ging weiter.

»Nur weil ich nicht an diese blöde Legende glaube?«

»Das ist aber keine blöde Legende!«

»Eine Legende, in der ich am Schluss auf Nimmerwiedersehen verschwinden soll, ist eben doch eine blöde Legende.«

Alban sah Agathe irritiert an. »Na, besonders schlecht scheint es dieser Reemira ja nicht zu gehen«, bemerkte sie mit einem Schulterzucken.

»Nur weil die Legende nicht endet, wie du es gerne hättest, ist es noch lange keine blöde Legende, merk dir das!«, brüllte Reem sie an. Seine Augen hatten sich zu kleinen Schlitzen geformt und er schaute wütend drein.

»Nur weil ich am Schluss nicht verschwinden will, hast du noch lange keinen Grund, mich so anzuschreien!«, maulte Lucy beleidigt.

»Was ist denn bei euch los?«, fragte Agathe und trat auf die beiden Streithähne zu.

»Er will, dass ich mich auflöse«, sagte Lucy und heulte fast.

»Will ich nicht, das will nur die Legende!«, erklärte Reem zornig.

»Was für eine Legende?«, fragte Agathe.

»Die Legende vom zweiundzwanzigsten Einhorn!«, sagte Reem und erzählte die Geschichte noch einmal in aller Kürze.

»Da, hört ihr es? Ich soll mich, nachdem ich alle gerettet habe, auflösen.«

»Nun«, versuchte Agathe so diplomatisch wie möglich einzuwenden, »ein guter Schluss ist das für Reemira nun wirklich nicht. Vielleicht könnte man den Schluss der Legende ja ein wenig freundlicher gestalten, dann würde sie vielleicht auch helfen. Es ist nicht jeder bereit, sich einfach so für andere aufzuopfern.«

»Das sehe ich genauso!«, stellte Lucy fest und zog arrogant die Nase hoch.

»Ach«, wehrte Reem ab. »Von mir aus kann sie auch gerne gleich wieder verschwinden! Wer braucht die schon?«

Lucy senkte den Kopf und richtete ihr Horn auf Reem. Sie hatte nicht die Absicht ihn anzugreifen, doch sie wollte so bedrohlich wie möglich erscheinen, genau so, wie sie es als Schlange gelernt hatte.

Reem lachte belustigt und machte sich nichts aus Lucys Drohgebärden. Diese Reemira war in seinen Augen so eingebildet, dass sie vermutlich eh bald platzen würde. Sie war bildhübsch und sie roch interessant, doch davon würde er sich nicht blenden lassen. Wenn sie nicht bereit war, sich für die Herde zu opfern, hatte er keinerlei Interesse an ihr. Sollte sie doch hingehen, wo sie hergekommen war. Am besten bis nach Lettland oder noch weiter. »Also ich brauche dieses Einhorn nicht! Soviel steht fest!«, sagte er und hob stolz seinen Kopf.

Jetzt war Lucy wirklich beleidigt. So durfte er nicht mit ihr umgehen, auch wenn sie in ihn verliebt war, wovon er ja nichts wusste. Dennoch war sie eine Dame und eine Dame behandelte ein richtiger Mann mit Respekt. Schließlich konnte sie ja nichts dafür, dass in dieser blöden Legende das zweiundzwanzigste Einhorn verschwinden musste. Sie war auf keinen Fall dieses zweiundzwanzigste Einhorn und sie wollte es auch gar nicht sein. Bloß dumm, dass sie die günstige Gelegenheit hatte verstreichen lassen, das Horn einzufangen, um es ihrem Meister zurückzubringen. Zu allem Überfluss kamen nun auch noch dieser Vincent und zwei andere Menschen angerannt, die sie nicht kannte.

»Was ist denn hier los?«, fragte Vincent, als er die streitenden Einhörner erblickte.

»Ach …«, sagte Agathe abwehrend und verschränkte die Arme vor der Brust. »Ehekrach!«, meinte sie lachend.

»Ehe? Mit diesem eingebildeten Einhorn würde ich nie eine Ehe eingehen!«, sagte Reem extra herablassend.

Lucy verzog beleidigt die Nüstern und kehrte ihm den Rücken zu. Das Horn machte sie so wütend, dass sie sich am liebsten zurück in eine Schlange verwandelt hätte und sie musste an sich halten, dass sie es nicht versehentlich tat.

Agathe legte ihr beruhigend die Hand auf den Hals. »Er weiß es nicht besser«, flüsterte sie. »Er ist eben ein Mann. Mach dir nichts draus!«

»Das habe ich gehört!«, sagte Reem.

Die anderen nickten. »Wir auch!«

»Ach, ihr Mannsbilder. Haltet euch lieber raus, wenn zwei Frauen sich unterhalten. Wir gehen jetzt besser zurück zur Hütte und beraten in Ruhe, was zu tun ist. Schnell, bevor noch jemand unsere zwei Einhörner entdeckt.«

Lucy wurde in Johanns Hütte, in der es allmählich richtig eng wurde, von allen Seiten belagert. Jeder, außer Reem, stellte ihr Fragen, die Lucy, so gut es eben ging, zu beantworten versuchte.

»Sie weiß nicht einmal, woher sie stammt«, sagte Reem vorwurfsvoll, da Lucy auf diese Frage immer noch keine Antwort gefunden hatte.

»Aber sie ist hier und sie wird wohl kaum vom Himmel gefallen sein!«, erklärte Agathe energisch, die sich solidarisch mit Lucy zeigte.

»Aber woher kommt sie? Weiß denn nicht ein jeder, woher er stammt? Bei einem Einhorn ist das Wichtigste die Mutter. Reemira sagt, ihre Mutter hat der Habicht geholt! Tststs«, machte Reem verkniffen. »Weiß sie denn nicht, dass Einhörner für Habichte unsichtbar sind?«

Die Runde schwieg.

Alle betrachteten Lucy in hoffnungsvoller Erwartung, dass sie diesen Einwand zufriedenstellend aufklären würde.

»Ich war noch klein damals. Ich konnte es mir nicht anders erklären. Ich dachte, der Habicht hätte etwas damit zu tun.«

Lucys Stimme klang schwach, fast brüchig. Jeder rechnete damit, dass sie gleich in Tränen ausbrechen würde, doch sie hob trotzig den Kopf. »Was habe ich dir eigentlich getan, dass du mich ständig beleidigen musst?«, fragte sie Reem.

Reem schwieg.

Sein Bauchgefühl sagte ihm, dass mit Reemira irgendetwas nicht stimmte. Dieses Einhorn hatte eine ganz andere Aura als alle anderen Einhörner, die er bis jetzt getroffen hatte. Immer wenn er mit ihr sprach oder sie auch nur ansah, fühlte er sich unwohl. Beschreiben ließ sich dieses Gefühl nicht und den anderen davon zu erzählen, kam auch nicht in Frage.

Mürrisch sog er die Luft durch seine Nüstern.

Vielleicht sollte er einfach eine Weile mitspielen, um mehr über Reemira zu erfahren. Mit Streiten kam er hier nicht weiter. Er musste herausfinden, was es mit diesem merkwürdigen Einhorn auf sich hatte.

»Na schön!«, sagte er entschlossen. »Du hast gewonnen! Ich entschuldige mich bei dir und nehme alle Gemeinheiten zurück!«

Lucy blinzelte. »Das ist ein Trick!«, sagte sie skeptisch.

»Nein!«, murmelte Reem und schüttelte den Kopf.

»Wirklich nicht?« Lucy blieb argwöhnisch.

Alban schaute seinen Freund nachdenklich an. »Wirklich nicht?«, fragte auch er.

»Wirklich nicht«, antwortete Reem.

»Na schön! Dann sollten wir jetzt alle noch ein wenig schlafen, bevor wir uns auf den Weg zu Teafor machen«, meinte Johann gähnend. »Fritz und Vincent können bei mir im Bett schlafen. Es ist groß genug für uns drei. Agathe kann bei Alban im Bett schlafen und die beiden Einhörner teilen sich den Fußboden.«

Lucy und Reem schauten sich missmutig an, doch keiner sagte etwas.

Alban zog sein Kettenhemd über den Kopf und seufzte. Er war sehr müde, denn die Aufregung über die Ereignisse der letzten Tage hatte ihn nicht schlafen lassen. Er gähnte und streckte sich ausgiebig.

»Das ist ja großartig«, rief Reem plötzlich ganz aufgeregt. »Ich kann dich wieder spüren.«

Alban verstand nicht.

»Das Kettenhemd! Jetzt weiß ich, warum Teafor ein Kettenhemd trägt«, erklärte Reem und trat aufgeregt von einem Huf auf den anderen. Als er die ratlosen Blicke der anderen bemerkte, fügte er hinzu: »Wir Einhörner spüren die Anwesenheit einer fremden Person, lange bevor wir sie sehen oder hören können – und wir haben sehr gute Augen und Ohren. Teafor hätte sich nicht unbemerkt in unsere Nähe schleichen können, wenn er kein Kettenhemd getragen hätte. Ich dachte schon ich hätte den Kontakt zu Alban verloren, doch es lag nur am Kettenhemd.«

»Das ist ja interessant«, meinte Johann. »Teafor hat also eine Methode gefunden, um seine schwarze Seele zu verbergen. Dieser Mann ist gewitzter als ich dachte. Wir sollten unseren Plan wirklich gut durchdenken, bevor wir uns in seine Nähe wagen.«

Diskussionen

Am Abend saßen die Jungen um das Feuer. Sie hatten gut gegessen und fühlten sich satt und zufrieden.

»Wie ist es euch mit den Einhörnern ergangen?«, fragte Teafor so beiläufig wie möglich. Verstohlen registrierte er die unterschiedlichen Reaktionen auf diese Frage. Xaver blieb gelassen, so als interessiere ihn diese Frage überhaupt nicht, wogegen Done und seine Brüder glasige Augen bekamen und unruhig hin und her rutschten.

»Die Einhörner haben nach dem Sucusbaum gefragt. Er ist verschwunden und sie haben Hunger«, berichtete Done. Ihm kam die ganze Geschichte sehr merkwürdig vor und wenn er auch der Kleinste war, so hatte er doch die größten Bedenken. Warum sollten so wundervolle Geschöpfe wie die Einhörner alle sterben? Konnte es nicht sein, dass Teafor sich irrte und sie gar nicht böse waren?

»Das ist Teil des Plans«, meinte Teafor. »Ich habe die Einhörner auf die obere Weide gebracht, denn dort gibt es keinen Sucusbaum. Er steht nicht weit von hier, am Waldrand. Wir müssen die Einhörner gierig machen, damit sie den vergifteten Trank auch alle bereitwillig trinken. Wenn sie satt sind, wird es schwierig, ihnen den Trank zu verabreichen.«

»Müssen sie denn wirklich alle sterben?« Dones Frage kam gequält. Wenn er nur daran dachte, wurde ihm schon übel. »Ich meine, gibt es denn gar keine andere Lösung? Kann man sie nicht einfach einsperren oder für immer auf der oberen Weide stehen lassen?«

Teafor stand auf und blickte den Jungen nachdenklich an. »Nein!«, sagte er. »Wenn du jedoch willst, dass die Menschheit untergeht, dann kann ich sie auch am Leben lassen. Willst du das?«

Xaver funkelte Done böse an. »Hört nicht auf ihn, Meister. Wir töten die Einhörner! Und zwar alle! Er ist nur eine kleine verheulte Memme und flennt bei jeder Gelegenheit.«

»Hör auf damit, Xaver«, raunte Schorsch. »Lass Done endlich in Frieden!«

»Ist doch wahr! Seit wir hier sind, höre ich mir dieses Gewimmer an. Done soll aufhören, nicht ich!«

Aus dem Schatten der Bäume trat plötzlich eine Gestalt. Der Mann hielt einen langen Stab in Händen und kam langsam näher.

»Rochus!« Teafor hob die Hand zum Gruß. »Ich habe dich schon erwartet.«

Die Jungen erhoben sich, während ein erfreutes Lächeln ihre Mundwinkel umspielte. Sie begrüßten den Bader, froh, ein bekanntes Gesicht zu erblicken.

»Ich dachte mir, ich sehe mal nach euch. Wie ist es euch ergangen?« Rochus trat ans Feuer, begrüßte Teafor mit einer Umarmung und setzte sich auf eines der Schaffelle.

Keiner der Jungen beantwortete seine Frage. Sie starrten nur stumm ins Feuer, unschlüssig, was sie darauf sagen sollten.

»Ich habe euch etwas mitgebracht«, meinte Rochus und griff in einen Sack, den er neben sich gelegt hatte. Er zog einen Weinschlauch hervor. »Ich soll euch von Siegfried grüßen. Er hat mir von seinem besten Wein mitgegeben. Er ist sehr stolz, da ihr euch wie Männer dem Kampf gegen die Einhörner stellt.«

»Mein Vater weiß davon?«, fragte Xaver verwundert.

»Natürlich! Alle im Dorf wissen davon. Sie wünschen euch viel Kraft und gutes Gelingen!«, log Rochus ungeniert.

»Auch Agathe?«

»Auch Agathe! Hier habe ich noch einen Laib Brot von eurem Vater.«

Die Brüder rissen die Augen auf, als wäre dieses Brot die Antwort auf alle ihre Fragen.

Schdoffel nahm es ehrfürchtig entgegen. »Wie geht es unseren Eltern?«

»Sie sind wohlauf!«

»Und wie geht es Alois?«

Rochus zögerte einen Moment, dann sagte er: »Ihm geht es gut! Er ist mit Vincent auf die Jagd gegangen. Ich habe die beiden ein Stück begleitet.«

»Dann sucht also keiner nach uns?«

»Nein! Sie wissen, dass ihr bei Teafor in guten Händen seid. Außerdem ist Alban wieder aufgetaucht«, log Rochus weiter, ohne mit der Wimper zu zucken.

»Ich wusste es!«, schrie Xaver und schlug sich die Faust so stark in die Handfläche, dass es laut knallte.

»Alban steht im Bund mit einem Einhorn!«, mischte sich nun Teafor ein. »Eines der Einhörner konnte fliehen. Ich weiß, dass es sein Einhorn ist.«

»Was bedeutet das?«, wollte Done wissen. »Hat Alban denn ein eigenes Einhorn?«

Teafor ging auf die Frage nicht ein. »Wir müssen diese Einhörner vernichten! Alban ist durch sein Einhorn böse geworden. Er hat sich so lange versteckt, bis ihr bestraft wurdet. Bestimmt hat er sich halb tot gelacht. Er ist der Schuldige, er und dieses verfluchte Einhorn!«

»Ich wusste es!«, rief Xaver erneut. Mit dem ausgestreckten Finger zeigte er auf seine Freunde. »Hab ich es euch nicht gesagt? Er ist nicht tot! Er ist nur abgehauen, um uns schmoren zu lassen. Hab ich es euch nicht gesagt?«

»Und wo ist er jetzt?«, fragte Done tonlos.

»Er ist, gleich nachdem wir ihm auf die Schliche gekommen sind, wieder verschwunden.« Rochus schüttelte missbilligend den Kopf.

»Aber wieso?«, wollte Done wissen, dem immer mehr Zweifel an der ganzen Geschichte kamen.

Rochus schaute Done aufmerksam an. Bevor er aus dem Schatten des Baumes herausgetreten war, hatte er eine ganze Weile in seinem Versteck verbracht, um zu hören, was die Jungen zu berichten hatten. Er hatte schnell bemerkt, dass bei Done die Wirkung des Tranks, der vergessen machen sollte, nachgelassen hatte. Es war an der Zeit, ihn aufzufrischen. Dafür musste Done nur vom Wein trinken, den Rochus für alle Jungen mitgebracht hatte.

»War ja nicht anders zu erwarten von meinem kleinen Bruderfeigling!«, raunzte Xaver.

»Hat Alois ihn denn nicht aufgestöbert?«, fragte Schdoffel ungläubig.

»Dein Vater ist mit dem Hund los, doch vermutlich hatte Alban Hilfe von diesem Einhorn. Selbst Alois konnte ihn nicht finden.« Rochus legte eine kunstvolle Pause ein und schaute fragend in die Runde. »Und wo ist Fritz?«

»Auch abgehauen«, raunte Schdoffel.

»Wohin?« Rochus schien überrascht.

»Das wissen wir nicht! Wir dachten, er wäre zurück nach Büren.«

»Aber das kann nicht sein. Denn er hat doch genau wie ihr ...«, Rochus verstummte. Fast hätte er den Trank des Vergessens erwähnt. Es musste etwas anderes geschehen sein, denn der Trank des Vergessens machte jeden willenlos, zumindest eine ganze Zeit lang.

Teafor wusste, was Rochus sagen wollte und legte ihm die Hand auf den Arm. »Alles ist gut, so wie es ist!«, sagte er mit einem mahnenden Blick. »Ich habe meine Armee gefunden. Sie werden mir auch ohne Fritz zur Seite stehen. Es sind gute Soldaten und morgen Nacht schon bekommen sie ihre Waffen. Es läuft alles nach Plan, glaube mir!«

Der Weinschlauch ging herum, doch Done trank nichts davon. Er benetzte sich nur die Lippen und tat so, als ob er trinken würde. Gleich darauf kuschelte er sich so an seinen Zwillingsbruder, wie junge Hunde es tun. Er gab vor, eingeschlafen zu sein.

Als auch Xaver und Schdoffel eingeschlafen waren, gingen die zwei Männer zur Hütte.

Done schlich ihnen hinterher und lauschte angestrengt.

»Was ist hier geschehen, Teafor?«, fragte Rochus.

»Was soll geschehen sein? Es ist alles in bester Ordnung!«

»Fritz ist verschwunden, dabei sollte er doch hier bei den anderen sein. Wo ist er hin?«

»Er ist schon seit zwei Tagen fort. Bestimmt sitzt er irgendwo im Wald.«

»Mit dem Trank des Vergessens intus? Das glaube ich nicht. Es muss etwas anderes vorgefallen sein.«

»Morgen ist mein großer Tag. Alles wird genau so kommen, wie wir es geplant haben! Was interessiert es mich da, wo dieser Bengel hin verschwunden ist.«

»Und was ist mit dem Einhorn, das ebenfalls verschwunden ist? Das Einhorn des Jungen.«

»Es ist nicht weit von hier. Lucy wird es einfangen und zurückbringen.«

»Wer ist Lucy?«

»Ein Wandelwesen. Sie ist mir treu ergeben!«

»Und wenn sie es nicht schafft, das Einhorn zurückzubringen?«

»Mach dir keine Sorgen, Rochus. Alles ist gut! Zuerst töten wir die Einhörner und danach die Jungen. Es ist ganz einfach«, sagte Teafor gelassen.

Done sog scharf die Luft ein.

Hatte Teafor gerade gesagt, dass er sie töten wollte?

Panisch schaute er sich um. Der Wald lag in finsterster Nacht. So schnell er konnte, rannte er zurück zum Feuer und legte sich wieder an den Rücken seines Bruders. Hoffentlich hatte niemand bemerkt, dass er gelauscht hatte. Sein Herz klopfte so laut in seiner Brust, dass er befürchtete, die anderen könnten davon aufwachen.

Zitternd lauschte er in die Nacht hinein.

Wie konnte Teafor nur so etwas sagen? Die Jungen zu töten. Das klang ja noch schlimmer, als die Einhörner umzubringen. Bestimmt war Fritz deshalb abgehauen. Und was war das für ein Trank, den angeblich alle getrunken hatten? Der Trank des Vergessens? War er in den Wein gemischt, der angeblich von Siegfried stammte?

Done hörte Schritte, die langsam näher kamen. Fieberhaft versuchte er seinen bebenden Körper unter Kontrolle zu bringen. Nur nicht auffallen, ganz ruhig liegen bleiben. Warum hatte er nicht auf sein ungutes Gefühl gehört. Es war von Anfang an ein abgekartetes Spiel gewesen, eines, das keiner gewinnen konnte, außer Teafor und Rochus. Die beiden machten ganz offensichtlich gemeinsame Sache, aber warum? Was versprach sich Rochus davon?

Done kämpfte mit den Tränen, als Teafors Stiefel neben ihn traten. Ohne Vorwarnung wurde er hochgerissen. Eine grobe Hand hatte ihn am Arm gepackt und zog ihn mit sich fort.

»Was wollt ihr von mir? Was hab ich euch getan? Lasst mich sofort los! Hilfe!«, schrie Done und versuchte sich herauszuwinden. Doch der Griff war wie ein Schraubstock und schnürte ihm das Blut in den Adern ab.

Eine andere Hand packte ihn bedrohlich am Hals.

»Schrei, soviel du willst. Sie werden dich nicht hören. Sie haben alle vom Trank des Vergessens getrunken und nur du hast noch nichts davon gehabt. Also mach gefälligst den Mund auf!« Rochus' Hand glitt hoch zu Dones Kiefer und drückte fest zu.

Eine bittere Flüssigkeit rann in Dones Mund. Er versuchte sie auszuspucken, doch Teafor drückte ihm von hinten die Hand auf den Mund. Als er ihn wieder losließ, musste Done zuerst schlucken, damit er einen Atemzug nehmen konnte. Er würgte und hustete, schüttelte sich wie ein Hund, doch es half nichts. Er fühlte wie der Trank ihm die Kehle hinunterrann.

Ein Plan

Es war bereits Mittag, als Johanns Haus wieder zum Leben erwachte. Sogar Lucy und Reem hatten friedlich nebeneinander geschlafen. Alban lächelte, als er die beiden Rücken an Rücken liegen sah.

Alban ging hinaus, erleichterte sich und brachte auf dem Rückweg einen Eimer Wasser aus dem Brunnen mit, den er neben dem Herd abstellte. Am besten würde er wieder Linsen kochen. Fritz schickte er zum Bäcker, um Brot zu holen.

»Guten Morgen«, sagte Johann. »Du bist ja schon am Kochen, wie ich sehe. Du bist einfach ein guter Junge!« Er strich Alban anerkennend über das blonde Haar.

Agathe kam hinzu und schaute forschend in den Topf. »Habt ihr Eier und Mehl?«

»Ich denke schon!«, meinte Alban, der wusste, was jetzt kommen würde. Er hatte einige Male bei Agathe gegessen und er liebte ihre Kochkünste. Von ihr hatte er gelernt Linsen zu kochen. Nur diese Spätzla bekam er einfach nicht hin. Aber jetzt war Agathe ja da und konnte die schmackhaften kleinen Teigdinger herstellen.

Sie nahm eine Schüssel und gab Mehl hinein. Bestimmt war es mehr als ein Kilo. Dementsprechend viele Eier schlug sie hinzu. »Stell einen großen Topf mit Wasser auf den Herd. Es muss kochen! Ich brauche noch einen Lochlöffel und eine Schüssel mit lauwarmem Wasser«, sagte sie.

Bis Agathe den Spätzlesteig fertig hatte, bereitete Alban alles weitere vor.

Und als das Wasser endlich kochte, strich sie den Teig auf ein Brett und schabte ihn mit einem scharfen glatten Messer gekonnt in den Topf. Der Teig war fast flüssig und zerlief auf dem Brett, was zur Folge hatte, dass die Spätzla schlank und gleichmäßig in das kochende Wasser fielen.

Alban lief das Wasser im Mund zusammen. Er wusste genau, wie gut Linsen mit Spätzla schmeckten. Wenn er noch etwas von dem würzigen Speck, welcher gut abgehangen in Johanns Vorratskammer hing, in die Linsen gab, würde es ein richtiges Festmahl werden.

Fritz kam erst mit dem Brot zurück, als alle bereits am Tisch saßen und sich reichlich geschöpft hatten. Schnell setzte er sich. »Ist schon alles weg?«, fragte er enttäuscht, als er den Topf erblickte, der ganz offensichtlich leer war.

»Ich habe etwas für dich aufgehoben«, sagte Alban und stellte Fritz einen vollen Teller hin. »Du musst unbedingt Agathes Spätzla probieren.«

»Das sind die besten!« rief Fritz erfreut und schob sich einen Löffel davon in den Mund. »Danke!«, raunte er schmatzend.

»Du hast Glück, dass Agathe deine Großmutter ist!«, lachte Alban und schnitt für jeden eine extra dicke Scheibe Brot ab. »Am besten schmeckt es mit Honig. Ich liebe Brot mit Honig zum Nachtisch!«

Alle lachten.

Nur Reem und Lucy standen da und verzogen keine Miene.

»Ach herrje ... Einhörner mögen ja kein Brot, nur Honig verdünnt mit Wasser.« Alban stand auf, machte einen Eimer mit seinem improvisierten Sucus voll und stellte ihn den beiden Einhörnern hin.

»Soll ich etwa aus demselben Eimer trinken wie Reemira?«, fragte Reem missbilligend.

»Warum nicht? Heute Nacht habt ihr euch doch auch einen Fußboden geteilt. Und ihr habt euch sogar berührt, stell dir das vor«, lachte Alban und zwinkerte den anderen zu.

»Da habe ich geschlafen. Im Schlaf kann einem schon mal so ein Missgeschick passieren. Aber jetzt bin ich wach – hellwach sogar!«

Lucy blickte Reem traurig an. »Und ich dachte, wir könnten wirklich Freunde sein. Ich wusste gleich, dass du es nicht ernst meinst mit deinem Friedensangebot.«

Reem spürte die Blicke der anderen auf sich ruhen und er musste sich eingestehen, dass es stimmte. Gestern noch hatte er sich entschieden, freundlich zu Reemira zu sein, doch jetzt war ihm ganz und gar nicht mehr danach. Er traute diesem Einhorn einfach nicht, doch er schluckte seine Ablehnung hinunter und schob ihr mit der Schnauze den Eimer hin. »Trink du zuerst!«, meinte er übertrieben großmütig.

Reemira lächelte. »Danke!«, sagte sie. »Aber ich hätte lieber ein Stück Speck.«

»Speck«, rief Reem.

»Was ist dabei?«

»Einhörner essen kein Fleisch. Einhörner trinken nur Sucus und …«, er schaute etwas bedrückt auf den Eimer, »… diesen Ersatz.«

»Ich könnte das nicht. Etwas Festes im Magen hat noch nie jemandem geschadet. Wie sieht es aus? Kann ich auch so ein Stück Speck haben oder muss ich mir tatsächlich den Eimer mit Reem teilen?«

Alban, der die Unterhaltung verfolgt hatte, überlegte angestrengt. Leider kannte er sich mit Einhörnern nicht gut aus und fragte sich, ob es auch welche gab, die gerne Speck aßen.

Reem wandte sich ab. Er hatte genug gehört. Dieses Wesen war definitiv nicht das, was es vorgab zu sein.

»Wir dürfen die Kinder nicht gefährden«, sagte Vincent. In seinen Worten klang Besorgnis mit. Seine drei Söhne waren bei diesem unheimlichen Zauberer und er hatte Angst, dass ihnen etwas zustoßen könnte.

»Zuerst bekommt jeder ein Kettenhemd. Wenn es die Einhörner davon abhält, die Aura eines Menschen zu spüren, dann funktioniert es möglicherweise auch bei Teafor«, überlegte Johann laut.

»Könnte sein!«, bestätigten die anderen.

»Ich habe genug Waffen für euch. Die Frage ist nur, können auch alle damit umgehen?«

Vincent nickte.

Agathe meinte trocken: »Wenn ich mit einem Besen umgehen kann, wird mir ein Schwert sicher keine Probleme bereiten.«

»Also ich kann mit jeder Waffe umgehen«, erklärte Fritz großspurig.

»Du wirst aber keine Waffe bekommen!« Johann verschränkte die Arme vor der Brust. »Du bist noch immer unser Gefangener. Ich habe noch nie gehört, dass man einem Gefangenen eine Waffe in die Hand gibt.«

»Aber …« Fritz schaute hilfesuchend zu seiner streng dreinblickenden Großmutter.

»Das sehe ich genauso! Nach allem, was Johann uns erzählt hat, müssen wir davon ausgehen, dass du uns verraten könntest.«

»Meine eigene Oma?« Fritz sperrte Augen und Mund weit auf. Niemals hätte er mit so einer Reaktion gerechnet.

»Ich will es nicht hoffen, aber nach allem, was geschehen ist, ist mein Vertrauen in meinen Enkel ein klein wenig erschüttert.«

Fritz nickte. So langsam begriff er, welches Misstrauen sein Verhalten bei den Menschen ausgelöst hatte, die er eigentlich liebte. Selbst seine Großmutter hatte ihr Vertrauen in ihn verloren.

Er sagte kein Wort, ging zu Alban und half ihm beim Abwasch.

Alban verzog mitfühlend den Mund. Er wusste, was es bedeutete, ausgeschlossen zu sein. »Du wirst dich erst einmal beweisen müssen«, murmelte er, während er einen schmutzigen Teller in einen Eimer mit Wasser tauchte.

Einen effektiven Schlachtplan zu schmieden, war gar nicht so leicht. Es bedurfte einer genauen Analyse der Lage. Keiner wusste jedoch wirklich, was Teafor vorhatte. Alle waren sich einig, erst in der Dunkelheit anzugreifen, am besten gemeinsam von verschiedenen Seiten. Doch auch das war nicht im

Voraus planbar. Schließlich entschieden sie sich dafür, dass Reem, Reemira, Alban und Fritz die gefangenen Einhörner befreien sollten, während die Erwachsenen sich um die Jungen kümmerten. Erst wenn alle in Sicherheit waren, würden sie sich mit Teafor, dem Zauberer, beschäftigen.

»Um fünf geht's los. Alban bringt uns zu Teafors Hütte im Wald«, sagte Johann. »Wir trennen uns, sobald wir dort sind. Sollte etwas Unvorhergesehenes passieren – dass wir vielleicht getrennt werden oder noch etwas Schlimmeres – treffen wir uns, wenn es möglich ist, in meiner Schmiede wieder.«

Alle nickten.

»Gut, Alban, dann verteil du die Waffen.«

»Fritz hat kein Kettenhemd. Er braucht aber eines, damit uns Teafor nicht spüren kann.«

»Sieh in der Kommode nach. Dort müsste sich noch eins für unseren Verräter finden.« Johann zwinkerte Alban zu.

Tatsächlich lag noch ein Kettenhemd in der Kommode und es passte Fritz wie angegossen.

Gleich darauf ging Alban zum Waffenschrank und gab jedem die gewünschte Waffe. Vincent bekam ein langes, schweres Schwert mit unglaublich scharfer Klinge und Agathe einen langen Dolch, der irgendwie an ein Kinderschwert erinnerte. Und weil niemand schaute, steckte Alban Fritz ein kurzes Messer zu. »Hier, für dich«, flüsterte er, innerlich flehend, dass er es nicht bereuen würde, ihm diese Waffe in die Hand gegeben zu haben.

Agathe sah mit einem Kettenhemd komisch aus, doch niemand traute sich zu lachen. Der lange Dolch steckte in einem Gürtel an ihrer linken Seite.

Johann betrachtete seine zusammengewürfelte Armee mit besorgter Miene. Mit einem Kind, einem Halbwüchsigen, dem nicht zu trauen war, einer alten Frau, einem Bäckermeister und zwei Einhörnern in eine Schlacht gegen Teafor zu ziehen, war glatter Selbstmord. Selbst wenn es gelänge, die Einhörner zu befreien, würden sich die Jungen nicht so leicht überwältigen lassen. An Teafor wollte Johann besser gar nicht erst denken, sonst sank ihm gleich der Mut. Das Amulett war seine einzige wirkliche Waffe. Er wusste zwar nicht, wie es funktionierte, er wusste nur, dass es sehr mächtig ist, so mächtig, dass es den ungleichen Kampf entscheiden konnte. Vorsichtshalber hatte er das Amulett Alban um den Hals gehängt. Vielleicht würde es wenigstens ihn beschützen.

Alban betrachtete den silbernen Anhänger nachdenklich, bevor er ihn unter seinem Hemd verschwinden ließ. Besser er versteckte ihn vor neugierigen Blicken.

Langsam stieg die Gruppe den Weg zum Wald empor. Reem und Reemira hatte man vorsichtshalber ein Tuch über den Kopf gehängt, damit niemand das Horn sehen konnte. Es war nur eine schlechte Tarnung, aber besser als nichts.

Reem trottete, nachdem man ihm das Tuch wieder abgenommen hatte, neben Reemira her und beobachtete sie aus dem Augenwinkel. Ohne Unterlass fragte er sich, was mit diesem Einhorn nicht stimmte. War es ihr Gang, ihre Haltung, ihre Mähne oder gar ihre gelblichen Augen? Hatte er überhaupt schon einmal solche gelben Augen bei einem Artgenossen gesehen?

»Du tust es schon wieder«, raunzte Lucy ihn an.

»Was meinst du?«, fragte Reem.

»Du begutachtest mich wie ein Händler einen falschen Pfennig!«

»Ich finde dich eben interessant.«

»So, interessant also! Was denn zum Beispiel?«

»Deine Augen. Sie sind gelb.«

Lucy spürte seinen Argwohn und er verletzte sie. Resigniert senkte sie ihren Blick und seufzte.

»Ich frage mich eben, was du von uns willst?« Reem klang anklagend.

Lucy sah ihn jedoch ohne Scheu an. »Ich will …«, sie zögerte, doch dann fuhr sie entschlossen fort: »… dich!«

»Mich?«

»Du bist das schönste Einhorn, das ich jemals gesehen habe. Du bist stark und klug, manchmal ein wenig bockig, doch du hast ein großes Herz. Ich würde mir wünschen, dass es mehr für mich schlagen würde, aber ich spüre deinen Hass und deine Verachtung mir gegenüber.« Sie brach in Tränen aus und beschleunigte ihren Schritt.

Reem blieb für einen Moment stehen, baff über dieses Geständnis. Neugierig trabte er ihr hinterher.

»Jetzt bleib doch mal stehen!«, rief er ihr nach, als er ihre Tränen sah. Dort, wo sie auf den Boden tropften, erblühten in Sekunden gelbe Ringelblumen.

»Es stimmt also doch!«, sagte er verblüfft.

»Was?« schniefte Lucy.

»Du bist ein echtes Einhorn.«

»Woher willst du das jetzt auf einmal wissen?«

»Deine Tränen lassen Blumen erblühen. Sieh doch!«

Erneut tropfte eine Träne aus Lucys Auge ins Gras und schon spross eine gelbe Ringelblume aus dem Boden.

Reem lächelte sanft. »Es tut mir leid, dass ich dir nicht geglaubt habe. Das ist jedoch der Beweis. Nur die Tränen eines Einhorns können Blumen erblühen lassen. Also musst du ein richtiges Einhorn sein. Kannst du mir noch einmal verzeihen, dass ich dir nicht geglaubt habe?«

Eine weitere Träne fiel ins Gras und es erblühte eine neue Ringelblume. Vorsichtig zupfte Reem sie mit seinen Zähnen und reichte sie Lucy. »Freunde?«, fragte er.

Lucy lächelte. »Freunde!«, sagte sie mit einem Ausdruck tiefer Zuneigung in ihren Augen.

»Wurde ja auch Zeit!«, erklärte Johann und steckte Lucy die Blume in die Mähne. »Das sieht sehr hübsch aus!«, fügte er hinzu. »Vielleicht gibt es ja doch noch eine Hochzeit, wenn das Ganze hier vorbei ist!«

Lucys Blick verfinsterte sich schlagartig.

»Was ist?«, fragte Reem.

»Ach nichts«, murmelte sie und ging weiter. Johann hatte sie daran erinnert, dass Teafor Reem töten musste, wenn sein Zauber gelingen sollte. Dieser Gedanke machte sie so traurig, dass auf dem Weg bis zum Wald eine ganze Menge neuer Ringelblumen erblühten.

Die Nacht brach herein. Gut, dass Alban den Weg zu Teafors Hütte schon einige Male gegangen war und genau wusste, wo er im Wald abbiegen musste. »Dort ist die Hütte«, flüsterte er den anderen zu.

»Ich erinnere mich nur allzu gut an die Stelle, an der ich dieser fiesen Schlange entkommen bin«, murmelte Reem.

»Wir müssen uns aufteilen. Wie besprochen sucht ihr nach den Einhörnern. Wir versuchen näher an die Hütte heranzukommen.« Johann streckte den Arm aus. »Möge das Amulett uns schützen!«, sagte er und legte Alban die Hand auf die Schulter.

Alban bekreuzigte sich. »Es wird schon schief gehen«, meinte er lächelnd und gab Agathe einen beherzten Kuss auf die Wange.

Agathe schloss auch Fritz in die Arme, der sichtlich erleichtert schien, dass seine Großmutter keinen Groll mehr gegen ihn hegte. »Der Herr steh dir bei. Bitte pass gut auf dich auf!«, fügte sie mit feuchten Augen hinzu.

»Werde ich, Großmutter!«

Für Lucy wäre es jetzt ganz einfach gewesen, Alarm zu schlagen, doch sie wollte lieber noch etwas warten. In ihr schlugen zwei Herzen. Das eine wollte Teafor gefallen, das andere Reem. Sie wusste ja nicht, wie die Sache ausging und vielleicht war es gut, am Schluss auf der richtigen Seite zu stehen. Außerdem hatte Teafor keinen Grund unzufrieden mit ihr zu sein, denn sie hatte das Einhorn hergebracht.

Alban legte sich vorsichtig auf die Kuppe, von der aus er in die kleine Lichtung spähen konnte. Er sah den leuchtenden Quell des Sucus, aber Einhörner sah er nicht. »Sie sind verschwunden«, flüsterte er erschrocken und zeigte in die Richtung, in der er die Einhörner das letzte Mal gesehen hatte. »Nur der Sucusbaum ist noch da.«

»Aber wo können sie sein?«, fragte Reem besorgt.

»Teafor wird sie auf die obere Weide gebracht haben«, warf Lucy ungerührt ein.

Alle schauten sie fragend an.

Als Lucy bewusst wurde, dass sie sich eben verplappert hatte, fügte sie hinzu. »Ich war schon einmal in dieser Gegend.« Zwar war dies keine gute Ausrede, doch eine bessere fiel ihr nicht ein.

»Fritz, Reemira, ihr bleibt hier und beobachtet den Sucusbaum«, befahl Alban. »Wenn sich irgendetwas rührt, schickt ihr Reem zu mir. Ich geh und sag Johann Bescheid.« Mit diesen Worten verschwand Alban in die Nacht.

Kurz entschlossen

Siegfried stand an seinem Amboss und grübelte. Den Hammer fest in der Hand, schlug er geräuschvoll auf das glühende Eisen ein. Nun waren bereits vier Tage vergangen, seit Xaver und seine Freunde verschwunden waren. Agathe und Vincent waren immerhin schon drei Tage fort und Rochus seit heute Morgen. So langsam leerte sich das Dorf und das gefiel Siegfried nicht. Er zwang sich, nicht an Alban zu denken, doch Agathes Worte hallten in seinem Kopf wider. »Alban ist auch dein Sohn«, hatte sie gesagt und dabei sehr zornig ausgesehen.

Ein gequälter Seufzer drang aus Siegfrieds Kehle.

Alban, dachte er und schlug so fest auf das Eisen, dass sein ganzer Körper erbebte.

Seit seiner Geburt hatte er den Jungen angeklagt, Schuld am Tod seiner Mutter zu sein. Doch konnte der Junge wirklich etwas dafür? Frauen starben im Kindsbett und Amalie war nicht die erste gewesen. Die Trauer und der Schmerz darüber hatten ihn blind werden lassen. Seither hatte er für seinen Jüngsten nur noch Verachtung übrig. Plötzlich aber fragte er sich, ob er nicht große Schuld auf sich geladen hatte?

Beklemmung erfasste Siegfried und er musste sich setzen. Den Hammer fest im Arm, sackte er in sich zusammen. Tränen traten ihm in die Augen. Er fühlte den Kloß im Hals, der immer dicker wurde und den er gerne hervorgewürgt und ausgespuckt hätte. Ein Zittern ergriff seinen ganzen Körper. Heulkrämpfe schüttelten ihn, als ob er an einem hohen Fieber litt. Sein Kinn bebte und seine Hände, sonst mächtig und stark, ließen den Hammer los, weil er plötzlich zu schwer wurde.

Als Siegfried sich beruhigt hatte, ging er schnellen Schrittes über den Hof bis zum Haus des Webers und pochte laut an dessen Tür. Als der Weber öffnete, sagte er: »Komm, Sepp, wir gehen!«

»Wohin?«, wollte der verdutzte Sepp wissen.

»Wir suchen die Jungen!«

»Aber ich denke, das wolltest du nicht. Hast du Vincent deswegen nicht beinahe den Kopf eingeschlagen?«

»Und ich schlag dir deinen ein, wenn du nicht mit mir kommst.«

Christa trat vor die Tür. »Was habt ihr Mannsbilder denn so Dringendes zu besprechen, dass ihr es hier draußen tun müsst?«, fragte sie und verschränkte die Arme. »So komm doch herein, Schmied, oder willst du da draußen Wurzeln schlagen?«

»Ich habe keine Zeit für ausgiebiges Geschwätz. Wir müssen gleich los!«

»Wohin?«, wollte Christa wissen.

»Er will jetzt doch die Jungen suchen«, erklärte Sepp.

»Ach, auf einmal! Agathe und Vincent sind bereits auf der Suche nach ihnen. Da hättest du dich anschließen können.«

Siegfried schaute betreten drein. Wie sollte er erklären, dass er sich seit heute Morgen elend fühlte. Ganz plötzlich war das schlechte Gewissen über ihn gekommen und er würde am liebsten seine Ignoranz ungeschehen machen, doch das war leider unmöglich. »Ich bitte dich Sepp. Da ist etwas passiert.« Die Besorgnis in seiner Stimme war nicht zu überhören.

»Du machst dir ja wirklich Sorgen«, bemerkte Sepp.

Christa wurde bleich. »Vielleicht ist es tatsächlich besser, wenn du ihn begleitest. Immerhin sind Fritz und Agathe auch irgendwo dort draußen im Wald.«

Sepp nickte. »Ich hol nur eben meine Sachen. Christa, richte uns Proviant!«

»Werde ich machen«, sagte sie und verschwand im Haus.

Siegfried ging zurück zur Schmiede und trug zusammen, was er alles brauchen könnte. Ein Messer, ein altes Schwert, das einst ein verarmter Edelmann als Pfand dagelassen hatte, welches er aber nie auslöste; es war der Grund dafür, warum Siegfried seither immer auf Barzahlung pochte; eine warme

Decke nahm er mit, die er sich über die Schulter warf und seinen Schmiedehammer, den er, genau wie das Schwert, in seinen Gürtel steckte.

Mit einem Bündel über der Schulter trat Sepp vor die Tür, küsste seine Frau zum Abschied und folgte Siegfried, der geradewegs in den Wald ging.

Nach ein paar Minuten, die sie schweigend gegangen waren, fragte Sepp: »Wohin gehen wir überhaupt? Woher weißt du denn, ob es der richtige Weg ist?«

Siegfried zuckte die Schultern. »Ich folge meinem Gefühl!«

»Hört, hört, wusste gar nicht, dass du so etwas wie Gefühle hast.«

Sepp erntete einen bösen Blick und verstummte.

Der Weg führte erst ein Stück bergan, fiel dann aber ab und schlängelte sich bis ins Tal. Sepp ahnte, dass Siegfried den Weg nach Gmend eingeschlagen hatte. Zwar konnte er sich nicht erklären warum, doch zu fragen traute er sich nicht. Siegfried war in den letzten Jahren so unberechenbar geworden, dass ein falsches Wort ihn unangenehm aufbrausen lassen konnte. Besser, Sepp riskierte keinen Streit.

Genau wie er vermutet hatte, erreichten sie nach knapp vier Stunden Gmend. Es war heller Nachmittag und nur wenige Leute waren unterwegs. Die Nachmittagshitze staute sich in dem Kessel inmitten von Bergen und Hügeln. Sepp war noch nicht sehr oft hier gewesen, eigentlich nur einmal als Kind. Es hatte sich vieles verändert und aus den kleinen Hütten von einst waren Häuser geworden.

Siegfried ging zielsicher zu einem Brunnen, zog den Schlauch heraus und schüttete sich das klare Wasser in die Kehle.

Auch Sepp trank einen kräftigen Schluck und goss sich den Rest über den Kopf. »Puh …«, machte er. »Ist das wieder heiß heute. Erst wochenlang Dauerregen und jetzt seit Tagen keine Wolke am Himmel.«

»Schwafel nicht!«, meinte Siegfried. »Ich sehe selber, wie das Wetter ist. Los, lass uns weitergehen.«

Sepp zog die Augenbrauen hoch. Wirklich, Siegfried war heute wieder mehr als freundlich.

»Lass uns in die Schenke gehen. Ich brauch etwas zwischen die Zähne.« Ohne eine Antwort von Sepp abzuwarten, bog Siegfried in eine Gasse ein und zu einer Schenke ab, die Schwona hieß.

Sie bestellten Kraut und Brot und tranken beide einen großen Humpen Wein. Siegfried kaute lustlos auf seinem Essen herum und spähte dabei missmutig aus einem der geöffneten Fenster.

»Was guckst du denn immer zu dem Haus dort hinüber?«, fragte Sepp, als ihm das Schweigen zuviel wurde.

»Ach …«, antwortete Siegfried und verschlang noch einen Löffel Kraut.

»Jetzt komm schon. Wir sind zusammen unterwegs. Du musst mich schon ein wenig in diese Unternehmung einbeziehen, sonst hättest du auch alleine gehen können.«

»Hm,« machte Siegfried missmutig und zeigte auf ein Haus am Ende der Gasse. »Dort drüben gibt es eine Schmiede. Ich wollte sie kaufen, doch der Besitzer wollte sie mir nicht geben. Als ich ihn aufsuchte, saß er vor der Werkstatt auf einer Bank. Jemand hat in der Schmiede gearbeitet. Ich konnte die Hammerschläge hören. Der Schmied erklärte mir, ein Junge, den er nicht kenne, würde für ihn Nägel machen.«

»Und weiter?« Sepp zog die Stirn kraus.

»Ich erkenne Hammerschläge, wenn ich sie höre. Jeder Schmied schlägt anders. Manche lassen den Hammer nach jedem Schlag noch einmal aufspringen, andere schlagen dreimal schnell und dann wieder zweimal langsam. Es ergibt ein Muster, das sich jeder Schmied mit der Zeit aneignet. Ich kann die Unterschiede hören. Die ganze Zeit habe ich darüber nachgedacht. Mir kamen die Schläge gleich bekannt vor. Vielleicht rede ich es mir auch nur ein, aber ich glaube, es waren Albans Hammerschläge, die ich gehört habe.«

»Wirklich?« Sepp klang überrascht, doch er widersprach nicht. Er überlegte, ob er am Klacken der Pedale erkennen könnte, wer von seiner Familie gerade am Webstuhl saß. Vermutlich nicht, aber in Zukunft würde er besser darauf achten.

»Du meinst also, du hast Alban gehört?«

»Ja! Vielleicht war ich mir deshalb auch so sicher, dass er noch am Leben ist. Ich habe es mir hundertmal durch den Kopf gehen lassen und bin immer wieder zu demselben Schluss gekommen – Alban lebt.«

»Das wäre ja wunderbar!«, rief Sepp und hob sein Glas. »Darauf trinke ich!«

Siegfried verzog sein Gesicht. »Irgendetwas geht hier vor, das spüre ich, ich weiß nur noch nicht was. Wenn aber Alban noch am Leben ist, dann finde ich ihn hier in dieser Schmiede.«

Unruhe

Der Abend war angebrochen. Nun konnten die letzten Vorbereitungen abgeschlossen werden. Heute Nacht würden alle Einhörner sterben und Teafor durch ihren Tod zu ewigem Leben kommen. Durch das Blut der Einhörner, die er bereits getötet hatte, konnte er genauso gut hören, sehen und riechen wie ein Einhorn. Auch konnte er andere Geschöpfe nur über ihre Aura wahrnehmen. Er wusste genau, dass Lucy ganz in der Nähe war. Bestimmt hielt sie sich noch im Hintergrund, doch sie würde pünktlich mit dem Einhorn zurück sein.

»Haben wir an alles gedacht?«, fragte Rochus und schulterte den schweren Sack.

»Wir haben meinen Stab, den Dolch und den Krug voll Gift.« Teafor lächelte zufrieden. »Heute Nacht werde ich vollenden, worauf ich mein ganzes Leben hingearbeitet habe. Ich werde die Einhörner ausrotten und endlich unsterblich werden!« Er lachte böse.

»Da könnte man ja richtig Angst bekommen, wenn man dich so lachen hört«, meinte Rochus grinsend.

»Mein treuer Freund, du bist der einzige Mensch, der keine Angst vor mir zu haben braucht. Seit unserer Kindheit verbindet uns ein starkes Band. Du warst der Einzige, der immer zu mir gehalten hat und mir treu diente. Als ich bei euch im Dorf ankam, hast du mir Essen gegeben und mich im Wald versteckt. Das werde ich dir nicht vergessen. Wenn die Sache hier durchgestanden ist, werde ich dir deine Jugend zurückgeben. Du wirst schon sehen!«

»Dann sollten wir nicht länger warten. Die Jungen werden bestimmt gleich zurück sein!«, sagte Rochus, schulterte den Sack und ging hinaus.

Teafor warf noch einen letzten Blick in die Hütte, in der er zehn Jahre seines Lebens verbracht hatte. Nach der heutigen Nacht würde er sie nicht mehr brauchen. Er würde in Zukunft in einem Haus wohnen, besser noch in einer Burg auf einem hohen Berg, damit er auf seine Untertanen hinuntersehen konnte. Er würde größer sein als Gott, und das Antlitz eines jeden menschlichen Königs würde neben ihm verblassen. Tausend Jahre würde er sich Zeit nehmen, um alle Kodizes über Magie und Zauberei zu studieren. Vielleicht könnte er ja die Menschheit einfach von der Erde fegen, auch wenn er dann niemanden mehr hätte, den er quälen konnte. Im Grunde war es jedoch ganz egal, was er in Zukunft machte, denn heute war der glorreiche Beginn seiner grenzenlosen Ewigkeit.

Die Jungen näherten sich inzwischen ohne Bedenken den Einhörnern. Keiner hatte mehr Angst vor ihnen. Zwar behauptete Teafor immer noch, sie seien gefährlich, doch so richtig glaubte das keiner mehr. Selbst Xaver hatte zugegeben, dass die Einhörner zahm und friedlich seien.

Done war auch friedlich. Zwar sprach er kaum ein Wort, tat aber, was von ihm verlangt wurde. Seine bleichen Wangen schienen ein bisschen eingefallen und seine Augen wirkten müde und leer, doch sonst sah er ganz in Ordnung aus.

»Wir sind hier, um euch zu befreien!«, erklärte Xaver den Einhörnern, die still auf der Weide standen. »Folgt uns. Wir bringen euch zum Sucusbaum!«

»Ist das wahr?«, fragten die Einhörner. »Das ist ja großartig. Wir sind nämlich am Verhungern!«

»Ihr seht auch schon ganz blass aus«, bemerkte Schdoffel und legte einem Einhorn die Hand auf den Rücken.

»Wie lange wird es dauern, bis wir dort sind?«, wollte ein anderes Einhorn wissen.

»Nicht sehr lange! Vielleicht eine halbe Stunde«, gab Xaver lächelnd zur Antwort. Er hegte großen Zweifel daran, dass diese Tiere jemals gefährlich waren. Teafor hatte gelogen, dessen war Xaver sich inzwischen ganz sicher. »Wir müssen aber leise sein, damit Teafor uns nicht hört«, flüsterte er.

Die Einhörner schreckten zurück. Die bloße Erwähnung seines Namens versetzte sie in Angst und Schrecken. Sie zogen die Köpfe ein, wurden unruhig, drückten sich noch enger aneinander und zitterten, als hätten sie allesamt Schüttelfrost.

»Ihr braucht keine Angst zu haben, wir sind ja bei euch«, beruhigte sie Xaver mit leicht genervtem Unterton. Er hatte die Nase reichlich voll. Sollte Teafor doch mit ihnen machen, was er wollte. Diese Geschöpfe hatten keinen Respekt verdient. Sie waren Schwächlinge, genau wie Alban. Kein Wunder also, dass sein Bruder auch so ein Tier hatte.

Done blickte Xaver mit leeren Augen an.

Sein Blick machte ihm Gänsehaut.

Was ging nur in seinem Freund vor? Einst hatten sie zusammengehalten wie Pech und Schwefel, doch jetzt erkannte er ihn fast nicht mehr wieder. Verärgert wandte er den Blick von ihm ab und fragte: »Seid ihr bereit?«

Die Jungen nickten schwach.

»Na dann los! Done und ich gehen voraus, Schorsch und Schdoffel gehen am Schluss. Passt gut auf, dass uns keines der Biester verloren geht. Wir brauchen sie nämlich alle!«

Am Gatter angekommen, zog Xaver den Splint aus der Öse und öffnete das Tor. Er wartete geduldig, bis die ganze Herde hindurch gegangen war und schloss es wieder sorgfältig hinter sich.

Done, der etwas abseits der Gruppe stand, fing plötzlich an zu jammern, legte sich ins Gras und warf sich hin und her. Seine Füße zappelten. Seine Arme hielt er steif neben seinen Körper gepresst.

»Was ist mit ihm?«, fragte Schorsch aufgeregt und rannte zu seinem Zwillingsbruder.

Schdoffel folgte ihm.

Xaver hob die Hand, um den Einhörnern zu signalisieren, an Ort und Stelle zu bleiben. Er verzog den Mund und seufzte. Was war das nun schon wieder für eine unnötige Unterbrechung?

»Nein, nein«, rief Done und wälzte sich ohne Unterlass.

»Was ist mit dir?« Schorsch legte beide Hände auf Dones Schultern und versuchte ihn festzuhalten. Schnell eilten ihm Schdoffel und Xaver zur Hilfe.

»Nein, nein!« Done starrte mit geweiteten Augen seine Brüder an. »Geht weg, geht alle weg! Ihr könnt das nicht tun! Wir werden sterben. Macht das nicht! Nein, geht weg! Du bist böse, böse, böse!«, schrie er Xaver an. Vor seinem Mund hatte sich weißer Schaum gebildet.

Schdoffel war überaus besorgt: »Das sieht gefährlich aus.«

Xaver wich angewidert ein Stück von Done ab. Was war nur mit diesem Jungen los?

Done verkrampfte sich immer mehr. Seine Brüder und Xaver kamen ihm plötzlich wie Monster vor. Erkannten sie denn nicht, dass sie im Begriff waren, einen folgenschweren Fehler zu begehen? Begriffen sie nicht, in welche Gefahr sie sich brachten? Vor seinem geistigen Auge sah er Teafor, der den gleichen Satz immer wieder sagte – wir werden die Jungen töten, die Jungen töten, töten, sie töten.

»Helft mir doch!«, rief Done, doch seine Brüder hielten ihn nur fest, unfähig zu verstehen, was mit ihm vorging.

Eine Ohrfeige traf zuerst Dones linke und dann seine rechte Backe. »Beruhige dich! Verdammt, du musst dich beruhigen!«, schrie Xaver.

»Fang nicht schon wieder damit an, ihn zu schlagen!«, drohte Schorsch. Er ließ seinen zuckenden Bruder los und stürzte sich auf Xaver. Zwar war er viel kleiner als der hünenhafte Sohn des Schmieds, doch Schorsch hatte anscheinend keine Angst vor ihm. Er holte aus und traf Xaver so heftig mit einem Fausthieb am Unterkiefer, dass der die Augen verdrehte. Er taumelte erst rückwärts und fiel dann wie ein nasser Sack ins Gras.

Schorsch stand mit geballten Fäusten über ihm. »Ich habe dir gesagt, du sollst damit aufhören!«, brüllte er, außer sich vor Wut.

Done, der immer noch am Boden lag, beruhigte sich nur langsam. Zwar konnte er keinen klaren Gedanken fassen, doch das Zucken in Beinen und Armen ließ nach. Auch der Schaum vor dem Mund verging und seine Augen wurden wieder etwas klarer. Es war ihm, als erwache er aus einem heftigen Alptraum.

»Was ist geschehen«, fragte er verwirrt seine Brüder, die ihn immer noch besorgt anstarrten.

»Du bist umgefallen und hast aus dem Mund ganz eklig geschäumt«, erklärte Schdoffel aufgeregt.

»Und ich hab Xaver umgehauen«, fügte Schorsch hinzu.

Done sah sich um und erkannte zwei Fußspitzen wie Pilze aus dem Gras ragen. Ein Hustenanfall überfiel ihn wie aus heiterem Himmel. Zwischen den Hustanfällen japste er: »Wir dürfen die Einhörner nicht zu Teafor bringen. Das wäre ein Fehler!«

»Wir haben keine andere Wahl!«, meinte Schdoffel kopfschüttelnd und klopfte seinem Bruder auf den Rücken.

»Vater sagt, man hat immer eine Wahl«, krächzte Done. »Ich glaube, wir befinden uns in großer Gefahr. Teafor will uns töten, genau wie die Einhörner.«

Die Herde, die natürlich ganz gebannt lauschte, was die Jungen zu bereden hatten, zuckte erschrocken zurück.

»Sobald die Einhörner von dem Sucus trinken, sind sie tot. Erkennt ihr denn nicht, was Teafor vorhat? Rochus steckt mit ihm unter einer Decke. Sie wollen uns töten! Ich kann nicht sagen, woher ich das weiß, aber ich weiß es!«

Die Brüder schauten Done verwirrt an. »Was redest du? Mir schwirrt schon der Kopf. Was ist nur los mit dir?«, fragte Schdoffel. »Ich bring jetzt die Einhörner zum Sucusbaum, dann bekomme ich endlich meinen Warbrand.«

»Das ist nur ein Lockmittel, damit wir tun, was er will. Er hat gar keine Waffen für uns«, versuchte Done seinen Brüdern klar zu machen.

»Keine Waffen?« Schdoffel sah aus, als verstehe er nicht. »Aber er hat es uns doch versprochen!«

»Teafor hat gelogen! Er hat uns die ganze Zeit belogen. Wir müssen verhindern, dass er die Einhörner in die Finger bekommt. Versteht ihr?« Done rappelte sich auf. Er fühlte sich immer noch benommen, doch seine Gedanken wurden immer klarer. Er erinnerte sich wieder an den Trank, den die beiden Männer ihm eingeflößt hatten, und an ihre unglaublichen Worte, die Jungen zu töten. »Sie wollen uns an den Kragen! Versteht ihr denn nicht?«

»Aber warum?«, fragte Schorsch ungläubig.

Ein leises Stöhnen erklang. Xaver kam wieder zu sich.

»Er wacht auf. Kein Wort mehr!«, zischte Done verschwörerisch. »Er ist auch ohne Trank des Vergessens Teafor treu ergeben!«

Unverhofftes Wiedersehen

Alban rannte, so schnell er konnte, zurück zu der Stelle, an der er die Erwachsenen vermutete. Dass die Einhörner verschwunden waren, hatte ihn über alle Maßen beunruhigt. Vielleicht war er zu spät gekommen und Teafor hatte alle Einhörner bereits hingerichtet. Er wusste es nicht, doch er musste unbedingt Johann sprechen.

In vollem Lauf setzte er über einen kleinen Graben und hastete zwischen den Bäumen hindurch, ohne auf die Geräusche zu achten, die er mit seinen schnellen Schritten verursachte.

Plötzlich packten ihn zwei Hände.

Sie kamen von der Seite aus einem Gebüsch.

Entsetzt schrie er auf, versuchte sein Schwert zu ziehen, doch die Hände waren zu stark.

Eine schallende Ohrfeige traf ihn und er plumpste auf den Hosenboden.

»Wusste ich es doch!«, hörte er die raue Stimme seines Vaters, der mit finsterem Blick auf Alban zustapfte, ihn, als wäre er eine Puppe aus Stroh, zurück auf die Beine riss und kräftig schüttelte.

»Siegfried, beruhige dich!«, rief jemand hinter ihm und versuchte den Schmied am Arm zurückzuhalten.

Alban erkannte Sepp, den Weber, den er fast genauso gerne mochte wie Agathe, denn Sepp war ein sanftmütiger und kluger Mann und er kam ganz nach seiner Mutter.

Alban rieb sich die Wange und starrte seinen Vater fassungslos an. »Vater …«, flüsterte er starr vor Schreck.

»Ja, der bin ich«, zischte Siegfried und hielt seinen Sohn so fest, dass dem die Luft wegblieb.

»Tu ihm nichts!«, bat Sepp.

Alban wartete, dass sein Vater ihn nun richtig verprügeln würde, doch stattdessen legte er seine Arme um Albans Schultern, drückte ihn an sich und brach in Tränen aus. »Du lebst«, heulte er. »Gott sei Dank, du lebst!« Fest umschlossen hielt er seinen Sohn und schluchzte herzzerreißend in dessen Halsbeuge.

Sepp schaute verdutzt auf die Szene.

Alban blickte mindestens genauso baff drein.

Hatte sein Vater zuviel getrunken?

»Ich dachte schon, ich hätte dich für immer verloren. Am Anfang hat es mir nicht einmal etwas ausgemacht, dass du fort warst, doch seit heute Morgen ist mir bewusst, dass ich dir Unrecht getan habe. Ich war ein verbohrter alter Esel. Kannst du mir verzeihen?« Siegfried blickte seinen Sohn durchdringend an.

Alban erkannte Tränen im Gesicht seines Vaters. Ein Anblick, an den er sich erst einmal gewöhnen musste. So etwas Erschreckendes hatte er noch nie zuvor gesehen. Für ihn war es leichter zu begreifen, dass es Einhörner und Zauberer gab, als Tränen im Gesicht seines Vaters zu erblicken. »Ich habe Euch nichts zu verzeihen, Vater«, murmelte er. »Wie kommt Ihr denn überhaupt hierher? Ist etwas Schlimmes in Büren passiert?«

Siegfried ließ ihn los und setzte sich matt auf einen Stamm. »Es ist sehr viel geschehen, seit du verschwunden bist. Sepp und ich haben dich in Gmend gesucht. Wir sind euch in gebührendem Abstand gefolgt, nachdem ihr die Schmiede verlassen habt.« Hilflos fuhr er sich mit dem Hemdsärmel über die Augen. »Xaver ist auch verschwunden. Ich kann dich doch nicht auch noch verlieren. Ihr seid meine Söhne, alles was ich noch habe.«

Alban hätte beinahe mitgeheult, doch die verschwundenen Einhörner gingen im Moment vor. »Ich muss weiter, Vater. Ihr könnt mich ja begleiten. Wir haben hier nämlich ein Problem und das müssen wir aus der Welt schaffen. Du wirst ganz schön Augen machen!«

Sepp zog die Stirn kraus. »Ein Problem? Das ist ja wohl leicht untertrieben. Seit du verschwunden bist, kommt ein Problem zum anderen.«

»Das tut mir leid! Das wollte ich nicht.« Alban senkte den Kopf. »Agathe ist auch da und Vincent und Fritz! Kommt mit, oder wollt ihr hier Wurzeln schlagen?«, fragte er und ging entschlossen weiter.

»Wie redet der denn mit mir?«, fragte Siegfried verwundert.

»Der hört sich an wie meine Frau. Lass uns mit ihm gehen, dann werden wir sicher gleich erfahren, was hier los ist.«

Nach knapp fünf Minuten Fußmarsch hatten sie Johann und die anderen erreicht. Die Gruppe der Erwachsenen hatte sich vor der Hütte versammelt, die verlassen im Dunkeln lag.

Agathe erkannte ihren Sohn Sepp und fiel ihm freudig um den Hals. »Du bist hier!«, sagte sie erleichtert. »Besser hätte es nicht kommen können!«

»Johann, das ist mein Vater«, sagte Alban und fühlte sich merkwürdig bedrückt. »Mein leiblicher Vater«, fügte er hinzu, so als müsse er sich entschuldigen. »Vater, das ist Johann. Er ist mein neuer Vater.«

Siegfried verzog das Gesicht. »Der alte Schmied aus Gmend also? Dachte ich es mir doch! Was soll das heißen, neuer Vater?«, fragte er überrascht.

Alban blieb ihm die Antwort schuldig. »Ich erkläre es dir später!«, murmelte er und wandte sich gleich wieder Johann zu. »Die Einhörner sind verschwunden. Wir konnten sie nirgends entdecken. Vielleicht hat Teafor sie ja schon alle getötet.«

»Das glaube ich nicht«, brummte Johann und kratzte sich am Kopf.

Als Siegfried gerade fragen wollte, von was hier eigentlich die Rede sei, bog, wie zur Erklärung, Reem um die Ecke und leuchtete wie ein riesiges Glühwürmchen durch die dunkle Nacht.

»Alban, die Einhörner sind wieder da!«, rief er. »Xaver und die anderen führen sie zum Sucusbaum. Kommt alle mit! Teafor und Rochus sind bei ihnen.«

»Rochus«, krächzte Agathe. »Na warte, den kauf ich mir.«

»Besser ich kauf ihn mir!«, meinte Vincent finster.

Siegfried und Sepp bestaunten mit offenen Mündern Reem, der ungeduldig mit den Hufen scharrte. »Los, worauf wartest du?«

Alban nahm sich ein Herz und sprang mit einem Satz auf den Rücken seines Einhorns. »Wir reiten voraus!«, rief er den anderen zu und schon waren die beiden im Wald verschwunden.

»Ist das wirklich mein Junge?«, fragte Siegfried überrascht.

»Und bist du wirklich sein Vater?«, murmelte Sepp, der beide nicht wiedererkannte.

Alban hatte das Gefühl zu fliegen. Wenn er sich getraut hätte, die Arme auszubreiten, wäre er sicher mit Reem zusammen abgehoben, genau wie ein Adler.

»Wir müssen auf die anderen warten«, rief Alban Reem zu.

Doch Reem machte keine Anstalten, langsamer zu werden. »Sie ... werden ... schon ... kommen!« schnaubte er zwischen jedem Hufschlag.

»Leise, Reem! Teafor und Rochus werden uns hören.«

»Sie sind bei der Herde, sie hören nur die Hufe der anderen«, warf Reem ein, verlangsamte aber sein Tempo und blieb dann stehen.

Alban sprang ab und pirschte sich an Fritz und Reemira heran, die hinter einem dichten Busch in Deckung gegangen waren.

»Wo sind die anderen?«, fragte Fritz, ohne den Blick von der Szene abzuwenden.

»Sie sind gleich da! Stell dir vor, inzwischen sind wir noch zwei mehr.«

»So? Wer ist denn noch dazugekommen?«

»Mein Vater.« Alban grinste.

»Dein Vater?«, fragte Fritz verwirrt. »Und wer noch?«

»Dein Vater!«

Fritz zuckte zusammen. »Oh je …«, flüsterte er erschrocken. »Nicht genug, dass meine Großmutter da ist, jetzt ist auch noch mein Vater gekommen. Er wird mir bestimmt den Kopf abreißen.«

Alban zuckte mit den Schultern, so als ginge ihn das nichts an. »Und was war hier inzwischen los?«

»Xaver hat die Einhörner ins Tal getrieben. Teafor und Rochus sind bei ihm. Die drei anderen stehen gleich da vorn. Sie sehen genauso verschreckt aus wie die Einhörner.«

»Kann ich jetzt gehen?«, wollte Lucy wissen, die immer noch geduckt hinter dem dichten Eschenstrauch stand.

»Wohin?«, fragten die anderen wie aus einem Mund.

»Ich kann doch nichts ausrichten. Bestimmt bin ich nur im Weg«, erklärte sie unruhig.

Reem trat fragend neben sie. »Wo willst du hin?«

»Nun«, meinte Lucy und sah ihm tief in seine blauen Augen. »Ich bin das zweiundzwanzigste Einhorn. Ich muss mich doch am Schluss auflösen, aber erst, nachdem ich die Herde gerettet habe.«

»Du willst die Herde retten?« Reems Herz machte einen kleinen Sprung. »Aber das ist ja wunderbar.«

»Dann kann ich jetzt also gehen?«

»Nein!«, sagte Reem.

»Aber warum nicht?«

»Weil ich nicht will, dass dir etwas zustößt.«

Lucy lächelte sanft. Etwas Schöneres hätte er ihr gar nicht sagen können.

Lucy wusste, dass das hier nicht so ablaufen würde, wie Reem sich das vorstellte. Sie würde entweder sich selbst opfern müssen oder ihn. Lucy hatte sich schon längst entschieden. Wenn Teafor ein einundzwanzigstes Einhorn brauchte, dann war sie bereit, diese Rolle zu übernehmen und für Reem in den Tod zu gehen.

»Ich danke dir, Reem«, hauchte Lucy. »Doch du selbst hast mir die Geschichte vom zweiundzwanzigsten Einhorn erzählt. Ich bin hier, um dich zu retten. Es gibt keine andere Lösung. Das ist meine Bestimmung. Bitte, lass mich gehen!«

»Kommt überhaupt nicht in Frage!«, sagte Reem trotzig.

»Schhhhhht!«, machte Alban. »Müsst ihr euch immer zanken? Ihr werdet uns noch verraten!«

»Wenn sie nicht auf mich hören will!«, schnaubte Reem trotzig.

»Aber das ist es ja gerade«, flüsterte Lucy. »Ich höre auf dich.«

»Ich werde dir nicht von der Seite weichen«, hörte sie ihn sagen, doch einen Augenblick später war Lucy bereits wie vom Erdboden verschluckt.

Der Vorteil einer Schlange war, dass sie sich blitzschnell im Unterholz verstecken konnte, noch bevor sie gesehen wurde.

Ein Horn

»Es ist kurz vor elf. Wo bleibt nur Lucy mit diesem verdammten Einhorn?«, fragte Teafor verärgert, denn nur das letzte Einhorn konnte ihm Unsterblichkeit bringen. Gleich nachdem er sie erhalten hatte, würde er die Menschheit von der Erde fegen, genau wie Gott es bei der Sintflut getan hatte. Ein paar wenige Menschen wie Rochus, der sich als treu erwiesen hatte, und vielleicht auch Xaver, der ihm durch seine Kaltblütigkeit so ähnlich schien, wollte er verschonen. Genau wie Gott, der Noah und seine Familie verschont hatte. Xaver war noch jung und formbar. Ihn konnte er zurechtschmieden wie ein glühendes Eisen.

Teafor dachte an die Zeit seiner eigenen Jugend zurück. Er und Rochus waren zusammen aufgewachsen und der inzwischen knorrige alte Mann war wie ein Bruder gewesen. Seine Eltern hatten ihn weggegeben, da sie so arm waren, dass sie nicht alle sieben Kinder ernähren konnten. Bei Teafors älterer Schwester Sofia und dessen Mann Gustav war er untergekommen. Aus Barmherzigkeit hatten sie den halb verhungerten Jungen schließlich aufgenommen. Rochus hatte, genau wie Teafor, in den alten Kodizes gelesen. Manche Tage und auch manche Nächte verbrachten die beiden im Studierzimmer des blinden Vaters. Der Raum war bis zur Decke gefüllt mit Aufzeichnungen einer längst vergangenen Zeit. Bevor Teafors Vater sein Augenlicht gänzlich verlor, hatte er alles Wissen, dessen er habhaft werden konnte, zusammengetragen, um es für die Nachwelt zu erhalten. Er hatte nicht nur seinem Sohn geduldig erklärt, welche verschiedenen Wirkstoffe einer jeden Pflanze innewohnte, sondern auch Rochus, der ein gelehriger Schüler wurde. Mit Rochus zusammen hatte Teafor den magischen Zauberkodex gefunden, versteckt in einem geheimen Fach unter einer Diele des Lesezimmers. Zuerst hatten die beiden nicht geahnt, welche unglaubliche Kraft darin steckte. Mit der Zeit verstand Teafor die verschlüsselten Worte aber besser, wohingegen Rochus allmählich das Interesse daran verlor. Er wollte lieber mehr über die Kraft der Pflanzen und Heilkräuter wissen. Teafor hingegen fertigte sich einen Zauberstab an. Er schnitzte ihn aus einer schwarzen Mooreiche. Ein Haar des ersten Einhorns, welches er getötet hatte, bettete er genau in dessen Mitte. Der magische Kern des Stabes war damit direkt mit dem Amulett verbunden. Die Weihe des Zauberstabs führte er mit dem Blut jenes ersten Einhorns durch, das durch seine Hand sein Leben verloren hatte.

Teafor forschte Tag und Nacht, um mehr über die Unsterblichkeit herauszufinden. Schließlich fand er den entscheidenden Hinweis. In einer Vollmondnacht, in der die Sterne so am Himmel standen, dass sie den Kopf eines Einhorns nachbildeten, musste es geschehen. Mit den Worten: Ultimum Unicorn immortalem me faceret, was so viel bedeutete, wie: Das letzte Einhorn mache mich unsterblich, würde er seinen Zauber vollenden. Dazu musste er natürlich das Amulett tragen. So würde die Macht der Unsterblichkeit auf ihn übergehen.

»Treib die Einhörner zusammen!«, rief Teafor Xaver zu.

»Ist gut, Meister!«, gab Xaver zurück und schritt an seinen Freunden vorbei. Mit abschätzigem Blick musterte er die Jungen, wandte sich triumphierend um und klatschte zweimal laut in die Hände. »Hier entlang«, schrie er den verstörten Einhörnern zu. Dabei stellte er sich ihnen mit erhobenen Armen in den Weg. Er trieb sie bis zum unteren Gatter, das knarrend geöffnet wurde.

Die Einhörner strömten langsam hinein und drückten sich verängstigt an den hinteren Teil des Zauns.

Schorsch, Done und Schdoffel schauten resigniert drein. Sie ahnten vielleicht schon, was ihnen bevorstand.

Xaver lächelte finster in ihre Richtung. Diese Verräter hatten sich nicht nur gegen den Meister, sondern auch gegen ihn gestellt. Dafür würden sie hoffentlich mit dem Leben bezahlen.

»Schließt das Gatter!«, befahl Teafor gebieterisch. Den Krug mit Gift hielt er triumphierend in der rechten Hand. »Xaver, komm her«, rief er quer über die Koppel.

Der Junge gehorchte und ging schnellen Schrittes hinüber. »Ja, Meister?«

»Nun erfülle die Aufgabe, die ich dir zugedacht habe. Bring die Einhörner dazu, vom Sucusbaum zu trinken.«

»Das wird mir nicht gelingen, nach dem, was sie von Done gehört haben. Sie vertrauen Euch nicht und mir vermutlich auch nicht.«

»Das werden wir ja sehen! Es ist nur eine Frage der Zeit. Sie brauchen den Sucus wie der Mensch das Wasser. Rochus und ich kümmern uns inzwischen um die Verräter dort drüben.« Er zeigte mit dem Kinn in Richtung der Jungen. »Am besten, wir sperren sie in meiner Hütte ein. Der Trank des Vergessens wirkt bei ihnen nicht, aus welchem Grund auch immer.« Vorwurfsvoll schaute er zu Rochus, der zuckte nur mit den Schultern.

»Dafür habe ich keine Erklärung. Nur eine wirklich reine Seele kann dem Trank des Vergessens widerstehen, doch davon kann bei diesen Bengeln nicht die Rede sein«, sagte er abweisend, ohne zu versuchen, sich zu rechtfertigen.

»Was ist der Trank des Vergessens?«, wollte nun Xaver wissen.

»Nichts, wofür du dich interessieren musst. Bring die Einhörner dazu vom Sucus zu trinken, verstehst du?«

Teafor stellte sich so geschickt vor den Sucusbaum, dass die Einhörner nicht sehen konnten, wie er den Inhalt des Kruges über die Rinde goss.

Die leuchtendgrüne Brühe haftete zäh am Stamm und rann ganz langsam daran herunter. Es würde keine fünf Minuten dauern, bis die Flüssigkeit in den Baum eingedrungen und den Sucus für immer vergiftet hatte.

Mit schnellen Schritten ging Teafor auf die Jungen zu und packte Done grob am Handgelenk. Der versuchte sich zu wehren, doch Teafors Hand war zu stark. Zusammen mit Rochus fing er auch die anderen zwei ein und schleifte sie zum Gatter.

»Wir sind in ein paar Minuten zurück! Pass gut auf die Einhörner auf«, rief Teafor Xaver zu. »Hier …« Er streckte seine Hand aus. »Ich habe dir ein Spatha versprochen.« Wie aus dem Nichts steckte plötzlich eine lange Klinge in der Erde, direkt vor Xavers Füßen. Daneben materialisierte sich ein Kettenhemd, ein Gürtel und ein Helm mit Nasenschutz, genau wie Xaver es sich gewünscht hatte.

Voller Erstaunen riss der Junge den Mund weit auf. »Für mich?«, fragte er ungläubig.

Teafor nickte. »Du hast deine Sache gut gemacht. Das ist dein Lohn!«

Xaver ließ sich nicht lange bitten und stürzte auf die Sachen zu. Hastig legte er den Gürtel um und zog das Schwert aus dem Boden. Triumphierend richtete er es dem Himmel entgegen.

Teafor lächelte zufrieden. Dieser Junge war genau wie er, unerschrocken und unersättlich.

Done sah betroffen zu, was sich vor Xavers Füßen abspielte. Ein Schwert, dachte er verblüfft. Teafor hatte tatsächlich Xavers Wunsch erfüllt. Ein Anflug von Eifersucht versetzte ihm einen Stich ins Herz. Hatte er vielleicht doch einen Fehler gemacht, als er sich gegen den Trank des Vergessens stellte? Mit aller Macht hatte er versucht, sich an seine Eltern zu erinnern. Er fühlte, dass er mit genügend Willen und all der Liebe, die er in sich trug, gegen das Vergessen ankämpfen musste. Dieser Wille war eisern in ihm aufgestiegen, wie ein mächtiger Vogel der Hoffnung. Er hatte ihn zu Boden geworfen, seine Arme und seine Beine zittern lassen, bis er schließlich mit klarem Verstand wieder zu sich kam. Es hatte ihn viel Mühe gekostet, seine Brüder dazu zu überreden, die Einhörner frei zu lassen, doch als er sie gerade davon überzeugt hatte, bogen Teafor und Rochus um die Ecke.

Xaver hatte alles mitgehört, denn er hatte seine Ohnmacht, zumindest eine Zeitlang, nur gespielt. Natürlich ließ Xaver es sich nicht nehmen, Done und seine Brüder sofort bei Teafor anzuschwärzen. Dabei machte er ein zufriedenes Gesicht und verschränkte voller Genugtuung die Arme. Am liebsten hätte Done ihn noch einmal niedergeschlagen, so wie Schorsch es bereits vorher getan hatte. Er hätte es mehr als verdient, denn er war der fieseste Kerl, der auf Gottes Erde wandelte. Nur Teafor war noch böser.

Teafor hatte inzwischen seinen Arm losgelassen und Done erkannte eine winzige Chance zu entkommen. Die beiden Männer hatten sich ein kleines Stückchen von ihm entfernt und schauten Xaver zu, wie er den Gürtel und das Schwert umlegte.

Vorsichtig und auf allen Vieren kroch Done davon, richtete sich nach ein paar Metern wieder auf und rannte wild entschlossen los. Er musste nur den Wald erreichen, noch bevor Teafor ihn erwischen konnte. Doch nach nur wenigen Schritten spürte er, wie seine Füße ins Leere traten. Er schaute nach unten und sah, dass er den Boden unter den Füßen verloren hatte.

Haltlos paddelten seine Beine umher. Etwas hob ihn hoch und ließ ihn frei durch die Luft schweben. Langsam erst, dann immer schneller begann er sich um die eigene Achse zu drehen. Er griff in die Luft, wollte sich an etwas festhalten, aber da war nichts.

Verzweifelt schrie er um Hilfe.

Teafor lachte laut und richtete seinen ausgestreckten Zeigefinger auf ihn. »Du denkst, du kannst weglaufen?«

Done wurde schwindelig. Wie auf ein Rad gespannt drehte er sich. Er schrie und fuchtelte mit den Armen, doch das Drehen ließ nicht nach. Immer schneller wirbelte er durch die Luft, bis er genau vor Teafors Füßen landete. Noch einmal überschlug er sich und blieb benommen liegen.

»Hast du noch nicht genug Schaden angerichtet?«, hörte

er Teafor fragen. »Deine Brüder müssen wegen dir leiden. Du hast sie ins Unglück gestürzt, genau wie dich selbst.«

Dones Blick wanderte zu Schdoffel und Schorsch, die ihn finster anblickten.

»Er hat uns überredet! Wir wollten nicht ungehorsam sein, Meister«, wimmerte Schdoffel und fiel auf die Knie.

Schorsch nickte mit glasigen Augen. »Er hat uns erzählt, Ihr wolltet uns töten, Meister. Ihr würdet euer Versprechen nicht erfüllen und uns keine Waffen geben.«

»Und das habt ihr ihm geglaubt? Konntet ihr nicht mit eigenen Augen sehen, dass ich meine Versprechen halte? Xaver hat bekommen, wonach er verlangt hat, doch ihr habt euch gegen mich gestellt – gegen mich, Teafor, den mächtigsten Zauberer der Welt.«

Die Jungen und auch Xaver machten erstaunte Gesichter, als sie das Wort »Zauberer« vernahmen, doch nach den Vorfällen der letzten Minuten zweifelten sie keinen Augenblick daran, dass Teafor tatsächlich ein mächtiger Zauberer war.

»Wollt ihr euch weiter gegen mich stellen, oder wollt auch ihr eure Waffen bekommen und mit mir gegen die Einhörner kämpfen, so wie ihr es geschworen habt?«

Schorsch und Schdoffel blickten sich fragend an. Sie wussten nicht genau, wie sie reagieren sollten.

Done sah mit flehendem Blick zu seinen Brüdern hinüber. »Nein«, flüsterte er kraftlos und schüttelte schwach den Kopf. »Bitte nicht!«

Genau wie vor Xaver tauchten nun auch die bestellten Waffen der Jungen vor ihren Füßen auf. Ein Warbrand steckte vor Schdoffel, eine Lanze direkt vor Schorsch und eine Armbrust mit Köcher lag vor Done im Gras.

»Damit ihr Bescheid wisst«, sagte Teafor. »Ich halte meine Versprechen! Nun will ich von euch wissen, ob ihr auch eures haltet?«

Done schüttelte flehend den Kopf. »Das ist ein Trick!«, flüsterte er unter Tränen, doch seine Brüder hörten ihn nicht.

Schorsch und Schdoffel griffen nach ihren Waffen und betrachteten sie fasziniert.

Wie oft hatten sie in der Vergangenheit davon geredet, einmal so eine Waffe zu führen. Ritter waren Helden und Helden wollten auch sie sein. Wie konnten sie diesem Angebot widerstehen?

Done rührte seine Armbrust nicht an. Er stand nur zitternd da, die Tränen liefen ihm über die Wangen und er fühlte sich so machtlos wie noch nie zuvor in seinem Leben. Er fühlte genau, dass der Zauber, der von den Waffen ausging, mehr Macht über seine Brüder hatte, als jeder Trank des Vergessens.

»Und?«, fragte Teafor. Seine Stimme klang scharf und ungeduldig, doch er wartete ab.

Schdoffel nickte. »Ja!«, sagte er mit rauer Stimme. »Ich will euch dienen!«

»Und du?«

Schorsch blickte zu seinem Zwillingsbruder, dem die Angst ins Gesicht geschrieben stand.

Tu es nicht, dachte Done bei sich, bitte, tu es nicht! Dann spürte er einen brennenden Stich in seiner Brust, als auch Schorsch ein leises »Ja« über die Lippen presste.

Die Entscheidung war getroffen. Resigniert sackte er in sich zusammen. Wenn er sich weiter gegen Teafor stellte, würde er seine Brüder für immer verlieren.

»Und was ist mit dir, Done?«, fragte Teafor mit Triumph in den Augen.

Quälend langsam hievte sich Done zurück auf die Beine. Sein Gesicht war starr wie eine Maske, als er die Armbrust aufhob. Er betrachtete sie traurig und wischte sich mit dem Handrücken die Tränen aus den Augen. »Ja«, sagte er matt. »Ich werde Euch dienen.«

Der Angriff wird vorbereitet

Alban spähte hinunter in die kleine Senke, in der die Einhörner zusammengetrieben wurden. Kalter Schweiß trat ihm auf die Stirn. Hoffentlich würde Reem nicht den Kopf verlieren und versuchen, seiner Familie zu Hilfe zu eilen. Er schaute fragend zu seinem Freund, doch Reems Gedanken waren noch immer bei Reemira und seine Augen suchten angestrengt den Wald ab. Mit einem leisen Knall war sie plötzlich spurlos verschwunden. Reem, der anfangs noch ablehnend gegenüber Reemira gewesen war, schien nun wegen ihres Verschwindens ganz verstört zu sein. »Sie war doch eben noch da!«, schnaubte er leise.

Nach und nach trafen die anderen ein und beobachteten schweigend die Szene, die sich vor ihnen abspielte. Xaver hatte soeben sein Schwert aus dem Boden gezogen und reckte es dem Himmel entgegen. Schorsch und Schdoffel wurden von Teafor und Rochus am Arm festgehalten. Done kroch auf allen Vieren davon. Kurz darauf wirbelte er durch die Luft, beschienen vom Vollmond, der die Nacht hell erleuchtete.

Alban wich zurück, als er Done fliegen sah.

Auch die anderen zuckten zusammen.

Agathe musste Vincent eine Hand auf die Schulter legen, um ihn davon abzuhalten gleich loszustürmen. Er presste die Lippen aufeinander und schaute bedrückt zu, wie sein Sohn vor Teafors Füßen landete.

Kurz darauf tauchte aus dem Wald eine helle Gestalt auf. Es war Reemira, die langsam bis zum Gatter trabte.

Reem hob erschrocken den Kopf. Alban machte das gleiche, was Agathe bei Vincent gemacht hatte, und hielt Reem am rechten Vorderlauf zurück. »Bleib ganz ruhig«, flüsterte er leise. »Du kannst ihr jetzt nicht helfen!«

»Aber wir müssen was tun!«, flehte Reem und trat von einem Bein auf das andere.

»Wir können nichts tun. Wir müssen abwarten.«

»Auf was sollen wir denn warten? Teafor hat alle Einhörner und jetzt hat er auch noch Reemira. Er wird sie umbringen.«

»Bestimmt fällt uns etwas ein. Wir finden eine Lösung!« Hilfesuchend schaute Alban in Johanns sorgenvolles Gesicht.

»Die Einhörner sind ganz blass geworden«, sagte Johann. »Es kann nicht mehr lange dauern, bis sie sich auflösen. Es wundert mich ohnehin, dass Reem immer noch leuchtet.« Er musterte ihn nachdenklich.

Lucy ging langsam auf Teafor zu und senkte den Kopf. »Meister«, sagte sie leise. »Ich bin hier.«

Teafor machte ein verständnisloses Gesicht. »Das sehe ich! Und wo steckt das Einhorn?«

Lucy unterdrückte den Impuls in Reems Richtung zu blicken. Sie schluckte schwer und sagte: »Ich konnte es nicht einfangen.«

»Aber es ist doch hier, ganz in der Nähe. Ich kann es spüren. Also wo ist es?«

»Ich habe es verloren, Meister. Bitte bestraft mich!«

»Was?«, schrie Teafor und blickte sich suchend um. »Verdammte Schlange!«, schnaubte er aufgebracht und zückte seinen Zauberstab, den er im Gürtel trug. Drohend richtete er ihn auf Lucy.

»Meister, ich könnte doch das fehlende Einhorn sein. Mit mir sind es einundzwanzig«, entgegnete Lucy schwach.

»Verstehst du denn gar nichts, nutzloses Geschöpf. Du bist kein richtiges Einhorn und du wirst auch nie eines sein. Du bist eine Schlange! Und solange das letzte Einhorn nicht getötet wird, wird sich auch der Zauber nicht vollenden. Du nützt mir überhaupt nichts!«

Lucy spürte, dass Reem mit seinen scharfen Ohren jedes Wort verstanden haben musste und spätestens jetzt wusste, dass sie ihn getäuscht hatte.

Traurig und resigniert schaute sie hinauf zu den Büschen, hinter denen sie die anderen vermutete, und für einen kurzen Moment hatte sie das Gefühl, Reems vernichtenden Blick auf sich zu spüren.

Teafor hatte so laut geschrien, dass nicht nur Reem jedes Wort verstanden hatte, auch die anderen schauten betreten drein, als sie die Bedeutung der Worte begriffen.

Reem machte ein paar Schritte zurück. »Sie hat mich angelogen«, sagte er enttäuscht. Ein Kloß schnürte ihm die Luft ab. »Sie ist gar kein Einhorn, sie ist …« Er verstummte und blickte resigniert ins Leere. »Lucy, diese verdammte Schlange«.

Von Anfang an hatte Reem geahnt, dass mit diesem Einhorn etwas nicht stimmte. Warum hatte er nicht auf seinen Bauch gehört? Doch ihre Tränen hatten Ringelblumen erblühen lassen. Das war doch der Beweis! Wie konnte es sein, dass die Tränen einer Schlange zu so etwas fähig waren? Lucy hatte ihm gestanden, dass sie ihn mochte, und er hatte sich auch noch geschmeichelt gefühlt. Natürlich wollte sie ihn – sie war die Schlange, die hinter ihm her war! Aber warum hatten ihre Tränen Blumen hervorgebracht? Warum hatte sie überhaupt geweint? Waren Schlangen im Grunde nicht herzlose und egoistische Wesen?

Reem spürte Albans Hand auf seinem Rücken, doch er wollte jetzt nicht getröstet werden. In ihm bohrten unzählige Fragen, die auch Alban nicht beantworten konnte.

Resigniert schüttelte er den Kopf und ging mit langsamen Schritten davon.

Er wusste nicht warum, doch er fühlte sich, als wäre sein Herz in zwei Teile zerbrochen. Tränen liefen ihm über die kantigen Wangenknochen. Wo sie den Boden berührten, erblühten gelbe Ringelblumen.

Vorsichtig zupfte er eine Blume mit den Lippen und legte sie behutsam auf einen Ast. »Warum, Reemira?«, fragte er die Blume, als könne sie ihm eine Antwort geben. Doch die Blume blieb stumm.

Alban war Reem hinterhergegangen. Er wollte seinen Freund jetzt nicht alleine lassen. Er konnte sich denken, wie Reem sich gerade fühlte und hoffte darauf, dass er ihm ein klein wenig Trost spenden konnte. »Es tut mir leid«, sagte Alban mitfühlend, als er neben Reem trat.

»Du kannst ja nichts dafür«, meinte der Hengst.

»Nun ja, ich habe sie für ein echtes Einhorn gehalten, genau wie alle anderen. Sie hat auch so schön geleuchtet.«

»Sie hat doch nicht geleuchtet«, widersprach Reem.

»So langsam glaube ich, dass jeder das Leuchten sehen kann, nur du nicht. Du leuchtest! Du bist wunderschön und Reemira auch.«

»Hm ...«, brummte Reem. »Das ist ja nicht einmal ihr richtiger Name!«

»Ja, ich weiß!«, sagte Alban mindestens genauso traurig wie Reem. »Aber ...«, er hielt inne und blickte seinem Freund in die feuchten Augen.

»Was?«, fragte Reem misstrauisch.

»Du musst zugeben, dass sie bereit war, sich selbst zu opfern, genau wie es die Legende vorgesehen hat.«

Reem lächelte bitter. Er schluckte den Kloß schwer hinunter, der sich schon wieder in seinem Hals bildete. »Ich dachte, sie ist ein echtes Einhorn und keine verwandelte Schlange. Sie dient diesem Teafor.«

»Ja, aber sie hat ihm nicht verraten, wo er dich findet.«

Reem lächelte schwach.

»Lucy ist in dich verliebt«, fügte Alban hinzu.

»Ja, deshalb hat sie mich auch an der Nase herumgeführt.«

»Sie hat sich in ein Einhorn verwandelt, nur um bei dir zu sein.«

»Um mich einzufangen, meinst du wohl, und mich zu ihrem Meister zurückzubringen!«

»Aber das hat sie nicht getan. Sie ist ganz allein zu ihm gegangen. Sie wollte dich beschützen. Hat sogar behauptet, sie wisse nicht, wo du steckst. Sie hätte uns alle verraten können, doch sie hat es nicht getan. Also kannst du ihr auch nicht allzu böse sein. Oder?«

Reem zögerte. Im Grunde hatte Alban recht. Lucy hatte ihn und die anderen nicht verraten. Dabei hätte es nur eines kleinen Winkes von ihr bedurft und sie alle wären Teafor in die Falle gegangen. Wozu der Zauberer in der Lage war, hatte er ja eindrucksvoll bewiesen, als er Done durch die Luft segeln ließ. Teafor hatte dafür nicht einmal den kleinen Finger bewegt. Was würde erst geschehen, wenn er seinen Zauberstab benutzte? Und obwohl Lucy um Teafors Macht wusste, hatte sie ihren Meister angelogen. Sie wollte Reem und die anderen vor ihm beschützen und vielleicht war Lucy, obwohl sie eine Schlange war, ja doch das zweiundzwanzigste Einhorn, von dem die Legende erzählte. Vielleicht war sie überhaupt der Schlüssel zu allem?

»Komm! Wir müssen zu den anderen! Ich habe eine Idee!« sagte Reem und trabte los.

»Kommt alle her!«, sagte Reem, als er die anderen erreicht hatte. »Wir müssen eingreifen«, sprach er leise weiter. »Ich werde mich Teafor zeigen und zu ihm hinuntergehen.«

»Das können wir auf keinen Fall zulassen«, wandte Agathe ein.

»Teafor weiß nichts von euch. Wenn ich ihn ablenke, könnt ihr euch von drei Seiten anschleichen und ihn mit eurem Angriff überraschen. Wenn wir es richtig anstellen, werden alle überleben, auch die Schlange!«

»Ich gehe mit dir!«, verkündete Alban feierlich.

Siegfried schüttelte den Kopf. »Das kommt überhaupt nicht in Frage.«

»Aber ich lasse Reem nicht allein. Wenn er geht, gehe ich auch! Wenn wir Teafor ablenken und einen Überraschungsangriff starten, dann haben wir vielleicht eine Chance.«

»So wie ich das sehe, haben wir überhaupt keine Chance«, bemerkte Fritz.

»Halt du dich da raus, Bürschchen!«, fauchte Sepp seinen Sohn an.

»Jeder darf seine Meinung sagen«, nahm Alban Fritz in Schutz. »Er steht auf derselben Seite wie wir. Also Fritz, warum glaubst du, dass wir keine Chance haben?«

Der Junge fühlte sich ein wenig unwohl, als sich alle Augen auf ihn richteten. »Teafor ist ein mächtiger Mann«, begann er zögerlich. »Er könnte uns alle mit nur einem Streich töten. Ihr habt doch gesehen, was er mit Done gemacht hat.«

»Das stimmt! Und was schlägst du vor?«, fragte Johann.

»Ich gehe mit Reem hinunter und behaupte, dass ich ihn eingefangen habe«, erklärte Fritz verschwörerisch.

Johann schaute verständnislos drein, dann hellte sich seine Miene auf. »Ich verstehe!«, murmelte er.

»Was verstehst du?«, wollte Sepp wissen, der ganz offensichtlich nicht damit einverstanden war, seinen Sohn zu Teafor gehen zu lassen.

»Wenn Fritz das Einhorn zurückbringt, dann erscheint er den anderen wie ein zurückgekehrter Freund. Immerhin ist er mit den Jungen bei Teafor gewesen und sie wissen nicht, wohin er verschwunden ist. Zumindest gehe ich davon aus«, sagte Johann nachdenklich. »Er könnte das Vertrauen der anderen zurückgewinnen und uns so nützlich sein.«

Fritz nickte, auch wenn er nicht genau wusste, woher dieser Impuls plötzlich gekommen war, sich selbst für eine so gefährliche Mission vorzuschlagen. Insgeheim hoffte er, dass die anderen nicht auf seinen selbstmörderischen Vorschlag eingehen würden, doch alle stimmten ihm begeistert zu.

»Zieh dein Kettenhemd aus«, flüsterte Johann.

»Warum?«, fragte Fritz, der nicht bereit war, auch noch den letzten Schutz aufzugeben.

»Du kannst nicht erklären, woher du es hast, wenn Teafor dich danach fragen sollte.«

Fritz nickte und zog sich das Hemd über den Kopf. Einige Haare verfingen sich schmerzhaft in den Schlaufen, doch er jammerte nicht.

»Legt Reem ein Seil um. Fritz muss ihn an diesem hinunterführen, damit es echt wirkt!«

Reems Gedanken wanderten unwillkürlich zurück zu Lucy. Sie war einmal ein Seil gewesen, das sich eng um seinen Hals geschlungen hatte, und für einen Moment wünschte er sich tatsächlich, sie würde es wieder tun. Gedankenverloren schaute er hinunter ins Tal, wo Lucy immer noch am Gatter stand, so als wolle sie Teafor daran hindern, die Koppel zu betreten.

Vielleicht ist sie ja doch keine verdammte Schlange, dachte er, während er sie aus der Ferne beobachtete. Vielleicht hat sie sich ja tatsächlich in das zweiundzwanzigste Einhorn verwandelt!

»Darf ich auf dir reiten?«, fragte Fritz und riss Reem aus seinen Gedanken.

»Du hast zwei Füße bis zum Boden. Was denkst du wohl?«, fragte das Einhorn.

»Ich könnte es versuchen!«, erwiderte Fritz.

»Junger Freund«, sagte Reem, »das war keine Frage, sondern die Antwort.«

Der Zauber kann beginnen

Rochus stellte sich direkt neben Teafor. Er schaute nachdenklich auf Lucy, die ihn stocksteif anfunkelte, als könne sie die Ereignisse dadurch aufhalten. »Wie soll es nun weitergehen?«, fragte er missmutig.

»Wir haben noch Zeit«, meinte Teafor, der nicht bereit war aufzugeben. »Ich könnte auf Lucy durch den Wald reiten und dieses verflixte Einhorn suchen. Sie weiß mehr als sie sagt. Vielleicht sollte ich sie in einen feuerspeienden Drachen verwandeln und den Wald niederbrennen. Dieses verfluchte Einhorn ist hier irgendwo. Ich kann es deutlich spüren!«

»Seht doch«, rief Xaver, der auf das Gatter geklettert war, um besser Ausschau halten zu können.

Aufgeregt zeigte er in Richtung Wald.

Die beiden Männer drehten sich um.

»Das Einhorn«, flüsterte Teafor.

»Und der verlorengeglaubte Fritz«, staunte Xaver und spuckte aus.

»Er führt das Einhorn an einer Leine«, bemerkte Rochus.

Deutlich war zu erkennen, wie das Einhorn sich sträubte, dann aber nachgab und Fritz folgte.

»Der Junge hat es gefangen«, jubelte Teafor beeindruckt. Er schaute vorwurfsvoll zu Lucy und zeigte mit dem Finger in Fritz' Richtung. »Er hat genau das geschafft, wozu du nicht fähig warst!«

»Nein«, hauchte Lucy, die nicht begreifen konnte, was sie gerade sah. »Wie konntest du das nur tun?«, schrie sie, und galoppierte los.

Fritz zuckte unwillkürlich zusammen, als er Reemira auf sich zustürmen sah.

»Du hast kein Recht, Reem zu verraten. Verräter, Verräter!« Ihre Stimme überschlug sich beinahe. Mit dem Maul stieß sie Fritz grob um.

»Beruhige dich«, zischte Reem. »Das ist ein Trick!«

Er sprach das Wort »Trick« so leise, dass nur Lucy es hören konnte.

Sie blieb stehen und musterte den Hengst eingehend. Sie sah, wie sich Reems linkes Auge schloss und wieder öffnete, dann lächelte er verstohlen. »Du musst mitspielen!«, hauchte er so leise, dass selbst Lucy Mühe hatte, ihn zu verstehen.

Flink nahm sie das Seil, das Fritz in seiner Panik losgelassen hatte, zwischen ihre Zähne und zog heftig daran. »Das ist mein Horn!«, schrie sie ihn an, so laut, dass es alle hören konnten. Dann zerrte sie Reem mit sich.

Fritz folgte den beiden Einhörnern, nicht ganz schlüssig darüber, ob er vielleicht besser weglaufen sollte. Jedoch hatte Done das auch versucht und es war ihm nicht gelungen. Fritz verspürte keine Lust, genauso durch die Luft gewirbelt zu werden und entschied sich zu bleiben. Gleich darauf, als er Xavers finstere Miene sah, bereute er seine Entscheidung.

»Wen haben wir denn da?«, wollte Teafor wissen.

»Der Verlorengeglaubte ist zurückgekehrt. Na, sieh mal einer an.« Xaver stieg vom Gatter und ging auf Fritz zu.

Teafor beachtete ihn nicht. Er hatte nur Augen für Reem.

Xaver umrundete seinen Freund misstrauisch. »Das stinkt doch bis zum Himmel!«, murmelte er, als hätte er den Braten schon von weitem gerochen.

Fritz schwieg und schaute nur unnachgiebig in Xavers Augen, die böse funkelten.

»Wo warst du denn so lange?« Xavers Stimme klang misstrauisch.

»Ich glaube nicht, dass ich dir Rechenschaft schuldig bin!«, murmelte Fritz und verschränkte die Arme vor der Brust. »Ich habe nur gegenüber dem Meister Rechenschaft abzulegen, verstehst du? Der Meister ist unser Gebieter, nicht du!«

Teafor blickte auf. »Guter Junge!«, sagte er anerkennend. »Vielleicht habe ich dich doch falsch eingeschätzt!« Er legte zufrieden eine Hand auf Fritz' Schulter. »Und weil du mir so ergeben bist, wirst du für mich auch das erste Einhorn töten!«

Aus Fritz' Gesicht wich jede Farbe.

Was sagte Teafor da? Er solle ein Einhorn töten? Nur mühsam widerstand er dem Impuls, sich angewidert abzuwenden. »Wenn es weiter nichts ist!«, meinte er so gelassen wie möglich und schaute Xaver dabei herausfordernd an. »Dann habe ich wenigstens diesem Großmaul was voraus.«

»Das ist ungerecht!«, protestierte Xaver sogleich. Insgeheim hatte er gehofft, das erste Einhorn töten zu dürfen. Es hatte sich nämlich schnell abgezeichnet, dass die Einhörner niemals vom vergifteten Sucus trinken würden. Sie mussten also mit der Klinge hingerichtet werden. Genau für so einen Moment hatte Xaver sich das Spatha gewünscht.

Teafor hob die Hand und bedeutete Xaver still zu sein. »Du wirst auch noch an die Reihe kommen, Großneffe!«

»Großneffe?« fragte Fritz und hob die Brauen.

»Ich bin der Bruder seiner Oma Sofie.« Teafor klang belustigt. »Sieht er mir nicht zum Verwechseln ähnlich?« Er legte zwei Finger auf Xavers Kinn und drückte fest zu. »Er wird nicht das erste Einhorn töten, sondern alle anderen, bevor ich, zusammen mit dem Amulett, das letzte töten werde. Hier hat alles seine Ordnung.«

»Aber das Amulett …«, sagte Fritz und biss sich gleich darauf auf die Lippen. Beinahe hätte er sich verplappert und erzählt, dass Alban das Amulett noch immer um den Hals trug.

»Es ist hier! Ganz in der Nähe. Es wird seinen Weg zu mir finden, sei unbesorgt.«

Xaver nickte zufrieden. Sein mächtiger Großonkel hatte sich also eine noch bedeutendere Aufgabe für ihn ausgedacht. Sogleich kam es ihm läppisch vor, nur dem ersten Einhorn das Schwert in den Leib zu rammen.

Fritz wurde von Teafor, Rochus und Xaver zum Gatter begleitet, wo Lucy mit Reem bereits wartete.

»Dieses Einhorn«, Teafor zeigte auf Reem, »soll das letzte sein und allein mir gehören. Bindet es an!«, befahl er und warf einen mahnenden Blick auf Lucy. »Dieses Mal lässt du es nicht entkommen! Hast du das verstanden?«

»Ja, Meister«, sagte sie kleinlaut und schaute traurig in Reems Augen.

Reem entgegnete nichts. Was hätte er auch sagen sollen? Inständig hoffte er, dass die anderen, die irgendwo im Verborgenen auf der Lauer lagen, rechtzeitig in das Geschehen eingreifen würden.

Stolz hob Reem sein Horn und reckte es trotzig dem Mond entgegen.

Heute war nicht die Nacht, in der er vorhatte zu sterben.

Johann kauerte neben Alban im hohen Gras. Die beiden hatten sich entschieden von hinten anzugreifen. Vincent und Agathe würden über die linke Flanke kommen und Siegfried, der mit Abstand der Größte und Stärkste war, sollte mit Sepp von rechts angreifen. Johann würde das Kommando zum Angriff geben, doch er hielt sich immer noch zurück, beobachtete nur aufmerksam die Szenerie. »Du musst in Deckung bleiben«, hauchte er Alban zu.

»Aber warum?« flüsterte Alban zurück.

»Du hast das Amulett. Ich weiß nicht, wie es anzuwenden ist. Bevor es in die falschen Hände gerät, bleibst du lieber zurück.«

Was er hörte, gefiel Alban gar nicht.

Stumm blickte Johann auf die Lichtung. Lucy stand neben Reem und schaute ihn schuldbewusst an. Sie ließ ihren Blick gar nicht mehr von ihm ab, was den Hengst ganz offensichtlich zu stören schien. Er schüttelte verärgert den Kopf und schaute demonstrativ in eine andere Richtung.

Teafor führte Fritz zu einem Steinaltar. Dort zog er sein Schwert und reichte es dem Jungen.

»Ich habe ein Messer«, sagte Fritz und zog die Klinge hervor.

Xaver und die anderen bildeten einen Halbkreis um Fritz, der an dem Steinaltar stand und zitterte.

Rochus ging indes zum Gatter, in dem die Einhörner gefangen waren. Vorsichtig zog er ein Seil aus der Tasche und versuchte, es dem nächstbesten Einhorn um den Hals zu legen; doch das Tier bäumte sich auf und rannte davon.

»Verdammtes Vieh«, fluchte Rochus ungehalten. Er ging ein paar Schritte und versuchte es bei einem anderen, doch auch das schnellte davon.

»Xaver, hilf ihm!«, befahl Teafor.

»Ist gut, Meister«, sagte der Junge. Er rannte auf die Koppel und trieb eines der Tiere so in die Enge, dass es keine Fluchtmöglichkeit mehr hatte.

Rochus konnte nun das Seil um den Hals des Einhorns legen und grob zusammenziehen »Dir werde ich helfen, mich beinahe umzurennen«, fluchte er lautstark. »Los, beweg dich!«

Das Einhorn stieg, doch Rochus hielt das Seil fest. Es kostete ihn einige Mühe, das verängstigte Tier durch das Gatter zu befördern.

Xaver achtete derweil darauf, dass keines der anderen ausbüchsen konnte.

Das verschreckte Tier versuchte noch ein paar Mal sich loszureißen, doch das Seil schnürte ihm unangenehm die Luft ab. Schließlich gab es auf.

Auf dem grauen Stein standen zwei goldene Schalen, die hell im Mondlicht funkelten. »Dort kommt dein Blut hinein«, raunte Rochus dem Einhorn zu.

Im Wald war es ganz still geworden. Nichts raschelte oder knisterte. Sogar der Wind hatte aufgehört zu wehen. Es war totenstill, so als hielten die Bäume und alle ihre Bewohner erschrocken den Atem an.

»Wir sind heute hier zusammengekommen ...«, begann Teafor theatralisch, » damit ich meinen Unsterblichkeitszauber vollenden kann!«

Aufmerksam blickte er in die Runde. Er hatte aufgehört, den Jungen etwas vorzumachen. Sollten sie ruhig wissen, um was es hier ging.

Rochus führte das blasse Einhorn näher und blieb genau vor dem Altar stehen.

Das Tier hatte aufgehört sich zu wehren und schien sich nun in sein Schicksal zu ergeben.

»Diesem Jungen hier, der mutig das fehlende Einhorn zurückgebracht hat, soll die Ehre zuteil werden, das erste von einundzwanzig Einhörnern zu töten.« Teafor blickte zum Mond hinauf, der hoch am Himmel stand. »Wenn der Mond seinen Zenit erreicht hat, dann wird das letzte Einhorn sterben.« Theatralisch zückte er seinen Zauberstab, hob die Hände zum Himmel, und sprach: »Amuletum apparens« – Amulett erscheine.

Alban spürte einen glühenden Schmerz auf seiner Haut. Es war, als wolle ihm etwas unter dem Kettenhemd ein Loch in die Brust brennen. Stöhnend biss er die Zähne zusammen und zog das Amulett hervor.

Das Lederband des Anhängers schnitt ihm scharf in seinen Hals. Alban hätte vor Schmerz beinahe aufgeschrien, doch er presste in letzter Sekunde eine Hand vor den Mund. Mit der anderen hielt er das Lederband umklammert.

Das Amulett, das nun rot glühte, schwebte langsam nach oben, als würde es von Geisterhand getragen.

Es glühte heiß vor Albans Nase, als er es genauer betrachten wollte.

Mit aller Macht versuchte der silberne Ring, in dessen Mitte ein Einhorn tanzte, sich vom Lederband loszureißen.

Johann streckte schnell seinen Arm nach dem Lederband aus. Seine starken Hände umschlossen es eisern. Mit ganzer Kraft versuchte er das Amulett davon abzuhalten, langsam gen Himmel zu steigen. Leise fluchend zuckte er zurück. Er hatte sich an dem glühenden Metall schmerzhaft die Finger verbrannt. »Verdammt«, zischte er. »Es ist heiß wie Feuer.«

Krampfhaft versuchten Alban und Johann das Lederband festzuhalten, jedoch ohne Erfolg. Ein Finger nach dem anderen glitt von der Schnur und das Amulett stieg in den Himmel auf.

»Es hat sich in meine Brust gebrannt. Es tut mir leid, dass ich das Band von meinem Hals genommen habe.«

»Es ist nicht deine Schuld, mein Junge«, sagte Johann und schaute zu, wie das Amulett langsam in die Nacht hinein schwebte.

Wenige Augenblicke später hatte es den Altar erreicht.

»Teafor ist wohl wirklich sehr mächtig!«, stellte Alban sorgenvoll fest. »Was denkst du? Haben wir überhaupt eine Chance ohne das Amulett?«

Johann lächelte matt. »Soll ich ehrlich sein, oder soll ich uns lieber Mut machen?«

»So schlimm?«

»Schlimmer«, sagte Johann und ließ die Schultern sinken.

Die Stelle, an der sich das glühende Eisen in Albans Haut eingebrannt hatte, schmerzte unerträglich. Dennoch versuchte er, sich auf Teafor zu konzentrieren.

Wenn es stimmte, dass Xaver Teafors Großneffe war, dann war doch auch er ein Großneffe dieses mächtigen Zauberers. Konnte das wirklich sein?

Angewidert verzog er das Gesicht und legte sich schwer atmend auf den Rücken. »Verdammt, tut das weh«, hauchte er. Vorsichtig schob er sein Hemd hoch und betrachtete die verbrannte Haut darunter. Das Amulett hatte sich oberhalb der linken Brustwarze in sein Fleisch eingebrannt, wie bei einem gebrandmarkten Stier.

Johann betrachtete die Stelle kopfschüttelnd. »Das sieht nicht gut aus«, sagte er und tränkte ein Tuch mit Wasser aus seiner Gürtelflasche. »Leg das auf die Wunde, es wird sie kühlen! Wenn wir gleich angreifen, dann bleibst du hier, verstanden?«

»Aber …« Alban versuchte zu widersprechen, doch Johann hob die Hand.

»Hör auf das, was ich dir sage! Du bleibst hier! Beobachte genau, was geschieht. Versuche im richtigen Moment anzugreifen. Wir brauchen das Amulett. Du bist klein und wendig. Vielleicht gelingt es dir ja, es wieder zu beschaffen, während wir Teafor ablenken. Wenn alles schief geht, dann versprich mir, dass du wegläufst. Geh zurück zu meinem Haus. Es soll dir gehören. Du bist mein Junge, den mir der Herr geschickt hat. Ich danke dir von ganzem Herzen, dass du in mein Leben getreten bist.«

Johann drückte Alban fest an sich. Dann erhob er sich, zog sein Schwert aus der Scheide und stürmte laut schreiend los.

Teafor betrachtete zufrieden das Amulett. »Ist es nicht erstaunlich, wie schnell es seinen Weg zu mir gefunden hat?« Bedächtig nahm er es auf und betrachtete das kunstvoll geschmiedete Silber. Es war immer noch heiß, doch es glühte nicht mehr.

Suchend blickte sich Teafor um. »Hier irgendwo muss er sein«, raunte er in die Stille hinein.

»Wer?«, fragte Rochus und sah sich ebenfalls um.

»Johann, der Feigling aus Condistat. Kannst du dich noch an ihn erinnern?«

»Was soll diese Frage? Natürlich! Sein Bruder hat deine Schwester Sofie geheiratet. Sie haben mich aufgenommen.«

»Genau so ist es!«, bestätigte Teafor.

»Und Johann soll hier sein?« Rochus konnte es nicht glauben. »Das ist ja schon mindestens sechzig Jahre her, als ich ihn das letzte Mal gesehen habe.«

»Nichtsdestotrotz ist er ganz in der Nähe. Er hat das Amulett für mich aufbewahrt. Ist das nicht nett?«

»Hat er? Wie das?«

»Nun ja, es war wohl nicht ganz freiwillig, doch immerhin mehr als vierzig Jahre lang. Ich habe ihn und das Amulett in Gmend gefunden. Er lebt inzwischen allein. Seine ganze Familie ist gestorben, nachdem ich ihre Einhörner getötet habe.« Teafor lachte auf. »Um ihn müssen wir uns aber keine Sorgen machen. Er denkt, ich hätte sein Einhorn schon lange getötet.«

Rochus zog die Augenbrauen kraus. »Wenn du sein Einhorn umgebracht hast, wieso ist er dann noch am Leben?«

»Eine sehr gute Frage. Aber es sterben nie alle, wenn man ihnen ihr Einhorn nimmt. Ich habe herausgefunden, dass nur die Schwachen sterben, besonders Alte oder Kranke. Aber die meisten Menschen leben einfach weiter. Das macht sie böse, neidisch, hinterlistig und nicht zuletzt gewalttätig.

Aber ich mag es ja, wenn die Menschen so sind. Dann sind sie nicht so widerwärtig gut. Genauer habe ich es jedoch nie untersucht. Wenn sie sterben, dann sterben sie halt, wen interessiert's?« Teafor zuckte die Schultern. »In Johanns Fall weiß ich aber den Grund.«

»Und der wäre?«, wollte Rochus wissen.

»Es liegt daran, dass er bis heute glaubt, dass ich sein Einhorn getötet habe. Johann ist aus Condistat geflohen. Er hat seine ganze Familie zurückgelassen, sein Einhorn hat er natürlich mitgenommen.« Teafor lachte schallend. »Man sollte den Humor nie ganz verlieren. Stell dir vor, der arme Johann hat vermutlich jahrelang geglaubt, er habe kein Einhorn mehr. Ich freue mich schon so darauf, sein Gesicht zu sehen, wenn er feststellt, dass es noch am Leben ist.«

»Glaubst du wirklich, dass er in der Nähe ist?«, fragte Rochus verwirrt.

»Ganz in der Nähe! Er versucht sich zu verstecken, doch ich kann ihn spüren. Er ist hier, und er ist nicht allein.«

»Es ist noch jemand bei ihm?« Rochus drehte den Kopf in alle Richtungen, konnte aber nichts außer Dunkelheit erkennen.

»Mach dir keine Sorgen. Nicht einmal die Armee des Königs könnte mich aufhalten. Ich bin heute tausendmal mächtiger als damals und ich bin gut vorbereitet.«

»Was hast du eigentlich mit meinem Einhorn gemacht?«, fragte Rochus unvermittelt.

Teafor schaute ihn triumphierend an. »Getötet«, sagte er gelassen.

»Du hast mein Einhorn getötet?«

»Natürlich! Was denkst du denn? Ich werde sie alle töten! Darum geht es doch.«

»Ja schon, aber warum hast du meins genommen und nicht seins?« Rochus verschränkte die Arme vor der Brust. Er hatte noch nie darüber nachgedacht, was aus seinem Einhorn geworden war, aber jetzt wollte er es doch genauer wissen.

»Es hat sich halt so ergeben. Wir haben jetzt aber keine Zeit darüber zu reden. Es war einfach so.«

Rochus zog die Augenbrauen zusammen. »Einfach so?«, fragte er bestürzt. »Du hast einfach so mein Einhorn umgebracht? Und das soll ich hinnehmen?«

Teafor seufzte schwer. »Ich hab auch mein Einhorn getötet. Dadurch sind wir beiden uns noch näher gekommen. Ich wusste von diesem Tag an, was du denkst und was du fühlst. Du bist wie mein Bruder!«

Rochus sah Teafor zweifelnd an.

»Es wäre mir trotzdem lieber gewesen, du hättest mein Einhorn nicht umgebracht«, murmelte er missmutig und ging zum Gatter.

Johann ließ einen so lauten Schrei aus seiner Kehle dringen, dass er am ganzen Körper eine Gänsehaut bekam. Er reckte sein Schwert hoch in den Himmel, durchschnitt damit scharf die Luft und rannte geradewegs auf den Altar zu.

Schorsch, Done und Schdoffel drehten sich fragend um, während Teafor Rochus grinsend einen zufriedenen Blick zuwarf.

Wie auf Befehl stürmten auch die anderen los, die sich in den Büschen versteckt gehalten hatten. Siegfried hielt den Schmiedehammer fest in der Hand und ließ ihn über seinem Kopf kreisen. Sepp zog das lange, glänzende Schwert aus seinem Gürtel und richtete die Klinge angriffslustig nach vorn. Agathe hielt den langen Dolch vor die Brust und Vincent zückte ebenfalls ein Schwert, welches an ein Warbrand erinnerte. Gemeinsam stürmten sie unter wildem Geschrei auf den Altar zu.

Johann glaubte furchteinflößend zu wirken, doch als er Teafors gelassene Miene sah, begriff er, dass Teafor dieser Angriff nicht überraschte. Es wirkte fast, als hätte er schon auf sie gewartet, so gelassen stand er da und lächelte stoisch. Er hob die Hand und Johann blieb abrupt ein paar Meter vor dem Altar stehen, so, als sei er gegen eine Wand gelaufen.

Teafor machte ein mitleidiges Gesicht. »Was wollt ihr denn?«, fragte er fast belustigt.

»Wir kommen, um unsere Kinder zu holen und die Einhörner zu befreien«, erklärte Johann.

»Ach ja?«, lachte Teafor, wenig überzeugt. »Welches sind denn deine Kinder?« Sein Lachen wurde spöttischer. »Sind deine Kinder nicht schon tot, genau wie dein Weib? Und du wirst auch bald sterben, Johann!«

»Lass sie gehen!«, mischte sich Siegfried ein und drehte drohend den Hammer in seiner Hand.

»Wen? Die Jungen oder die Einhörner?«

In dem Moment, als Xaver seinen Vater erkannte, waren ihm die Knie weich geworden und die Kehle eng, doch er hatte sich schnell wieder gefangen. Bestimmt war sein Vater nur so wütend, weil er glaubte, Xaver wäre nicht freiwillig hier. Alles würde sich also aufklären, wenn Siegfried erfuhr, dass Xaver Teafors Großneffe war und ihm deshalb keinerlei Gefahr drohte.

Der Junge schüttelte energisch den Kopf, als Siegfried versuchte, noch einen zweiten Schritt zum Altar zu machen.

Ohne seinen Vater aus den Augen zu lassen, ging Xaver zu Teafor hinüber und legte ihm die Hand auf die Schulter. »Es ist alles in bester Ordnung, Vater! Seht Ihr? Teafor gehört zu den Guten. Er und Rochus versuchen die Welt zu retten und ich darf ihnen dabei helfen!«

Siegfried blieb stumm, machte aber noch einen Schritt auf den Altar zu.

»Bleibt stehen, Vater! Ich sagte Euch doch, dass alles in Ordnung ist.«

Siegfried hob den Hammer. »In Ordnung? Nichts ist hier in Ordnung!«, donnerte er lautstark. Er war ganz und gar nicht bereit zurückzuweichen. Grimmig setzte er einen Fuß vor den anderen.

»Du wirst ihm doch nichts tun, nicht wahr Onkel?« Xavers Worte glichen mehr einem Flehen, als einer Frage. Er war sich nicht sicher, was passieren würde, wenn sein Vater den Altar erreichte.

Xaver spürte ein Zucken in Teafors Schulter. Es war nur eine kleine verstohlene Bewegung, doch sie reichte aus, die ganze Erde um den Altar herum zum Beben zu bringen.

Ein tiefes Grollen breitete sich augenblicklich unter Siegfrieds Füßen aus. Es war, als würde die Erde sich auftun. Aus dem Augenwinkel heraus sah er seine Begleiter wie reife Äpfel zu Boden fallen. Er versuchte sich aufrecht zu halten, doch auf dem schwankenden Grund verlor auch er das Gleichgewicht und stürzte.

»Was geschieht hier?« hörte Siegfried Xaver rufen. »Was macht Ihr nur, Meister?«

»Ich halte sie davon ab, uns zu nahe zu kommen. Der Mond hat bald seinen Zenit erreicht. Bis dahin müssen alle Einhörner tot sein. Also steh hier nicht tatenlos herum. Fang das nächste Einhorn und bring es zu mir«, befahl Teafor gebieterisch.

Xaver schaute zu seinem Vater hinüber, der immer wieder vergeblich versuchte auf die Beine zu kommen. Ihre Blicke trafen sich für einen kurzen Moment.

Siegfried schüttelte flehend den Kopf, doch sein Sohn beachtete ihn nicht länger. Er rannte, genau wie Teafor es befohlen hatte, zum Gatter hinüber.

»Was geht hier vor?«, fragte Agathe, die hilflos auf dem Rücken lag. »Da wird einem ja übel!«

»Ihr müsst zum Rand des Bebens kriechen«, schrie Johann und robbte auf allen Vieren dem Altar entgegen, der indes völlig stillstand.

Ein greller Blitz traf ihn unvermittelt an der Schulter und schleuderte ihn zurück. Er flog einige Meter durch die Luft und landete unsanft auf der Seite.

Siegfried hörte, wie Johann stöhnend ein paar Meter von ihm entfernt landete. Er wäre ihm gerne zur Hilfe geeilt, doch er hatte Mühe, sich überhaupt eine Handbreit von der Stelle zu bewegen. Nicht nur, dass die Erde wie ein Baum im Sturm schwankte, sie schien auch eine magische Anziehungskraft auf seinen Hammer auszuüben. Er war plötzlich wie mit dem Boden verwachsen und ließ sich nicht mehr bewegen.

Sepp schien die gleichen Probleme mit seinem Schwert zu haben, denn es klebte an der Erde wie ein Brett im nassen Schlamm.

»Wir müssen etwas tun!«, rief Vincent.

»Ja schon! Fragt sich nur was?«, gab Johann kläglich zurück.

»Mir ist schlecht!«, jammerte Agathe, die die Klinge ihres Dolchs tief in die Erde gerammt hatte und sich verzweifelt daran festhielt.

Fritz sah mit weit aufgerissenen Augen zu seiner Großmutter hinüber, die neben seinem Vater lag. Er überlegte hin und her, doch was konnte er tun? Seine Blicke suchten Reemira, die allerdings viel zu weit entfernt war, um etwas zu unternehmen. Und was hätte sie auch tun können? Sie war nur ein falsches Einhorn und gegenüber Teafor genauso machtlos wie all die anderen.

Dunkle Wolken zogen am Himmel auf und der Wind trieb Blätter vor sich her. Eine Böe war so stark, dass sie Agathe ein wenig in die Luft hob und unsanft auf Sepp landen ließ.

Teafor riss das Messer aus Fritz' Händen. »Du hast sie hierher geführt!«, sagte er anklagend.

»Ich wusste es«, raunte Xaver, als er das zweite Einhorn brachte. Ohne zu überlegen stürzte er sich auf Fritz und verpasste ihm einen Faustschlag in die Magengrube. Allerdings verfehlte der Schlag seine Wirkung, weil Fritz mit dem Angriff gerechnet hatte und ihn abwehren konnte. Diesmal war er nicht bereit klein beizugeben und holte zum Gegenschlag aus. Er traf Xaver hart am Kinn und der ging zu Boden. Ohne zu zögern stürzte Fritz sich auf seinen ehemals besten Freund, doch bevor er zum nächsten Schlag ausholen konnte, traf auch ihn ein greller Blitz an der Schulter und schleuderte ihn durch die Luft.

Stöhnend landete Fritz neben seinem Vater.

»Fritz«, hauchte Sepp und betrachtete seinen Sohn sorgenvoll.

»Alles in Ordnung, Vater«, meinte Fritz, blieb aber mit schmerzverzerrtem Gesicht liegen.

Sepp nahm seine Hand.

»Ich fürchte, ich habe schlechte Neuigkeiten«, keuchte der Junge. »Wir werden wohl verlieren!«,

»Das macht nichts, mein Sohn. Du hast viel Mut bewiesen. Ich bin sehr stolz auf dich!«

»Ja«, hauchte Agathe und legte Fritz eine Hand auf den Kopf. »Wir sind sehr stolz auf dich, mein Junge!«

Done hatte den ganzen Tumult stumm beobachtet. Er fragte sich, wo sein Vater so plötzlich hergekommen war und schaute fassungslos zu, wie Vincent verzweifelt versuchte, zurück auf die Beine zu kommen.

»Wir müssen ihm helfen«, zischte Done seinen Brüdern zu, als er aus seiner Schockstarre erwachte.

»Aber wie?«, fragte Schorsch, der mit offenem Mund zu seinem Vater hinüber starrte, unfähig zu begreifen, was gerade geschah.

»Nimm deine Lanze und bohr sie Rochus ins Herz. Ich erschieße Teafor mit meiner Armbrust. Schdoffel, zieh deinen Warbrand und erledige Xaver.«

Dones Stimme klang unsicher. Er hatte noch nie vorher mit einer Armbrust auf einen Menschen geschossen, jedoch hatte er das Gefühl jetzt handeln zu müssen.

Langsam zog er seine Armbrust auf, holte einen Bolzen aus dem Köcher und legte ihn ein. Er hatte einmal auf einem Jahrmarkt mit einer Armbrust geschossen und er wusste, dass es gar nicht so einfach war, ins Schwarze zu treffen. Man muss eine ruhige Hand haben und es braucht noch mehr Fingerspitzengefühl. Anders als bei einem Bogen, an dem der Pfeil lose in der Sehne steckt, liegt das Geschoss einer Armbrust auf einer Führungsschiene. Bevor der Bolzen die Waffe verlässt, darf nicht das kleinste Zucken durch die Hand gehen, sonst kann der Bolzen geradezu überall hingehen. Der Moment, in dem sich der Finger am Abzug krümmt, ist entscheidend. Verwackelt man die Waffe in diesem Augenblick, wird der Schuss sein Ziel weit verfehlen.

Gerade als Done die Armbrust ansetzen wollte, um sie gegen Teafor zu richten, sah er, wie Schorsch mitsamt seiner Lanze durch die Luft geschleudert wurde. Gleich darauf flog Schdoffel mit dem Warbrand in Händen durch die Gegend.

Beide landeten unsanft vor Vincent, der sie erschrocken anstarrte.

Done atmete tief durch. Er setzte die Waffe an, zielte auf Teafors Brust und drückte ab.

In dem Moment, als der Bolzen seine Waffe verließ, zog Rochus das erste Einhorn vor den Altar.

Der Bolzen glitt durch die Führung, verließ die Armbrust und hielt nun nicht auf Teafor, sondern auf das Tier zu. Tief fuhr er in das Fleisch des sich aufbäumenden Einhorns. Seine Vorderläufe zuckten durch die Luft, während es auf seinen Hinterbeinen zu tanzen schien. Dann kippte es zur Seite um.

Teafor lächelte. »Hier hat alles seine Richtigkeit!«, sagte er zufrieden. »Jetzt hast du dein eigenes Einhorn getötet, dummer Junge. Jetzt bist du genau wie ich. Ist das nicht wunderbar? Ich schlage vor, du machst gleich weiter, am besten mit dem deines Vaters oder vielleicht lieber mit dem deiner Mutter? Die Einhörner deiner Brüder stehen gleich dort drüben. Es bleibt allein dir überlassen.«

Teafors Worte versetzten Done einen Stich ins Herz. Hatte er wirklich sein eigenes Einhorn getötet?

Der Zauberer nahm das Messer, welches Fritz gehört hatte, und durchtrennte damit die Halsschlagader des zuckenden Tieres. Er hielt eine goldene Schale unter die blutende Wunde und fing damit die rote Flüssigkeit auf.

Done wurde schlecht. Unter ihm drehte sich alles. Die Armbrust glitt aus seiner Hand und fiel zu Boden. Kurz darauf lag Done neben ihr.

Agathe kämpfte gegen das flaue Gefühl im Magen, als das Beben unter ihr plötzlich verebbte. Sie richtete sich auf, schwankte, ging aber zielstrebig auf Teafor und Rochus zu.

»Bleib stehen Agathe, ich warne dich!«, sagte Rochus und blickte sie finster an.

»Du warnst mich?«, fragte sie spöttisch. »Ich dachte immer, wir wären Freunde, und nun muss ich feststellen, dass du mit diesem Wahnsinnigen unter einer Decke steckst. Du brauchst mich nicht zu warnen Rochus, ich warne dich!«

»Wovor?«, wollte Rochus wissen.

»Vor ihm! Er ist nicht das, was er vorgibt zu sein. Er ist dein Feind, genauso wie er unser Feind ist.«

»Wie kommst du denn darauf?«

»Weil ich weiß, was hier vor sich geht. Zuerst wird er die Einhörner töten und danach uns alle. Besinne dich, Rochus! Denk daran, wo du hingehörst. Es ist noch nicht zu spät!«

Agathe musste gegen einen heftigen Wind anschreien, der tosend über den Köpfen wütete. Ein langer pulsierender Schlauch hatte sich über dem Altar bis weit in den Himmel hinein gebildet. Durch die wabernde Röhre konnte man den Mond sehen, der silbern und klar am Himmel stand. Um ihn herum tanzten Blätter und Äste, die der Wind weit hoch getragen hatte.

»Mutter, komm da weg!«, schrie Sepp, doch Agathe stapfte entschlossen weiter.

»Bleib stehen!«, schrie Rochus, doch auch auf ihn hörte sie nicht.

Teafor breitete die Arme aus. Ein heller Blitz schoss aus seiner Hand auf die alte Frau zu. Anders als er erwartet hatte, anders, als alle es erwartet hatten, prallte der Blitz jedoch an Agathe ab.

Rochus zuckte verwundert zusammen, weil der Blitz zu ihm zurückkam, dicht an seinem Kopf vorbeisauste und hinter ihm in einen Baum einschlug, der krachend auseinanderbrach.

»Was war denn das?«, fragte er fassungslos.

Das tote Einhorn wurde vom Windschlauch erfasst, hochgehoben und stieg langsam in den Himmel auf. Es wirbelte in dem Schlauch aus Schmutz und Blättern, getragen vom Sturm, der immer stärker wurde.

Erneut reckte Teafor die Hände in den Himmel. Seine Kleider wehten und zerrten an seinem Körper.

Teafor schleuderte noch einen Blitz auf Agathe, diesmal aus seinem Zauberstab.

Auch dieser Blitz prallte an ihr ab und kam zu ihm zurück. Schnell duckte er sich. »Bleib stehen«, schrie er warnend, als er wieder hinter dem Altar hervorkam. »Oder ich töte deinen Sohn und deinen Enkel.«

Diese Worte zeigten Wirkung und Agathe hielt tatsächlich in der Bewegung inne.

»Sepp, Fritz, zieht euch zurück!«, stieß sie laut hervor und zeigte in Richtung Wald. »Am besten ihr verschwindet alle, solange noch Zeit ist. Lauft so schnell ihr könnt und lasst euch hier nicht mehr blicken. Ich komm allein zurecht!«

»Aber wir werden dich nicht alleine lassen«, protestierte Sepp, der nicht begriff, warum seine Mutter Teafors Zauber widerstehen konnte. Sie war schon immer etwas absonderlich gewesen, doch woher sie plötzlich Zauberkräfte hatte, konnte er sich nicht erklären.

»Fritz, tu was deine Großmutter sagt. Lauf in den Wald und versteck dich!«, rief Sepp seinem Sohn zu.

Fritz nickte schwach, zog sich auf die Beine und hetzte los. Auch Siegfried, Vincent, Schorsch und Schdoffel sprengten wie die Wiesel davon. Nur Done blieb, wo er war.

»Geh auch du, Sepp! Ich werde bei Agathe bleiben!«, rief Johann entschlossen und stemmte sich gegen den Wind, der ihm peitschend ins Gesicht schlug.

»Nein!«, schrie Sepp. »Ich lasse euch nicht allein!«

»Geh!«, flehte Agathe ihn an. »Du brauchst dir keine Sorgen um mich zu machen. Ich bin eine alte Frau und habe mein Leben gelebt, aber du bist noch jung und dein Sohn braucht dich!«

Sepp wusste sehr gut, wovon seine Mutter sprach, doch sein Gehirn weigerte sich es aufzunehmen. Er blickte zum Wald, in dem Fritz gerade verschwand.

Ein leuchtend heller Blitz traf Sepp am linken Arm und er wurde zurückgeschleudert.

Was ist denn hier los, fragte Sepp sich selbst, während er sich taumelnd wieder aufrappelte? Er war doch nur gekommen, um seinen Sohn und seine Mutter zu finden, und nun befand er sich inmitten einer Schlacht, die er niemals gewinnen konnte. Finstere Mächte hatten ihre Hände im Spiel. Mächte, gegen die ein Mensch völlig hilflos war. Warum lief Agathe nicht weg? Warum musste sie immer so unvernünftig sein?

Sepps Arm schmerzte und er konnte sich kaum auf den Beinen halten. Langsam taumelte er zum Waldrand und fiel dort der Länge nach ins Gras. Fritz zerrte ihn das letzte Stück in den Wald hinein.

Alban kauerte gut versteckt hinter einem Baum. Von seinem Platz aus hatte er alles mit angesehen. Vergebens wartete er auf eine gute Gelegenheit zum Altar zu rennen und das Amulett wieder an sich zu nehmen.

Xaver holte gerade ein weiteres Einhorn aus der Umzäunung und führte es zum Altar, an dem Teafor mit einem blutigen Messer wartete.

Vorsichtig schlich Alban am Wald entlang und kroch auf allen Vieren durch das hohe angrenzende Gras. Langsam näherte er sich Reem und Lucy, die beide ein wenig abseits des Geschehens standen.

»Psssst«, machte er, als er nah genug an die beiden herangekrochen war. »Hier unten«, fügte er hinzu, als Lucy sich suchend umsah.

»Ich brauche eure Hilfe«, flüsterte Alban verschwörerisch.

»Was können wir schon tun?«, schnaubte Reem verstört. »Teafor wird uns alle umbringen! Mein Onkel schwebt dort oben am Himmel. Er hat ihm die Kehle durchgeschnitten.«

»Genau deshalb müssen wir Teafor aufhalten! Vielleicht kann ich ja auf deinem Rücken zum Altar reiten und mir das Amulett schnappen.«

»Ich bin leider fest angebunden, aber die Schlange hier ist frei.« Reems Ton war unfreundlich. Er schaute vorwurfsvoll auf Lucy.

»Sehr witzig«, erwiderte diese beleidigt. »Sehe ich aus wie eine Schlange?«, fragte sie genervt. »Hier geht es nicht um ein Kinderfest, sondern um unser aller Leben, Herr Reem. Begreifst du das endlich! Ich habe gewiss alles daran gesetzt, dein Leben zu retten, und trotzdem bist du noch immer beleidigt, nur weil ich einmal nicht die Wahrheit gesagt habe. Was glaubst du eigentlich, wer du bist, du eingebildetes Horn?«

Alban zog den Kopf ein. Lucy war so laut geworden, dass inzwischen alle hersahen. Sogar Teafor hatte die Augen von Agathe genommen und schaute in Lucys Richtung.

»Ich bin wenigstens ein richtiges Einhorn!«, zischte Reem scharf. »Und du bist in Wirklichkeit eine Schlange. Niemals wirst du ein richtiges Einhorn werden! Niemals!«

»Jetzt komm aber mal wieder runter von deinem hohen Ross.« Lucy funkelte Reem an.

Plötzlich kam Xaver zurück zum Gatter.

Alban zog den Kopf ein und versteckte sich hinter Reems Füßen, damit sein Bruder ihn nicht entdeckte.

»Ich könnte dir das lästige Einhorn leicht vom Hals schaffen, wenn du das willst«, sagte Xaver spöttisch. »Es kann gleich das nächste Einhorn werden, dem wir die Kehle durchschneiden!«

»Verschwinde!«, blaffte Lucy ihn an. »Hat der Meister nicht gesagt, dass er das letzte Einhorn ist und er allein ihm gehört? Und sehe ich etwa aus, als würde ich nicht selbst mit ihm fertig werden? Wie kommst du dazu, dich hier einzumischen, Bengel?«

»Ist ja schon gut«, meinte Xaver, hob abwehrend die Hände und trat vorsichtshalber ein paar Schritte zurück.

»Ich werde mir diese Beleidigungen nicht länger anhören«, fuhr Lucy an Reem gewandt fort. »So machen wir erst gar nicht weiter! Hast du das verstanden, mein Lieber?«

»Sehr gut! Mir klingeln schon die Ohren«, meinte Reem und drehte sich weg.

»Wie, verdammt noch mal, soll ich denn bei diesem Geschrei einen ordentlichen Zauber zustandebringen?«, fluchte Teafor entnervt und blickte vorwurfsvoll in Lucys Richtung.

»Du bist das hochnäsigste Einhorn, das mir je untergekommen ist«, schimpfte Lucy weiter, ohne ihren Meister auch nur eines Blickes zu würdigen.

Alban schüttelte über so viel Zankerei nur ungläubig den Kopf. Was wollte Lucy denn damit bezwecken? Wenn sie weiter so mit Reem umging, würde er ihr sicher niemals verzeihen.

Lucy schimpfte weiter, bis sich, von einem Moment auf den anderen, nur noch ihre Lippen bewegten und kein Ton mehr aus ihrem Munde drang – was Lucy jedoch nicht weiter zu stören schien. Sie redete ohne Unterlass, nur, dass man sie jetzt nicht mehr hören konnte.

Während Reem hörbar aufatmete, rieb Teafor sich die Hände und lächelte erleichtert. Mit einer einfachen Handbewegung hatte er Lucy den Ton abgestellt.

Alban seufzte. »Könnt ihr nicht einmal friedlich miteinander sein? Warum müsst ihr euch immer zanken?«, fragte er missmutig.

»Binde mich los!«, zischte Reem. Er hatte keine Lust, seine Auseinandersetzung mit Lucy auch noch zu erklären.

»Was?« fragte Alban, der zwischen Reems Hufen herumkroch.

»Du sollst mich losbinden!«, wiederholte Reem verärgert. Er wollte nicht mehr hier stehen und mit ansehen, wie Teafor ein Einhorn nach dem anderen hinrichtete. Er musste eingreifen und zwar sofort.

»Wenn ich weg bin, kann Teafor seinen Zauber nicht vollenden. Zumindest nicht heute Nacht. Vielleicht hört er dann auf, meine Familie zu töten.«

»Das glaube ich nicht. Er wird alle Einhörner vernichten. Wenn du weg bist, dann wirst du das letzte sein. Wir müssen ihn heute Nacht noch ausschalten und zwar bevor er deine Familie töten kann!«

»Wo er recht hat ...«, meinte Lucy, die plötzlich ihre Stimme wieder zurückhatte.

Reem warf ihr einen spöttischen Blick zu. »Hast du vielleicht eine bessere Idee, Schlange?«

»Nun ja!«, flüsterte Lucy und blickte sich verschwörerisch um.

»Na schön«, schnaufte Reem resigniert. »Dann lass mal hören!«

Agathe hatte den Altar fast erreicht. Das zweite Einhorn stand schon zum Opfer bereit. Teafor hob die Klinge. Er hatte keine Zeit mehr, sich mit Agathe zu beschäftigen. Er wollte dieses Einhorn töten. Danach würde er zum Gatter gehen und die restlichen Einhörner mit einem Schlag erledigen. Ihr Blut war jetzt nicht mehr wichtig. Das Letzte musste in den nächsten zehn Minuten sterben, sonst wären alle seine Mühen umsonst gewesen. Sechs Jahre würde es dauern, bis der Mond wieder im Zeichen der Venus stand und für sein Vorhaben die richtige Sternenkonstellation herrschte. Darauf zu warten war er nicht bereit. Er wollte seine Unsterblichkeit – und zwar heute Nacht.

Bevor Teafor sein Messer auf das Einhorn, welches ängstlich vor ihm stand, niedersausen lassen konnte, fuhr Johann ihm dazwischen. »Ich werde nicht noch einmal zusehen, wie du ein Einhorn tötest«, sagte er scharf.

»Ach ja?«, gab Teafor unbeeindruckt zurück. »Denkst du Schwächling, dass ich mich von dir aufhalten lasse? So wie damals, als du auch nichts machen konntest? Aber da fällt mir ein – dein Einhorn lebt noch, alter Freund.«

Verwirrt schaute Johann in Teafors himmelblaue Augen. Es waren tatsächlich dieselben Augen wie Albans, nur dass Albans Augen sanft und freundlich waren, während Teafors böse funkelten.

Johann spuckte aus. Grob packte er Teafor am Arm, doch der schleuderte ihn wie eine Puppe fort. Johann stand jedoch gleich wieder auf und stapfte erneut auf den Zauberer zu. Er war nicht bereit aufzugeben und wenn es ihn das Leben kosten würde. Vielleicht konnte er Teafor nicht aufhalten, doch er würde es solange versuchen, wie noch ein Funke Leben in ihm steckte.

Agathe eilte Johann zu Hilfe und tauchte neben Teafor auf. Ihr Gesicht zeigte nichts als Abscheu.

»Was seid ihr nur für lästige Kletten?«, brummte Teafor mit grollender Stimme. »Ihr habt es nicht anders gewollt.« Teafor griff nach dem Amulett und hielt es beschwörend in die Höhe. »Jetzt ist Schluss mit lustig!«, murmelte er und zeigte auf den Anhänger, der an seiner ausgestreckten Hand hing. »Die Macht ist mit dem, der das Amulett besitzt. Mögen meine Feinde für alle Zeiten in ihren Gräbern verrotten!«

Gerade als Teafor das letzte Wort seiner Beschwörung sprechen wollte und das Amulett rot glühend in seiner ausgestreckten Hand über seinem Kopf baumelte, packte Alban das Lederband. Der Junge saß auf Lucys Rücken, die mit einem gewaltigen Satz über den Altar stob. Beinahe hätte sie Agathe umgerissen, die jedoch im letzten Moment einen Satz zur Seite machte.

Alles war sehr schnell gegangen. Nachdem Lucy ihre Stimme wiedergefunden hatte, war Alban auf ihren Rücken gesprungen und wie der Blitz auf den Altar zugeritten.

Lucy hätte am liebsten direkt auf Teafor zugehalten, doch das war nicht Teil ihres Plans. Daher sprengte sie lediglich so an ihrem früheren Meister vorbei, dass Alban das Amulett gut greifen konnte. Lucys Hufe gruben sich wie Hämmer in die Erde, in einem weiten Bogen ritt sie zurück zum Gatter. Sie hatte so viel Spaß an dem wilden Galopp auf dem Waldboden, dass sie Alban auf ihrem Rücken gar nicht mehr wahrnahm. Beinahe wäre er heruntergefallen, im letzten Moment jedoch schlug sie einen Haken, sodass Alban in die andere Richtung gedrückt wurde – schon saß er wieder fest im nichtvorhandenen Sattel.

Alban machte sich ganz klein und presste seinen Körper eng an den Lucys, der schweißnass unter ihm glänzte.

»Wir haben es gleich geschafft!«, schnaufte sie und steuerte auf Reem zu.

»Ja!«, schrie Alban aufgeregt. »Lauf, mein Einhorn, lauf!« Er fühlte sich großartig! Tief in seinem Innern spürte er, dass es kein besseres Gefühl gab, als auf einem Einhorn zu reiten – ob es nun ein echtes war oder nicht.

Teafor wusste, dass ihm die Zeit davonlief. Er schaute durch den pulsierenden Windschlauch zum Himmel empor. Das tote Einhorn, das fast schon den Himmel erreicht hatte, drehte sich langsam vor dem kühlen Schein des Mondes. Es wirkte, als schaute es mit hängendem Kopf auf Teafor hinunter.

»Wenn du die Einhörner töten willst, dann musst du erst an mir vorbei«, schnaubte Agathe und baute sich drohend vor Teafor auf.

»Und an mir!«, rief Johann sogleich und stellte sich mit gezogenem Schwert neben Agathe.

»Und an mir!«, meinte Done und richtete erneut die Armbrust auf den Zauberer.

»Du solltest besser aufpassen mit dem Ding! Nicht dass du wieder versehentlich jemand anderen triffst«, lachte Teafor. Spöttisch rief er in die Runde: »Und an wem muss ich noch alles vorbei?«

»An mir!«, sagte Sepp und tauchte neben seiner Mutter auf.

»Und an mir!« Fritz trat neben seinen Vater und blieb breitbeinig stehen.

»An uns auch«, erklärten Schdoffel und Schorsch mit gezückten Waffen.

Siegfried tauchte auf und stellte sich neben Agathe. »An mir musst du auch vorbei, du Scheißkerl und …« Er hielt inne. Sein Blick fiel auf Xaver. »Und vielleicht auch an meinem Sohn, der sich möglichst schnell darauf besinnen sollte, wer wirklich zu seiner Familie gehört!«

Sie hatten Teafor schon fast komplett eingekreist und standen zusammen, wie eine Kette aus Leibern, in der nur noch ein Glied fehlte.

Xaver wirkte wie versteinert. Er stand alleine neben dem Altar und begriff nicht, was sich gerade vor seinen Augen abspielte. Sein Blick wanderte von Rochus, der sich langsam mit kurzen Schritten rückwärts bewegte und vermutlich abhauen wollte, zu Teafor und seinem Vater, die sich drohend anblickten.

Auf einmal wurde Xaver bewusst, was hier geschah, so, als würde er aus einem bösen Traum erwachen, den er schon seit Jahren träumte. Teafor war sein Großonkel, das stimmte, aber hatte er nicht auch Xavers Einhorn umgebracht? Wann hatte er das getan und vor allem warum? Was ihm aber noch viel wichtiger erschien: Teafor hatte auch das Einhorn seiner Mutter auf dem Gewissen. Der Mutter, die er so sehr vermisste. Nur Alban hatte Teafor sein Einhorn gelassen. Wieso? Wenn Teafor die Einhörner seiner ganzen Familie umgebracht hatte, warum hatte er ausgerechnet Albans Einhorn verschont?

Xaver blickte zu seinem Vater, der ihm die Hand entgegenhielt und ihn flehend ansah. Längst vergessene Erinnerungen stiegen so schnell in Xaver auf, dass er Mühe hatte, sie alle zu verarbeiten. Er fühlte sich, als würde ein schwerer dunkler Mantel von seinen Schultern fallen.

Hilfe suchend schaute er zu seinem Vater. Siegfried war der einzige Mensch, der immer zu ihm gehalten hatte. Egal, wie viel Dummheiten er auch machte, egal wie ungerecht und falsch er gehandelt hatte – sein Vater hatte ihn nie im Stich gelassen, ihm zugehört, ihm Respekt entgegengebracht, wie Xaver selbst es niemals vermocht hätte.

Ein tiefer Schmerz breitete sich in seiner Brust aus. Es war ein scharfes unerträgliches Brennen, ein Gefühl, das er schon einmal vor langer Zeit erlebt hatte und das verschüttet tief in seiner Seele schlummerte.

Sein Herz zog sich zusammen. Wie ein Messer fuhr ihm der Schmerz in die Brust und er drohte daran zu ersticken. Wie bittere Galle stieg die Erinnerung in ihm auf und er sah plötzlich wieder seine Mutter, wie sie keuchend auf einem Bett lag. Das Ding in ihrem Schoß steckte wie eine Kugel in ihrem Leib fest. Sie hatte keine Kraft mehr und die Kugel wollte einfach nicht aus ihr heraus. Agathe, noch deutlich jünger, flehte seine Mutter an, nicht mit dem Pressen aufzuhören. Immer wieder rief sie der hilflosen Frau zu, weiter zu pressen, die Kugel endlich aus sich herauszudrücken.

Xaver fühlte die kindliche Angst zurückkehren. Er hatte damals nicht gewusst, was vor sich ging, doch er wusste, dass es etwas Unheilvolles war, etwas, das seiner Mutter schadete.

Sie schrie, als müsse sie, gesprengt von dieser Kugel, zerplatzen.

Xaver hielt sich die Ohren zu, doch er hörte ihre Schreie trotzdem. Ein Schrei wie von einem Tier, das sich beim Sturz aus vollem Lauf den Rücken gebrochen hatte.

Irgendwann, es mochten Stunden vergangen sein, drückte die schwarze Kugel endlich aus seiner Mutter heraus. Doch die Kugel blieb nicht rund und sie hatte plötzlich Arme und Beine. Sie war blutig und eine dunkelgraue Schnur verband sie mit Amalies Leib.

Allmählich wurde seine Mutter ruhiger. Doch wie aus der Tiefe der Hölle schrie nun der Junge – er schrie so unerträglich schrill, so laut und so einnehmend, als hätte er den Schrei der Mutter aufgesogen, ihn verschlungen und Amalie damit den letzten Atem genommen.

Der Schrei des Kindes war so markerschütternd, dass Xaver sich in eine Ecke des Zimmers verkroch, den Kopf tief unter seinen kleinen Händen vergraben.

Hatte Teafor in diesem schrecklichen Moment das Einhorn seiner Mutter getötet?

Xaver stellte sich die Frage, weil er sich an etwas erinnerte. Etwas, das er schon lange vergessen hatte, doch das nun so deutlich Gestalt annahm, als stünde es direkt vor ihm.

Sein Vater hatte ihn damals hochgerissen und an seine starke Brust gedrückt. Über Siegfrieds breite Schultern hinweg, hatte Xaver ein feistes Gesicht gesehen, ein Gesicht, das sich im Spiegel an der Wand selbst angeblickt und böse gegrinst hatte.

Die Erkenntnis traf ihn wie ein Blitz.

Das Gesicht, das sich im Spiegel abgezeichnet hatte, hatte seinem Großonkel Teafor gehört. Warum sollte Teafor Unsterblichkeit erhalten, obwohl seine Mutter hatte sterben müssen? War es nicht Teafors Schuld, dass Amalie bei Albans Geburt gestorben war? War das nicht Wahnsinn? War sein Großonkel ein Wahnsinniger?

»Du hast mein Einhorn getötet und das meiner Mutter!« schrie Xaver, als ihm bewusst wurde, dass Teafor Amalie auf dem Gewissen hatte und nicht Alban.

Erst war Xaver starr vor Schreck gewesen, dann stieg der Zorn in ihm hoch. Er stürmte wutentbrannt auf seinen Onkel zu. »Du hast meine Mutter umgebracht!«, brüllte er. »Du hast sie einfach umgebracht!«

»Nein«, rief Teafor zurück. »Ich habe nur ihr Einhorn umgebracht, mit ihrem Tod habe ich nichts zu tun.«

»Sie könnte noch leben, wenn du ihr Einhorn am Leben gelassen hättest.«

»Du bist doch auch noch am Leben und dein Einhorn ist genauso lange tot wie ihres.«

»Aber du konntest nicht vorher wissen, wer ohne Einhorn überlebt und wer nicht. Du hast riskiert, dass auch ich sterbe.«

»Du Xaver, solltest mein Lehrling werden. Du bist genau wie ich. Du willst Macht über die Menschen haben und du bist bereit, für deine Ziele zu töten. Wir sind ein Blut! Du bist genau wie ich!«

»Nein!«, schrie Xaver und vollendete die Menschenkette um Teafor herum. Nun war das noch fehlende Glied an seinem Platz.

Er hakte sich bei seinem Vater und Agathe unter und zog beide so fest an sich, als hoffe er dadurch, die Kette unzerstörbar zu machen.

»Ich bin wie meine Mutter«, sagte er betont langsam. »Du hast sie umgebracht. Ich hasse dich und ich bin bereit dich zu vernichten!«

Ein Gewitter

Alban sprang von Lucys Rücken und landete genau vor Reems Füßen. »Ich hab das Amulett! Stell dir vor, ich hab es mir geschnappt!«, rief er triumphierend und zeigte stolz auf seine Eroberung.

»Dann halte es diesmal gut fest, damit es dir nicht wieder entwischt«, meinte Reem und schielte zu Lucy hinüber. »Das war ja ein erstaunlicher Ritt! Und dieser Sprung über den Altar ...«

»Soll das ein Lob sein?«, fragte Lucy, noch immer außer Atem.

»Wenn du es so sehen willst.« Reem lächelte zufrieden. »Und was machen wir mit dem Amulett?« Reem richtete seine Nase auf das runde Silber in Albans Hand und schnupperte ausgiebig daran.

»Wenn ich das nur wüsste«, sagte Alban verzweifelt. Er betrachtete den Ring mit dem Einhorn in der Mitte. »Es sieht hübsch aus, doch was es bewirkt, weiß keiner. Teafor braucht es, um seinen Zauber zu vollenden, aber jetzt haben wir es wieder. Ich könnte es dir um den Hals hängen! Vielleicht kannst du ja besser darauf aufpassen als ich. Aber sei vorsichtig, es kann sehr heiß werden!« Alban zog sein Hemd hoch und zeigte auf die verbrannte Stelle über seiner Brust.

»Oh, das sieht ja schlimm aus. Wieso wird es denn so heiß?«

»Ich weiß es nicht. Es glüht, wie aus dem Feuer gezogen. Also, ich häng mir dieses Amulett nicht mehr um.«

»Vielleicht solltest du es Lucy umhängen? Dieses Amulett stammt schließlich von meinen Vorfahren und vielleicht bewirkt es, dass sie ein richtiges Einhorn wird.«

»Das glaube ich nicht. Schließlich hatte ich es auch um den Hals getragen und ich bin auch kein Einhorn geworden«, meinte Alban. »Natürlich könnten wir es versuchen, aber ...«

Lucy schüttelte ungeduldig den Kopf. »Redet nicht so viel unnützes Zeug! Lange werden die anderen Teafor nicht Paroli bieten können. Wir müssen etwas unternehmen! Alban, öffne du das Gatter und lass die anderen frei!«

Alban rannte zum Gatter und riss es auf. So schnell ihn seine Füße trugen, hetzte er bis zum hinteren Teil der Umzäunung, an dessen Ende sich die restlichen Einhörner zusammengerottet hatten. Er klatschte laut in die Hände und trieb die verängstigten Tiere auseinander. »Lauft hinaus in die Freiheit. Versteckt euch in den Wäldern. Schnell!«, rief er ihnen zu.

Die Einhörner ließen sich nicht lange bitten und stoben davon. Sie sprengten in alle Richtungen, noch bevor Teafor, mit einer Handbewegung, das Gatter schließen konnte.

Die Menschenkette um den Zauberer zog sich immer enger zusammen. Teafor reckte die Arme gen Himmel und versuchte einen Zauber zu sprechen, doch sein Zauberstab steckte noch in seinem Gürtel, und ohne ihn war seine Magie nicht stark genug, um eine Kette aus menschlicher Energie zu durchbrechen.

Teafor drehte sich im Kreis und murmelte etwas Unverständliches. Es bewirkte, dass sich der Himmel noch mehr verdunkelte und der Wind, der einst nur über dem Altar gekreist hatte, sich ausbreitete.

Über den gesamten Himmel züngelten helle Blitze. Das herannahende Gewitter verdunkelte den Mond, der kurz vor seinem Zenit stand.

Teafor merkte, dass er verloren hatte. Heute würde er seine Unsterblichkeit nicht bekommen. Suchend blickte er sich nach Rochus um. Wo war er hin? Hatte er ihn etwa auch verlassen?

»Rochus«, schrie Teafor aus voller Kehle. »Rochus, so hilf mir doch!«

Nichts geschah.

»Glaube nicht, dass dir Rochus helfen wird! Er ist keiner,

der für andere den Hals riskiert. Er war sich immer selbst der Nächste und wird schon in den Wäldern verschwunden sein. Du bist allein, Teafor«, raunte Johann. Er hob sein Schwert und hielt es an Teafors Kehle. »Heute wirst du am eigenen Leib erfahren, wie es ist, geschlachtet zu werden. Sieh das Einhorn am Himmel. Es schaut mir dabei zu, wie ich dir das Leben auslösche!«

»Nein!«, schrie Teafor so laut und so schrill, dass sich die Umstehenden am liebsten die Ohren zugehalten hätten. Ein gleißendes Licht ging plötzlich von ihm aus. Johann und die anderen wurden auseinandergesprengt und landeten unsanft im Gras.

»Ihr werdet mich nicht besiegen, ihr schwachen Sterblichen. Ich habe mehr Macht, als ihr euch vorstellen könnt.« Teafor zog seinen Zauberstab aus dem Gürtel und richtete ihn bedrohlich auf Johann. »Du hast es gewagt, die Waffe gegen mich zu richten? Du wolltest mir mein Leben nehmen?« Ein schallendes Lachen drang aus Teafors Mund. »Du warst nie mehr als eine Enttäuschung für deinen Vater. Weißt du denn nicht, was aus ihm geworden ist? Ich habe mir sein Einhorn geholt und es zusammen mit dem deiner Mutter umgebracht. Das Blut hat mich noch mehr mit dir verbunden. Ich wusste immer, wo du warst. Deinen Vater und deine Mutter habe ich dazu gebracht, dass sie sich das Leben nahmen. Dein Bruder ist mit meiner Schwester Sofie geflohen. Sie haben Rochus mitgenommen. Rochus ist der einzige Mensch, den ich nicht hasse. Er hat immer zu mir gehalten!« Teafor richtete seinen Zauberstab auf Johann.

Siegfried wollte sich erheben, um Johann zu helfen, doch ein heller Blitz traf ihn so heftig an der Brust, dass er bewusstlos und dampfend auf der Erde liegen blieb.

Xaver schrie entsetzt auf.

»Teafor«, meinte Johann matt. »Du wirst nie Unsterblichkeit erlangen. Du hast es heute nicht geschafft und wirst es auch das nächste Mal nicht schaffen. Du bist ein Versager, genau wie ich!«

»Wie du? So werde ich nie sein. Sieh mich an, Johann aus Condistat. Ich bin immer noch ein junger Mann, während du alt und fast tot bist. Ich werde noch leben, wenn deine Knochen längst in der Erde verfault sind! Ich bin ein Gewinner! Verstehst du? Ein Gewinner!«

Teafor richtete den Zauberstab auf Johanns Brust und zielte genau auf sein Herz.

Ein helles Licht züngelte über den Himmel, genau in dem Moment, als Alban Reem das Amulett um den Hals hängte. Im gleichen Augenblick ertönte ein ohrenbetäubender Donner, dessen Grollen die Erde erzittern ließ.

Alban zuckte erschrocken zurück und landete auf dem Hosenboden, als ein Blitz in das Amulett um Reems Hals einschlug. Das Licht war so grell, dass Alban glaubte, er sei erblindet. Er hielt sich schützend den Arm vor die Augen und kroch ein Stück rückwärts, obwohl er eigentlich lieber Reem zur Seite gestanden hätte.

Sein Freund war getroffen, doch anstatt umzufallen, stieg er hoch. Er tanzte auf seinen Hinterbeinen und er sah aus wie das Einhorn auf dem Amulett, das nun in silbernem Glanz, um Reems Hals baumelte. Seine Vorderhufe sendeten einen Lichtkegel aus, der die Dunkelheit erhellte.

Reem hatte schon immer geleuchtet, doch nun leuchtete er noch tausendmal heller. Es schien, als sei er ein ganzes Stück gewachsen und sein Horn zeigte wie eine Fackel gen Himmel.

Alban starrte ihn mit offenem Mund an.

Er hatte noch nie etwas Stolzeres, Schöneres und Unglaublicheres gesehen als dieses Einhorn.

Ein weiterer Donner zerriss die Stille, die sich für einen kurzen Moment im Wald ausgebreitet hatte.

Alban schaute sich fragend um. Was war geschehen?

Als er wieder auf die Beine kam, senkte Reem seine Vorderläufe dem Boden entgegen und blieb bebend stehen.

Der Junge stürzte auf seinen Freund zu und legte ihm die Arme um den Hals. »Gott sei Dank! Dir ist nichts passiert!«, sagte er, nachdem er Reem genauer betrachtet hatte.

Reem schüttelte den Kopf. »Wo ist Lucy?«, fragte er benommen.

Alban blickte sich suchend um.

Er sah Johann, der immer noch auf der Erde hockte, doch ganz offensichtlich ging es ihm gut. Die anderen lagen rings um Teafor herum und schauten verdutzt auf die Szene, die sich ihren Augen bot.

Teafor stand aufrecht da, doch er regte sich nicht. Er hielt den Zauberstab starr nach vorne gerichtet. Plötzlich begannen seine Haare zu wachsen und wurden immer länger. Nach wenigen Sekunden fielen sie ihm bereits über die Schultern und nach weiteren Augenblicken reichten sie ihm bis an die Kniekehlen. Sie änderten die Farbe, wurden grau und fielen plötzlich aus. Teafors stattliche Gestalt krümmte sich wie vom Schmerz verzerrt und es sah aus, als würde er schrumpfen. Alban konnte zusehen, wie der Zauberer innerhalb von wenigen Sekunden dünner und knochiger wurde. Es war, als verwelke er wie eine Blume ohne Wasser in der Mittagssonne.

Als Teafor sich schließlich nicht mehr auf den Beinen halten konnte, sank er auf die Knie und kippte vornüber. Gleich darauf zerfiel er wie ein von Holzwürmern zerfressener Baumstamm zu Staub. Alles, was noch von ihm übrig blieb, waren seine Kleider, die wie leere Hüllen auf der Erde liegenblieben. Sein Zauberstab, der wie ein mahnender Zeigefinger ausgestreckt vor Teafors zerfallener Hand lag, ging gleich darauf in Flammen auf.

Reem, der noch immer ein wenig benommen dastand und auf den zu Staub zerfallenen Teafor blickte, spürte die unbändige Energie, die von dem Amulett ausging. Das Leuchten seines Horns war inzwischen so hell, dass es ihn blendete. »Ich leuchte ja tatsächlich«, murmelte er überrascht.

Alban, der wieder aufgestanden war, streichelte über Reems Hals. »Das hab ich dir doch schon immer gesagt!«, bestätigte er.

Reem blähte die Nüstern. »Wo ist Lucy?«

Alban zuckte die Schultern.

Agathe kam und umarmte ihn jubelnd. Fast hätte sie ihn erdrückt, so fest schloss sie den Jungen in ihre Arme.

Johann und die anderen traten ebenfalls heran. »Du hast es geschafft, mein Junge. Du hast genau das Richtige getan!«, lobte er.

»Was hab ich denn getan?«, fragte Alban verwirrt.

»Du hast deinem Einhorn das Amulett um den Hals gelegt. Damit hast du Teafor besiegt!«

Alban lächelte ungläubig.

Sein Blick fiel auf Xaver.

Er schluckte schwer. Vor lauter Angst machte er zwei Schritte zurück und drängte sich schutzsuchend an Reem.

Xaver wurde unwohl, weil ihn alle vorwurfsvoll anschauten. Er schürzte die Lippen und fuhr sich nervös mit der Hand durch die Haare. »Du brauchst keine Angst mehr vor mir zu haben, kleiner Bruder. Was ich getan habe, war nicht richtig. Es kommt mir vor, als sei ich aus einem Alptraum erwacht. Ich weiß nun, dass du nicht schuld an Mutters Tod bist. Ich war, nun ja, irgendwie geblendet. Es tut mir leid.«

Alban schluckte schwer. Hatte er richtig gehört? Hatte sich Xaver gerade bei ihm entschuldigt?

Nach einer schier endlosen Weile machte Xaver einen Schritt auf seinen Bruder zu und zog ihn an sich.

Alban war so verdutzt, dass er wie eine Puppe in Xavers Armen hing.

»Schon gut, ich verzeih dir ja!«, sagte er mit tränenerstickter Stimme. Verlegen fuhr er sich mit dem Ärmel über die Augen, um nicht zu zeigen, wie sehr ihn die Geste seines Bruders aus der Fassung brachte. Als er jedoch Xaver sah, der genau wie er Tränen in den Augen hatte, vergaß er seine Verlegenheit und schloss seinen Bruder das erste Mal in seinem Leben in die Arme.

Auch Reem weinte, denn er konnte Lucy nirgends finden. Sie war genau, wie es in der Legende prophezeit wurde, verschwunden. Niemals hätte Reem geglaubt, dass ihr Verschwinden ihm einmal so zu Herzen gehen würde. Er stand in einem Meer aus gelben Ringelblumen, die er allein durch seine Tränen zum Blühen gebracht hatte. »Sie ist tatsächlich verschwunden«, jammerte er betrübt und betrachtete traurig die Blumen unter seinen Hufen.

Sepp, der sich von den ganzen Tränen und dem Geheul um sich herum nicht anstecken ließ, betrachtete seine Mutter prüfend. Er hatte immer noch nicht verstanden, wie es möglich gewesen war, dass sie Teafors bösen Flüchen hatte widerstehen können. »Sag mal …«, richtete er das Wort an Agathe, die Reem streichelte, um ihn zu trösten. »Wie kommt es eigentlich, dass du, trotz der Blitze, die auf dich geschleudert wurden, nicht umgefallen bist?«

Agathe betrachtete ihren Sohn grinsend. »Wieso? Wäre es dir lieber gewesen, ich wäre umgefallen?«

»Natürlich nicht! Aber du musst zugeben, dass es schon erstaunlich ist.«

Agathe knüpfte ihren Umhang auf. Hervor kamen mehrere Bündel aus Zweigen, die um ihren Bauch und ihre Schultern gebunden waren.

»Was ist das?«, fragte Sepp staunend.

»Das sind Zweige der Eberesche. Sie beschützen dich vor Hexerei und bösem Zauber. Ich habe sie mir sicherheitshalber umgebunden, man weiß ja schließlich nie. Aber dass sie so gut wirken, hätte selbst ich nicht für möglich gehalten.« Agathe zwinkerte und lachte laut, dann schloss sie ihren Sohn in die Arme.

»Was ist?«, fragte sie ihn, als er reglos stehen blieb. »Hast du gedacht, ich hätte plötzlich Zauberkräfte?« Agathe lachte lauter, als sie Sepps verdutztes Gesicht sah. »Keine Angst mein Junge, ich bin und bleibe nur deine Mutter und eine alte Kräuterfrau. Mit Hexerei will ich nichts, aber auch gar nichts zu schaffen haben!«

»Na Gott sei Dank«, murmelte Sepp und umarmte Sie.

»Wo ist eigentlich Rochus abgeblieben?«

»Das würde mich auch interessieren«, meinte Vincent grimmig. »Ich habe noch ein Hühnchen mit ihm zu rupfen.«

Alle schauten sich suchend um, doch von Rochus war weit und breit nichts zu sehen.

»Weine nicht!«, vernahm Reem plötzlich eine leise Stimme zwischen den vielen gelben Blumen. Es war Lucy, die wieder zur Schlange geworden war.

»Lucy!«, rief Reem und senkte den Kopf zu ihr. »Da bist du ja.«

Die Schlange züngelte und kroch auf Reem zu. »Der Zauber ist vorbei«, sagte sie traurig. »Ich werde wohl doch nie ein richtiges Einhorn sein.«

»Aber in deinem Herzen bist du das beste Einhorn, das ich je kennengelernt habe«, schniefte Reem und versuchte ein Lächeln zustandezubringen. Immer noch tropften Tränen aus seinen Augen ins Gras. Er weinte um das zweiundzwanzigste Einhorn, das alle gerettet und in das er sich verliebt hatte. Jetzt würde er nie mit Lucy zusammensein können.

Einige seiner Tränen trafen Lucy am Kopf. »Wein doch nicht um mich. Ich bin nur eine blöde Schlange. Genau so, wie du es gesagt hast.« Lucy kroch noch ein wenig näher heran, schon ganz nass von Reems Tränen. Sie fühlte die Liebe tief in ihrem Herzen pochen, doch sie wusste, dass eine Schlange und ein Einhorn keine Zukunft hatten.

Seine weichen Nüstern kamen ihrem Gesicht immer näher. Sie fühlte die kleinen stoppeligen Haare, wie sie an ihrem Kinn kitzelten.

Ein tiefer Seufzer drang aus Lucys Kehle.

Da war er, ihr Reem. Endlich hatte er sie in sein Herz geschlossen, doch es half nichts. Sie war wieder eine Schlange. Dennoch wollte sie noch eines tun.

Langsam hob sie den Kopf und küsste ihn sanft auf seinen Mund.

Die Umstehenden blickten wie gebannt auf die merkwürdige Szene: Eine Schlange küsst ein Einhorn so innig, dass selbst das härteste Herz weich geworden wäre.

Plötzlich knackte etwas laut. Es hörte sich irgendwie an, als ob ein dicker Ast brach.

»Was war das?« fragte Xaver und blickte sich um. Done, Schorsch und Schdoffel zückten ihre Waffen. Auch Siegfried hob drohend seinen Hammer. Schnell zogen sie sich Rücken an Rücken zusammen.

»Jungs, macht euch bereit für einen neuen Kampf«, flüsterte Siegfried mit ernster Miene.

Wieder erklang das Knacken, diesmal noch lauter und bedrohlicher.

»Was zur Hölle ist das?«, fragte Xaver und stellte sich mit gezogenem Schwert zu den anderen. Aufmerksam lauschten sie in den Wald hinein, doch das Knacken kam nicht aus dem Wald, es kam von Lucy.

Nachdem Lucy Reem geküsst hatte, begann sie auf einmal zu wachsen. Bei jedem Wachstumsschub erklang das laute Knacken. Noch fünf Mal war dieses Knacken zu hören, dann stand plötzlich ein ganzes Einhorn vor Reem. Es war wunderschön und leuchtete mehr als je zuvor. »Wow!«, presste Alban verblüfft hervor. »Was ist denn hier passiert?«

»Es geht eben nichts über wahre Liebe«, lächelte Agathe und zwinkerte Alban zufrieden zu. »Der Kuss, das Amulett und der Glaube an die unendliche Kraft der Liebe haben Lucy zu dem gemacht, was sie im Grunde ihres Herzens ist: Das zweiundzwanzigste Einhorn.«

Kein Zurück

Nachdem alle zusammen die Spuren der vergangenen Nacht beseitigt und das tote Einhorn beerdigt hatten, machten sie sich auf den Heimweg. An einer Kreuzung trennten sich Ihre Wege; sie hielten noch einmal an, um sich voneinander zu verabschieden.

»Wir müssen in diese Richtung«, meinte Siegfried und legte die Hände auf die Schultern seiner Söhne, die neben ihm standen.

»So ist es wohl. Vielleicht sehen wir uns eines Tages wieder«, meinte Johann und lächelte schwach. Er war der Einzige, der die Abzweigung nach Gmend nehmen musste. Seine Hände hatte er tief in seinen Taschen vergraben. Er wirkte wie ein Junge, der nicht so recht weiß, was er sagen sollte.

Siegfried und Sepp reichten ihm die Hand zum Abschied und bedankten sich für seinen Einsatz. Alban und Agathe blieben unentschlossen vor ihm stehen.

Alban fiel Johann weinend um den Hals. Er schaute ihm lange in die wässrigen Augen, dann drehte er sich zu Siegfried um und sprach: »Vater, ich werde nicht mit Euch kommen. Ich bleibe bei Johann in Gmend. Er braucht mich und ich habe meine Heimat gefunden. Johann hat keinen Sohn mehr und du hast immer noch Xaver. Johann hat mir gezeigt, was es heißt, ein Mann zu werden und Verantwortung zu übernehmen. Ich werde bei ihm bleiben, um eine Lehre zum Schmied zu beginnen. Dann muss Xaver sich schon nicht mehr über mich ärgern, wenn ich mal wieder alles falsch mache!« Er zwinkerte seinem Bruder zu.

Siegfried nickte schwach. Gerade erst hatte er zu seinem jüngsten Sohn zurückgefunden und schon sollte er ihn wieder verlieren. Dennoch lächelte er. »Ich verstehe«, sagte er leise. »Ich kann es dir nicht verdenken, wenn du uns verlässt. Du musst mir aber versprechen, dass du uns besuchen kommst!«

»Na klar!«, sagte Alban und umarmte seinen Vater und auch Xaver, der irgendwie erleichtert aussah.

Agathe, die das Ganze stumm beobachtet hatte, ging zu Johann hinüber. Sie betrachtete ihn prüfend, dann nickte sie und klopfte ihm zufrieden auf die breiten Schultern. »Du bist gar kein so hässlicher Kerl. Vielleicht wäre es gut, wenn du ein Weib an deiner Seite hättest. Einen Jungen alleine großzuziehen, ist nicht ganz leicht. Ich werde mich lieber mal um euch beide kümmern.« Ihre Stimme klang belustigt, doch sie meinte es ernst.

Johann sah für einen Moment aus, als hätte ihn einer von Teafors Blitzen getroffen, doch dann hellte sich seine Miene auf und er lächelte erfreut. »Von so einer schönen Frau umsorgt zu werden, stell ich mir wunderbar vor!«, meinte er und legte seinen Arm um Agathes Hüften.

Sepp schien nicht einverstanden zu sein mit Agathes Entscheidung, doch er sagte nichts.

»Dann lasst uns gehen«, rief Alban und hüpfte vergnügt zum Weg, der nach Gmend führte.

Epilog

Die Jahre vergingen schnell. Alban war inzwischen sechzehn und immer noch im Wachstum. Er würde ein Riese werden, wenn er so weitermache, scherzten die Leute. Er war sehr beliebt und auch die Mädchen machten ihm schöne Augen, was ihn nicht zu interessieren schien, denn er hatte seine Wahl bereits getroffen.

Johann und Agathe hatten auf ihre alten Tage zusammengefunden. Sie schliefen in einem Bett und hielten sich oft an den Händen, wenn sie vor dem Haus auf der Bank saßen. Es war wohl Liebe auf den zweiten Blick gewesen. Genau wie bei Reem und Lucy, die sich gerne mit ihren zehn Kindern vor der Schmiede in Gmend versammelten.

Die Einhörner waren für alle anderen unsichtbar, nur Alban konnte sie sehen. Er freute sich immer, wenn die kleinen Einhörner um ihn herumtollten, die irgendwann zu einem Menschenkind gehören würden.

Alban musste ihnen immer wieder die Geschichte erzählen, wie das zweiundzwanzigste Einhorn, das in Wirklichkeit eine Schlange gewesen war, sich gegen den bösen Zauberer gestellt und damit alle gerettet hatte. Dass es sich dabei um ihre Mutter handelte, verschwieg er.

Die Kleinen waren trotzdem begeistert und konnten sich an der Geschichte gar nicht satt hören, denn sie liebten Geschichten, genau wie Lucy.

»Erzähl noch mal, Onkel Alban. Wir wollen die Geschichte noch einmal hören!«, riefen sie im Chor.

Agathe und Johann konnten die Einhörner nicht sehen, doch Alban beschrieb sie so ausführlich, dass die beiden meinten, ein jedes persönlich zu kennen.

Alban hatte seine Lehre beinahe beendet. Es war an der Zeit, ein Gesellenstück zu schmieden.

»Hast du dir schon etwas überlegt?«, fragte Johann eines Morgens.

»Ja, Vater. Ich dachte mir, ich mache das hier.« Alban hielt die Schiefertafel hoch. Inzwischen hatte er gelernt darauf zu zeichnen.

Johann betrachtete die Striche aus weißer Kreide, die sich deutlich von dem schwarzen Schiefer abhoben und nickte anerkennend. »Das habe ich mir fast gedacht,« sagte er nachdenklich. »Na, dann fang mal gleich an. Es wird eine Weile dauern, bis es fertig ist.«

Alban nickte und nahm den Hammer auf. Seine blonden Haare hingen ihm über die breiten Schultern und seine blauen Augen leuchteten zuversichtlich.

Ohne zu zögern griff er nach einem schweren Stück Metall und steckte es in die Glut. »Na dann wollen wir meinem Gesellenstück mal die richtige Gestalt geben!«

»Guten Morgen, junger Schmied«, rief eine helle Stimme. Sie stammte von Erika, der Tochter des Bäckers in Gmend. Sie hatte einen Korb unter den Arm geklemmt und ihre schönen Zähne blitzten Alban entgegen.

Alban stand auf einer Leiter, sein Gesellenstück, an dem er zwei Monate geschmiedet hatte, in Händen. Er war gerade dabei, es an einem Stab, direkt über der Eingangstür zur Werkstatt, aufzuhängen. Er lächelte verschmitzt. »Guten Morgen, schöne Frau!«, gab er zurück und hakte das Schild in die dafür vorgesehenen Ringe ein.

Mit einem Satz war er wieder von der Leiter herunter und stellte sich in voller Größe neben Erika, die das Schild betrachtete.

»Na, was sagst du zu unserem neuen Aushängeschild?« Er zeigte auf einen Kreis aus fein geschmiedetem Metall, in dessen Mitte ein Tier auf den Hinterbeinen stand und seine Vorderhufe von sich streckte.

»Was ist das für ein Tier?«, fragte Erika, die das Schild fasziniert betrachtete.

Alban lächelte und legte einen Arm um ihre Schulter. »Sag bloß, du erkennst es nicht?«

»Nein«, sagte sie und legte den Kopf ein wenig schief.

»Es ist ein Einhorn. Es lebt in den Wäldern von Gmend und beschützt uns!« Alban konnte den Stolz in seiner Stimme nicht verbergen. Er dachte an das Amulett, welches sich tief in seine Haut eingebrannt hatte. Es war seine Verbindung zu den Einhörnern und deshalb konnte er sie sehen. Er gehörte zu ihnen.

Das Amulett hatte Reem nicht wieder abgenommen. Er trug es immer noch stolz um seinen Hals.

»Aber gibt es Einhörner denn nicht nur im Märchen?«, fragte Erika etwas belustigt.

»Nein. Es gibt sie auch im richtigen Leben. Sie begegnen uns sozusagen jeden Tag, nur sind sie für die meisten Menschen unsichtbar.«

»Aber du kannst sie natürlich sehen«, lachte Erika und stupste Alban neckisch in die Seite.

»Natürlich!«, gab Alban zu und lachte, weil er sehr kitzelig war. »Ich bin der Einzige, der sie sehen kann und deshalb weiß ich, dass auch du ein Einhorn hast. Es steht direkt neben dir.«

Erika drehte sich um und schüttelte den Kopf. »Ach du, erzähl mir keine Märchen!«, lachte sie.

»Das sind keine Märchen. Dein Einhorn ist fast so schön wie du und hat genau so schönes Haar und einen genau so weichen Mund.«

»Spinner!«, sagte Erika und gab Alban einen flüchtigen Kuss. »Dein Schild ist schön. Es sieht aus wie ein großes Amulett. Ich finde, es passt sehr gut über den Eingang der Werkstatt. Soll ich heute Abend wieder kommen, um es mir genauer anzusehen? Erzählst du mir heute Abend mehr über die Einhörner? Jetzt muss ich leider los. Mein Vater braucht mich heute Nachmittag in der Backstube.«

»Ist gut!«, Alban zog Erika an sich: »Grüß mir meinen Schwiegervater in spe!« Er küsste sie und ließ sie ziehen.

Agathe trat aus der Tür und klopfte sich Mehlstaub von der Schürze. Sie machte ein zufriedenes Gesicht. »Alban, hol Johann aus der Werkstatt, wir essen in fünf Minuten.«

»Ja, mach ich!«, rief Alban ihr entgegen. »Hast du schon gesehen?« Er zeigte nach oben, wo das Schild leicht im Wind wiegte.

»Das ist ja Reem!«, rief Agathe und legte ihrem Ziehsohn die Hand auf die Schulter. »Du hast ihn gut getroffen, mein Junge. Er wird Augen machen, wenn er das Schild sieht. Genau wie die ganzen Leute, die hier vorbeigehen. Sieh nur!«

Alban schaute sich fragend um. Tatsächlich. Die Leute blieben stehen und betrachteten das runde Schild, in dessen Mitte Reem tanzte.

Alban lächelte zufrieden. »Lass uns hineingehen. Ich hab großen Hunger«, sagte er. »Es war eine gute Entscheidung von Johann, die beste Köchin von Büren nach Gmend in dieses Haus zu holen!«

Nachwort

Schon als Kind habe ich mich gefragt, warum haben wir Gmünder ein Einhorn im Wappen? Für mich war es etwas ganz Besonderes, etwas, das mich durch meine Kindheit und Jugend begleitete. Mit sieben durfte ich zur Schwäbisch Gmünder Stadt-Jugendkapelle, die ebenfalls ein Einhorn im Wappen hat. Später war ich aktives Mitglied der Gmendr Gassafetza – auch sie haben ein Einhorn in ihrem Emblem. Und an vielen anderen Stellen der Stadt ist es präsent, doch keiner weiß, woher es stammt.

Als ich dann, Jahre später, die Staufersaga sah, lag die Antwort plötzlich glasklar vor mir. Viele werden sich an diese Sätze erinnern, die Marie zu ihrem Sohn Johannes sagt. »Nimm das uralte Amulett mit dem Zeichen des Einhorns. Viele Jahre hat man es hier in den Wäldern nicht mehr gesehen. Es soll dir Glück und Segen bringen und es soll dich beschützen vor Ängsten und vor Schmerzen«.

Diese Worte, im ersten Akt der Staufersaga, mahlten wie Mühlsteine in meinem Kopf und waren gleichzeitig die Antwort auf all die Fragen, die ich mir bereits als Kind gestellt habe. Gleich am nächsten Tag setzte ich mich hin und begann zu schreiben. »Ein Einhorn für Gmünd« war geboren und ist, Sie halten es heute in Händen, eine Fantasie-Geschichte, die davon erzählt, wie das Einhorn in das Wappen von Gmünd gekommen sein könnte …

Ungewöhnlich mag der Name »Reem« für ein Einhorn erscheinen, doch »Re'em«, mit Apostroph geschrieben, kommt aus dem Hebräischen und bedeutet Einhorn. Man geht zwar von einem Übersetzungsfehler aus, was mich aber nicht weiter gestört hat. Ich fand den Namen außergewöhnlich und interessant.

Der Name »Teafor« ist mir beim Nachschlagen im Internet aufgefallen, als ich einen anderen Begriff für »Zauberer« gesucht habe. Das Wort »zaubern« stammt von dem mittelhochdeutschen »zouber«, dem althochdeutschen »zaubar« und wohl dem mittelniederländischen »tover« für »Zauberei« ab, was sich vermutlich von dem altenglischen/altsächsischen Wort »teafor« für »rote Farbe, Ocker, Rötel« ableitet, die für das Schreiben von Runen verwendet wurde (Wikipedia).

»Vienradzis« bedeutet Einhorn auf Lettisch. So habe ich die Mutter aller Einhörner genannt. In vielen anderen europäischen Ländern leitet sich der Name des Einhorns aus dem lateinischen »unicornis« oder dem griechischen »monoceros« ab. Dieses ganz andere und fremd klingende lettische Wort »Vienradzis« gefiel mir auf Anhieb.

In meinem Roman habe ich einige mittelalterliche Städtenamen, wie sie in Urkunden auftauchen, verwendet: »Condistat« (Bad Cannstatt), »Nordilinga« (Nördlingen), »Elehenuuang« (Ellwangen) und natürlich »Büren« für das heutige Wäschenbeuren.

Alban heißt so, weil einer meiner wichtigsten Meister in meinem erlernten Beruf als Maler und Lackiererin Alban Weber hieß und ich ihm mit dieser Namensgebung gedenken möchte. Heute ist der Name Alban eher ungewöhnlich. Er stammt von dem lateinischen Wort »Albanus« ab (lateinisch »albus« = hell/weiß).

Alban ist ein alter schwäbischer Name, der früher in unseren Breiten oft vergeben wurde. Auch deshalb war er für den kleinen Helden dieser Geschichte meine erste Wahl.

Mein Dank

geht an meine Freunde, die mich tatkräftig bei diesem Projekt »Ein Einhorn für Gmünd« ermuntert, bestärkt und unterstützt haben. Da diese Menschen sehr bescheiden sind, soll ich ihre Namen hier nicht nennen. Dennoch möchte ich mich herzlich bei ihnen bedanken und lächle ihnen zu. Sie wissen, wer gemeint ist.

Ich bedanke mich auch bei den Autoren der »Staufersaga« und bei allen, die bei deren Realisierung mitgewirkt haben.

Es hat unendlich viel Spaß gemacht, in meiner Fantasie durch das mittelalterliche Gmünd zu streifen und sich vorzustellen, wie es dort aussah, noch bevor Gmünd eine richtige Stadt wurde.

Diesen Roman zu schreiben, war nur möglich in einer Stadt wie Schwäbisch Gmünd, meiner Heimatstadt, die ich so sehr liebe wie ein Kind seine Mutter und der ich bis an mein Lebensende treu bleiben werde. Es gibt keine andere Stadt, mit der ich mich mehr verbunden fühle.

Zuletzt aber danke ich meinem Einhorn, das ich hoffentlich noch habe und das mir immer mit seiner guten Aura zur Seite steht.

Ich kann es sehen!

Es braucht dazu nicht mehr, als ein klein wenig Fantasie …

Sabine Francis

Sabine Francis wurde 1968 in Schwäbisch Gmünd geboren. Während eines vierjährigen Zwischenstopps in Köln merkte sie, wie sehr sie in ihrer Heimatstadt verwurzelt ist – 2010 kehrte sie nach Gmünd zurück.

Zu schreiben begann Sabine Francis schon im Alter von zehn Jahren. Zu ihren bekanntesten Werken gehören »Der andere Kontinent« und »Zimmer mit Ausblick«. Sie beschäftigt sich gerne mit dem Leben, der Historie und den Eigenarten der Menschen.

Im Jubiläumsjahr 2012 wurde »850 Jahre Stadt Schwäbisch Gmünd – älteste Stauferstadt Deutschlands« gefeiert. Die Idee zum Roman »Ein Einhorn für Gmünd« kam während einer Aufführung der »Staufersaga«.